En un bosque muy oscuro

RUTH WARE

EN UN BOSQUE MUY OSCURO

Traducción de
ANA HERRERA

RBA

Título original inglés: *In a Dark, Dark Wood.*
© Ruth Ware, 2015.
Publicado originalmente por
Harvill Secker, un sello de Vintage.
Vintage es parte del grupo de compañías
Penguin Random House.
© de la traducción: Ana Herrera Ferrer, 2017.
© de esta edición: RBA Libros, S.A., 2017.
Av. Diagonal, 189 - 08018 Barcelona
rbalibros.com

Primera edición: febrero de 2017.

REF.: OBFII37
ISBN: 978-84-9056-690-9
DEPÓSITO LEGAL: B. 639-2017

ANGLOFORT, S.A. • PREIMPRESIÓN

Impreso en España • *Printed in Spain*

PARA KATE; PARA LAS OTRAS TRES QUINTAS PARTES.
CON AMOR.

En un bosque muy oscuro, una casa muy oscura,
y en la casa muy oscura, una sala muy oscura,
y en la sala muy oscura, un armario muy oscuro,
y en el armario muy oscuro... ¡un esqueleto!

RIMA TRADICIONAL

Corro.

Corro a través de los bosques iluminados por la luna; las ramas me desgarran la ropa y los pies se me enredan en los helechos cargados de nieve.

Las zarzas me arañan las manos. La respiración se me entrecorta en la garganta. Me duele. Me duele todo.

Pero yo sigo corriendo. Corro. Es lo que se me da bien.

Cuando corro, siempre repito una cantinela, mentalmente. El tiempo que quiero hacer, o las frustraciones que voy eliminando al recorrer la pista.

Pero esta vez una sola palabra, un solo pensamiento repercute en mi interior.

James. James. James.

Tengo que llegar. Tengo que llegar a la carretera antes de que...

Y entonces aparece, de repente: una cinta negra de asfalto a la luz de la luna, y oigo el rugido de un motor que se acerca, y las rayas blancas brillan tanto, tanto, que me hieren los ojos, y los troncos negros de los árboles son como cuchilladas contra la luz.

¿Llego demasiado tarde?

Me esfuerzo más los últimos treinta metros, tropezando con árboles caídos, y el corazón me late a toda velocidad.

James.

Llego demasiado tarde... el coche está demasiado cerca, no puedo pararlo.

Me arrojo hacia el asfalto con los brazos extendidos.

—¡Alto!

1

Me duele. Me duele todo. La luz que se me clava en los ojos, el dolor que siento en la cabeza. Noto el hedor de la sangre en la nariz y también tengo las manos pegajosas de sangre.

—¿Leonora?

La voz me llega filtrada a través de una neblina de dolor.

Intento sacudir la cabeza y no consigo articular la palabra con los labios.

—Leonora, está usted a salvo, se encuentra en el hospital. Ahora la vamos a llevar para que le hagan un escáner.

Es una mujer, que habla con voz clara, alta. Su voz me duele.

—¿Quiere que llamemos a alguien?

Intento decir que no con la cabeza.

—No mueva la cabeza —me aconseja—. Tiene una herida.

—Nora —susurro.

—¿Quiere que nos pongamos en contacto con Nora? ¿Quién es Nora?

—Yo... me llamo...

—De acuerdo, Nora. Intente tranquilizarse. No le va a doler.

Pero sí que me duele.
Me duele todo.
¿Qué ha pasado?
¿Qué he hecho?

2

Supe, en cuanto me desperté, que aquel día tenía que correr por el parque; la ruta más larga que hago, casi quince kilómetros en total. El sol de otoño se filtraba por los estores de ratán y doraba las sábanas. Aspiré el olor de la lluvia que había caído por la noche y vi las hojas del plátano en la calle, abajo, cuyas puntas se estaban empezando a poner marrones. Cerré los ojos y me desperecé, escuchando los chasquidos y gemidos de la calefacción y el rugido amortiguado del tráfico, notando cada uno de mis músculos y regocijándome en el día que me esperaba.

Siempre empiezo la jornada de la misma manera. Quizá sea por el hecho de vivir sola: puedes coger tus propias costumbres, no hay nadie en el exterior que te interrumpa, no hay compañeros de piso que se te acaben los últimos restos de leche, ni gato alguno que expulse una bola de pelo en la alfombra. Sabes que lo que dejaste en el armario la noche anterior seguirá en el armario cuando te despiertes. Tú lo controlas todo.

O a lo mejor es el hecho de trabajar en casa. Cuando no tienes un trabajo de nueve a cinco, es muy fácil que los días se vuelvan amorfos y se confundan entre sí. A lo mejor estás todavía en pijama a las cinco de la tarde, y la única persona a la que has visto en todo el día es el lechero. Hay días en que no oigo ni una sola voz humana, aparte de la radio, y ¿sabéis qué? Me gusta. Es una buena vida para una escritora, en muchos aspectos: estás a solas con las voces que tienes dentro de la cabeza, los personajes que tú misma has creado. En el silencio se vuelven muy reales. Pero no es la vida más sana del mundo que digamos. Así que es importante tener rutinas. Te da algo a lo que agarrarte, algo que diferencie los días laborables de los fines de semana. Yo empiezo así por las mañanas.

A las seis y media exactamente se pone en marcha la calefacción, y ese rugido, cuando la caldera se dispara, siempre me despierta. Miro el teléfono (solo para comprobar que el mundo no se ha acabado por la noche) y luego me quedo allí echada, escuchando los crujidos del radiador.

A las siete en punto pongo la radio, ya sintonizada en el *Today Programme* de Radio 4, y alargando la mano, enciendo el interruptor de la cafetera, ya preparada con café y agua la noche anterior. Café molido Carte Noire, con el filtro de papel bien doblado. El tamaño de mi piso tiene algunas ventajas. Una de ellas es que puedo alcanzar la nevera y la cafetera sin salir de la cama.

El café normalmente ya ha salido cuando han acabado de leer los titulares, y entonces salgo de debajo de mi cálido edredón y me lo tomo, con un poquito de leche solamente y una tostada con mermelada de frambuesa Bonne Maman (sin mantequilla, no porque haga dieta, sino porque no me gustan las dos cosas juntas).

Lo que ocurre después depende del tiempo. Si está lloviendo o no me apetece salir a correr, me ducho, consulto los mensajes de correo y empiezo a trabajar.

Aquel día, sin embargo, era espléndido, y yo estaba ansiosa por salir y notar las hojas bajo mis zapatillas deportivas y el viento en la cara. Ya me ducharía después de correr. Saqué una camiseta, unas mallas y unos calcetines, y metí los pies en las zapatillas, que estaban donde las había dejado el día anterior, junto a la puerta. Luego bajé corriendo los tres tramos de escaleras hasta la calle y salí fuera, al mundo.

Cuando volví tenía mucho calor, sudaba y estaba cansada, así que me quedé largo rato bajo la ducha, pensando en la lista de cosas que tenía que hacer durante el día. Tenía que hacer otra compra online, porque casi no me quedaba comida. Tenía que repasar las pruebas de mi libro, porque había prometido devolverlas a mi editor esa misma semana, y ni siquiera había empezado a mirarlas. Y tenía que repasar los correos que había recibido a través del formulario de contactos de mi página web, cosa que no había hecho desde hacía siglos porque iba posponiéndolo todo el tiempo. La mayor parte eran spam, desde luego, porque, por muchos filtros que pongas, no hay manera de pararlos. Pero a veces eran cosas útiles, peticiones de notas publicitarias o ejemplares para reseñar. Y a veces... a veces había correos de lectores. Normalmente, si alguien te escribe es porque le ha gustado el libro, aunque había recibido algunos mensajes en los que me decían que era una persona horrible. Pero incluso cuando mis lectores eran amables me sentía rara e incómoda, era como leer a alguien que te cuenta su reacción a tus pensamientos más íntimos, como leer la opinión que tiene alguien de tu diario. No estoy segura de que llegue a acostumbrarme nunca a esa sensación, por mucho que escriba. En parte, tal vez sea ese el motivo de que tenga que armarme de valor para leerlos.

Cuando me vestí, encendí el portátil y fui pasando despacio los correos, borrando a medida que avanzaba. Viagra. Promesas de que podría satisfacer a «mi mujer». Bellezas rusas.

Y de repente...

Para: Melanie Cho; kate.derby.02@DPW.gsi.gov.uk; T Deauxma; Kimayo, Liz; info@LNShaw.co.uk; Maria Tatibouet; Iris P. Westaway; Kate Owens; smurphy@shoutlinemedia.com; Nina da Souza; French, Chris
De: Florence Clay
Asunto: ¡¡DESPEDIDA DE SOLTERA DE CLARE!!

¿Clare? Yo no conocía a ninguna Clare, excepto...

El corazón me empezó a latir más deprisa. Pero no podía ser ella. No la había visto desde hacía diez años.

Durante un minuto dejé el dedo irracionalmente suspendido encima de la tecla de borrar. Luego hice clic y abrí el mensaje.

¡¡HOLA A TODAS!!

Para aquellas que no me conozcáis aún, me llamo Flo y soy la mejor amiga de Clare de la universidad. Y soy también (tatatachán) ¡su dama de honor! Así que, según la tradición secular, debo organizar su ¡¡¡DESPEDIDA DE SOLTERA!!!

Ya he hablado con Clare y, como probablemente habréis adivinado, no quiere pollas de goma ni boas de plumas rosas. Así que vamos a hacer algo mucho más sofisticado: un fin de semana fuera, en un lugar cerca de

16

su antigua facultad, en Northumberland, ¡¡aunque creo que tendremos algunos jueguecitos picantes escondidos en la manga!!

El fin de semana que ha elegido Clare es del 14 al 16 de noviembre. Ya sé que os doy muy poco tiempo, pero no teníamos mucho donde elegir, entre compromisos de trabajo y Navidad y todo eso. Por favor, contestad enseguida.

Besos y abrazos... ¡¡Espero volver a ver a las antiguas amigas muy muy PRONTO!!

FLO

Me quedé contemplando la pantalla con el ceño fruncido, mordiéndome una uña e intentando entender todo aquello.

Luego miré de nuevo la lista de destinatarios. Solo reconocía uno de los nombres: Nina da Souza.

Bueno, eso lo explicaba todo. Tenía que ser Clare Cavendish. No podía ser otra. Y yo sabía (o creía recordar) que había ido a la universidad en Durham, ¿o era Newcastle? Cosa que coincidía con lo de ir a Northumberland.

Pero ¿por qué? ¿Por qué me pedía Clare Cavendish que fuera a su despedida de soltera?

¿No podía ser un error? ¿Esa Flo no le habría cogido la agenda a Clare y enviado un mensaje a todas las personas que había encontrado allí?

Pero solo éramos doce... eso significaba que mi inclusión no podía ser un error, ¿no?

Me quedé sentada, mirando la pantalla, como si los píxeles pudieran dar respuesta a las preguntas que me empezaban a formar un nudo en el estómago. Casi deseé haberlo borrado sin leerlo.

De repente, no podía estar sentada. Me levanté, fui

hasta la puerta y luego volví a mi escritorio, donde me quedé de pie, mirando indecisa el ordenador.

Clare Cavendish. ¿Por qué yo? ¿Por qué ahora?

No podía preguntárselo a esa tal Flo.

Solo había una persona en el mundo que quizá lo supiera.

Me senté. Y rápidamente, antes de que me diera tiempo a cambiar de opinión, redacté un mensaje de correo.

Para: Nina da Souza
De: Nora Shaw
Asunto: ¿Despedida de soltera?

Querida N, espero que estés bien. Debo reconocer que me he quedado un poco sorprendida al vernos a las dos en la lista de la despedida de soltera de Clare. ¿Vas a ir?

Besos

Y esperé la respuesta.

Los días siguientes traté de quitármelo de la cabeza. Estuve muy ocupada con el trabajo, intentando sumergirme en las minucias enrevesadas que eran las dudas del corrector, pero el mensaje de Florence era una presencia constante en algún rincón de mi mente y me distraía, como esa heridita en la punta de la lengua que te da un pinchazo cuando menos lo esperas, o como esa uña rota que no dejas de tocarte. El mensaje fue quedando cada vez más y más abajo en la bandeja de entrada, pero sabía que estaba ahí, con su banderita de «no respondido» como un silencioso reproche, con las preguntas sin contestar que contenía como una queja insistente que destacaba en segundo plano en mi rutina diaria.

«Responde», le rogaba a Nina interiormente, mientras corría por el parque o me preparaba la cena o sencillamente miraba al infinito. Pensé en llamarla, pero no sabía qué decirle.

Y entonces, unos pocos días más tarde, estaba desayunando y repasando Twitter ociosamente en el teléfono cuando apareció la señal de «nuevo mensaje».

Era de Nina.

Bebí un sorbo de café y respiré hondo; luego hice clic y lo abrí.

De: Nina de Souza
A: Nora Shaw
Asunto: Re: ¿Despedida de soltera?

¡Colega! Cuánto tiempo sin hablar. Acabo de recibir tu mensaje... he estado trabajando hasta tarde en el hospital. Sinceramente, es lo último que quiero hacer. Recibí la invitación a la boda hace tiempo, pero esperaba escaparme de la despedida. ¿Vas a ir tú? ¿Hacemos un trato?
Yo iré solo si vas tú.

N.

Me acabé el café mirando la pantalla, con el dedo a punto de pulsar la tecla de «respuesta», pero sin hacer clic. Esperaba que Nina me respondiese al menos algunas de las preguntas que me rondaban por la cabeza durante los últimos días. ¿Cuándo era la boda? ¿Por qué invitarme a la despedida de soltera pero no a la boda? ¿Con quién se casaba?

«Hola, ¿sabes...?», empecé, pero luego lo borré. No. No podía preguntárselo directamente. Sería lo mismo que admitir que no tenía ni idea de lo que estaba pasando. Siempre he sido demasiado orgullosa para admitir mi ignorancia. No me gusta estar en desventaja. Intenté guardarme la pregunta en un rincón de la mente mientras me arreglaba y me daba una ducha. Pero cuando encendí el ordenador, había dos mensajes más sin leer en la bandeja de entrada.

El primero era un «no, gracias» pesaroso de una de las amigas de Clare, poniendo como excusa un cumpleaños familiar.

El segundo era otro mensaje de Flo. Esta vez había incluido una petición de confirmación de lectura.

Para: info@LNShaw.co.uk
De: Florence Clay
Asunto: Re: ¡¡DESPEDIDA DE SOLTERA DE CLARE!!

Querida Lee:
Perdona que insista, pero me preguntaba si habías recibido mi mensaje del otro día. Sé que ha pasado un poco de tiempo desde que viste a Clare por última vez, pero ella esperaba con MUCHA ilusión que pudieras venir. Habla a menudo de ti, y sé que le sabe muy mal que perdierais el contacto después del instituto. No sé lo que pasó, pero de verdad que le GUSTARÍA muchísimo que vinieras... ¿dirás que sí? Es justo lo que necesita para que el fin de semana sea perfecto.

FLO

El mensaje tendría que haberme halagado: que Clare deseara tanto que fuera, que Flo se hubiera tomado tantas molestias para localizarme... Pero no fue así. Al

20

contrario, me asaltó una especie de rabia al sentirme acosada y tuve la sensación de que habían invadido mi privacidad con lo de la confirmación de lectura. Parecía que me estaban controlando, espiando.

Cerré el correo y abrí el documento en el que estaba trabajando, pero, mientras lo hacía, apartando con decisión de mi mente todo pensamiento de la despedida de soltera, las palabras de Flo parpadeaban aún en el aire como un eco, incordiándome. «No sé lo que ocurrió». Parecía la queja de una niña. No, pensé con amargura. No lo sabes. Así que no hurgues en mi pasado.

Había jurado no volver nunca.

Nina era distinta... Nina vivía en Londres ahora, y ella y yo nos encontrábamos muy de vez en cuando por Hackney. Ella formaba parte tanto de mi vida en Reading como de la que ahora llevaba en Londres.

Pero Clare... Clare decididamente formaba parte del pasado, y yo quería que siguiera allí.

Y sin embargo una parte de mí, una parte pequeña, diminuta, que me molestaba y me remordía la conciencia, no quería.

Clare había sido amiga mía. Mi mejor amiga, durante mucho tiempo. Y, sin embargo, yo había huido de ella, sin mirar atrás, sin dejar siquiera un número. ¿Qué clase de amiga hace eso?

Me levanté, inquieta, y a falta de algo mejor que hacer, me preparé otra taza de café. Me quedé de pie mirando la cafetera eléctrica que gorgoteaba y susurraba, mordiéndome las pieles de una uña y pensando en los diez años que habían transcurrido desde la última vez que la había visto. Cuando al fin la máquina acabó, me serví una taza y me la llevé al escritorio, pero no empecé a trabajar de nuevo. En lugar de hacerlo, abrí Google y tecleé «Clare Cavendish Facebook».

Resultó que había un montón de Clare Cavendish, y el café se había quedado frío cuando al final encontré una que quizá pudiera ser ella. La foto de perfil era una instantánea de una pareja disfrazada de Doctor Who. Era difícil decirlo, debajo de aquella despeinada peluca roja, pero algo en la forma de aquella chica de echar la cabeza hacia atrás y reírse hizo que me detuviera, mientras iba pasando aquella lista infinita. El hombre iba vestido de Matt Smith, con el pelo lacio, unas gafas con montura de carey y pajarita. Hice clic en la foto para ampliarla y me quedé mirándolos largo rato, intentando adivinar sus rasgos bajo aquel pelo largo y rojo, y cuanto más la miraba, más me parecía que era Clare. Al hombre decididamente no lo conocía, de eso estaba segura.

Hice clic en el botón de «información». En «amigos comunes», decía «Nina da Souza». Decididamente era Clare. Y en «relaciones», decía: «en una relación con William Pilgrim». El nombre me dejó un poco perpleja. Me parecía familiar, de alguna manera indefinible. ¿Alguien del instituto? Pero el único William que había estudiado con nosotras era Will Miles. «Pilgrim». No recordaba a nadie llamado Pilgrim. Hice clic en la foto de perfil, pero era una foto anónima de una pinta de cerveza medio llena.

Volví a la foto de perfil de Clare y mientras la miraba, intentando decidir qué hacer, el mensaje de Flo resonó en mi interior: «Esperaba con tanta ilusión que pudieras venir... Habla mucho de ti...».

Noté que algo me oprimía el corazón. Culpabilidad, quizá.

Me fui sin mirar atrás, traumatizada, tambaleante, y durante mucho tiempo me concentré en poner un pie delante de otro, seguir andando, dejar firmemente el pasado a mi espalda.

Instinto de supervivencia: era lo único que me guiaba. No me había permitido a mí misma pensar en lo que había dejado atrás.

Pero ahora los ojos de Clare se clavaban en los míos, me lanzaban una mirada coqueta desde debajo de la peluca roja, y me pareció ver en ellos una súplica, un reproche.

Me puse a recordar sin querer. Recordé que era capaz de hacerme sentir la persona más feliz del mundo, solo con fijarse en mí en una habitación llena de gente. Recordé su risa gutural, ronca, las notas que me pasaba en clase, su perverso sentido del humor.

Recordé haber dormido en el suelo de su dormitorio con seis años quizá, mi primera noche fuera de casa, y haberme quedado allí tendida escuchando el suave suspiro de su aliento nocturno. Tuve una pesadilla y mojé la cama, pero Clare me abrazó y me dio su propio osito para que lo acunara mientras ella iba al armario de la ropa a coger unas sábanas limpias y escondía las otras en el cesto de la ropa sucia.

Recordé la voz de su madre en el rellano, ronca y adormilada, preguntando qué había pasado, y la rápida respuesta de Clare: «Se me ha caído la leche, mamá, y la cama de Lee se ha mojado».

Durante un segundo volví a aquel momento de hacía veinte años, como una niñita pequeña y asustada. Casi podía «oler» el perfume de su habitación: nuestro

23

aliento nocturno, que olía a cerrado, el dulce aroma de las perlas de baño que había en un frasco de cristal en el alféizar de su ventana, el olor a recién lavado de las sábanas limpias.

—No se lo cuentes a nadie —susurré yo, mientras poníamos las sábanas nuevas, y yo escondía el pantalón mojado del pijama en mi maleta.

Ella había negado con la cabeza.

—Claro que no.

Y nunca lo hizo.

Todavía estaba allí sentada cuando mi ordenador emitió un leve sonido al recibir otro mensaje de correo. Era de Nina. «Entonces ¿cuál es el plan? Flo insiste. ¿Hay trato o no? N.». Me levanté y fui hasta la puerta; notaba un hormigueo en los dedos por la estupidez de lo que estaba a punto de hacer. Luego volví y antes de poder cambiar de opinión, tecleé: «De acuerdo, sí. Besos».

La respuesta de Nina llegó una hora más tarde. «¡Hala! No te lo tomes a mal, pero me sorprende un poco. En el buen sentido, quiero decir. Pues quedamos entonces. Ni se te ocurra dejarme plantada. Recuerda que soy médica. Conozco al menos tres maneras de matarte sin dejar rastro. N.».

Respiré hondo, recuperé el mensaje original de Flo y empecé a escribir.

Querida Florence (¿Flo?):

Me encantaría asistir. Por favor, dale las gracias a Clare por pensar en mí. Tengo muchas ganas de reunirme con todas vosotras en Northumberland y ver a Clare.

Con mis mejores deseos, Nora (aunque Clare me conoce por Lee).

PD: Será mejor que uses esta dirección de correo en adelante. La otra no la consulto tan a menudo.

Después de eso, empezaron a llegar montones de mensajes. Hubo un chaparrón de mensajes «responder a todos» de disculpa, excusándose por la poca antelación. «Estoy fuera ese fin de semana... Lo siento, tengo que trabajar... Un funeral familiar...». (Nina: «Habrá un funeral para la próxima persona que abuse de la opción "responder a todos"».) «Me temo que estaré haciendo submarinismo en Cornualles...». (Nina: «¿Submarinismo? ¿En noviembre? ¿No se le ha ocurrido una excusa mejor? Madre mía, si hubiera sabido que el listón estaba tan bajo, habría dicho que estoy atrapada en una mina en Chile o algo así».)

Más trabajo. Más compromisos previos. Y entre unas respuestas y otras, algunas aceptaciones.

Al final la lista quedó decidida: Clare, Flo, Melanie, Tom (la respuesta que me envió Nina: «????»), Nina y yo.

Solo seis personas. No me parecían muchas, para alguien tan popular como Clare. Al menos, tan popular en el instituto. Pero es que era verdad, habían avisado con poco tiempo.

¿Por eso me habían invitado a mí? ¿De relleno, invitando hasta a las que solo podíamos ser el último recurso? Pero no, Clare no era así, o al menos la Clare que yo había conocido. La Clare que yo conocía habría invitado «exactamente» a las personas que quería y lo habría vendido como un plan taaaan exclusivo que solo se permitía formar parte de él a un puñado de personas.

Dejé a un lado mis recuerdos, enterrándolos bajo una manta de rutina. Pero seguían saliendo a la superficie, mientras iba corriendo, en mitad de la noche, cuando menos me lo esperaba.

¿Por qué Clare? ¿Por qué entonces?

3

Noviembre llegó a una velocidad pasmosa. Hice todo lo posible por arrumbar todo aquello al fondo de mi memoria y concentrarme en el trabajo, pero a medida que el fin de semana se acercaba, me resultaba cada vez más complicado. Corría por rutas cada vez más difíciles, intentando cansarme todo lo posible para dormir bien, pero en cuanto apoyaba la cabeza en la almohada, empezaban los susurros. «Diez años... Después de todo lo que pasó...». ¿Estaba cometiendo un terrible error?

Si no hubiera sido por Nina me habría echado atrás, pero el caso es que llegó el día 14 y allí estaba yo, con una bolsa en la mano, bajando del tren en Newcastle una mañana fría y desapacible. A mi lado, Nina se fumaba un cigarrillo liado a mano y refunfuñaba de lo lindo mientras yo compraba un café en el quiosco del andén de la estación. Era la tercera despedida de soltera a la que iba aquel año (calada al cigarrillo): se había gastado casi quinientas libras en la última (calada) y esta otra rondaría las mil, teniendo en cuenta la boda misma que iba después (suspiro). Sinceramente, habría preferido mandarles un cheque generoso y conservar las vacaciones anuales. Y por favor, mientras pisaba la colilla con sus finos tacones, ¿podía recordarle una vez más por qué no podía llevar con ella a Jess?

—Porque es una noche de despedida de soltera —dije yo. Recogí el café y seguí a Nina hacia la señal del aparcamiento—. Porque la gracia está en dejar a la pareja en casa. Si no, ¿por qué no traer también al puto novio, ya que estamos?

Nunca digo muchos tacos, pero con Nina sí. Parece que ella, no sé cómo, me los despierta, como si los tuviera dentro y solo estuvieran esperando a salir.

—¿Sigues sin conducir todavía? —preguntó Nina mientras colocábamos nuestro equipaje en la parte posterior del Ford alquilado. Yo me encogí de hombros.

—Es una de esas habilidades básicas de la vida que nunca he dominado. Lo siento.

—No te disculpes conmigo —dijo. Metió sus largas piernas en el asiento del conductor, cerró la puerta e introdujo las llaves en el contacto—. A mí no me gusta nada que me lleven. Conducir es como el karaoke: cuando lo haces tú es genial, cuando lo hacen los demás es vergonzoso o incluso alarmante.

—Bueno... es que... ya sabes... viviendo en Londres, un coche parece un lujo más que una necesidad. ¿No crees?

—Yo uso Zipcar para visitar a mis padres.

—Mmm... —Miré por la ventanilla mientras Nina pisaba el embrague. Dimos un pequeño saltito en el aparcamiento y luego ella por fin consiguió salir—. Australia está un poquito lejos para ir en Volvo.

—Ay, Dios mío, me olvidaba de que tu madre había emigrado con... ¿cómo se llama? ¿Tu padrastro?

—Philip —dije—. ¿Por qué me siento siempre como

28

una adolescente enfurruñada cuando digo su nombre? Es un nombre normalísimo.

Nina me dirigió una mirada intensa y luego hizo un gesto con la cabeza hacia el GPS.

—Ponlo en marcha, ¿quieres? Y mete el código postal que nos dio Flo. Es nuestra única esperanza de llegar al centro de Newcastle sanas y salvas.

Westerhope, Throckley, Stanegate, Haltwhistle, Wark... Los carteles pasaban velozmente como una especie de poema y la carretera se iba desplegando ante nosotras como una cinta de color gris acero a través de colinas bajas y páramos donde pastaban las ovejas. El cielo estaba nublado y era enorme, pero los pequeños edificios de piedra junto a los que pasábamos a intervalos estaban acurrucados en lo más hondo del paisaje, como si tuvieran miedo de ser vistos. Yo no tenía que hacer de copiloto, y si leo cuando voy en coche me mareo y me encuentro mal, así que cerré los ojos y me aislé de Nina y del sonido de la radio, encerrada a solas en mi cabeza, con las preguntas que seguían incordiándome.

¿Por qué yo, Clare? ¿Por qué ahora?

¿Era, sencillamente, que se iba a casar y quería reavivar una antigua amistad? Si hubiera sido así, ¿no me habría invitado a la boda? Había invitado a Nina, estaba claro, de modo que no se trataba de una ceremonia solo para la familia ni nada parecido.

En mi imaginación, Clare sacudió la cabeza y me amonestó, diciéndome que tuviera paciencia, que esperase. A Clare siempre le habían gustado los secretos. Su pasatiempo favorito era averiguar algo de ti y luego hacer insinuaciones. No propagarlo por ahí, solo hacer referencias veladas en alguna conversación, referencias que solo comprendieseis ella y tú. Referencias para que «supieras».

Nos paramos a almorzar en Hexham y para que Nina pudiera fumarse un cigarrillo, y luego seguimos hacia Kielder Forest por carreteras rurales, donde el horizonte se volvía mucho más amplio. Pero a medida que las carreteras se hacían más estrechas, los árboles parecían acercarse cada vez más, pegándose a la turba bien recortada, hasta que quedaron como centinelas a ambos lados de la carretera, separados de esta por un delgado murete de piedra seca.

Al entrar en el bosque propiamente dicho, la cobertura del GPS disminuyó de pronto y luego desapareció.

—Espera —dije mientras buscaba en el bolso—. Tengo impresas las indicaciones que nos mandó Flo por e-mail.

—Bueno, chica, eres la perfecta exploradora —dijo Nina, pero noté alivio en su voz—. Pero ¿qué tiene de malo un iPhone?

—Esto es lo que tiene de malo —dije. Le tendí mi móvil, que intentaba cargar Google Maps sin cesar y no conseguía acabar de hacerlo—. Desaparece impredeciblemente. —Leí las indicaciones impresas. «La Casa de Cristal», ponía en el encabezamiento, «Stanebridge Road»—. Vale, ahora a la derecha. Una curva y luego a la derecha otra vez, en cualquier momento... —El desvío pasó velozmente y dije, creo que con moderación—: Era por ahí. Me parece que nos lo hemos saltado.

—¡Vaya copiloto de mierda que estás hecha!

—¿Cómo?

—Se supone que debes decirme por dónde girar «antes» de que lleguemos, ¿sabes? —Imitó la voz robótica de un GPS—: Desvíese a la izquierda en... cincuenta metros... Desvíese a la izquierda en... treinta metros. Dé la vuelta cuando lo considere seguro, porque se ha pasado el desvío.

—Bueno, pues dé la vuelta cuando lo considere seguro, señorita. Se ha pasado el desvío.

—Y una mierda, seguro...

Nina pisó el freno y dio una vuelta en redondo, de mal humor, en otra curva de la carretera forestal. Yo cerré los ojos.

—¿Qué decías de no sé qué de un karaoke?

—Bah, es una carretera sin salida, no venía nadie.

—Aparte de la media docena de invitadas más a esta despedida de soltera.

Abrí los ojos con precaución y vi que íbamos en la dirección contraria y cogiendo velocidad.

—Vale, es aquí. Parece un sendero en el mapa, pero Flo lo marcó.

—Es que es un sendero...

Dio un volantazo, pasamos dando tumbos por la abertura y el cochecito empezó a adentrarse a saltos por un camino fangoso lleno de rodadas.

—Creo que el término técnico es «camino sin pavimentar» —dije sin aliento, mientras Nina bordeaba una zanja enorme llena de barro que parecía un abrevadero para hipopótamos, y daba la vuelta a otra curva más.

—¿Será este el camino de su casa? Debe de haber casi un kilómetro de camino aquí.

Estábamos en el último mapa impreso, tan grande que parecía prácticamente una foto aérea, y no veía ninguna otra casa marcada.

—Si es el camino de su casa —dijo Nina entrecortadamente, mientras el coche rebotaba en otra rodada—, deberían mantenerlo un poco, joder. Si le rompo el chasis a este coche alquilado, demando a alguien. No me importa a quién, pero yo no lo voy a pagar, joder.

Pero cuando cogimos la siguiente curva, de repente ya estábamos allí. Nina introdujo el coche por una cancela estrecha, aparcó y apagó el motor, y las dos salimos y miramos la casa que teníamos delante.

No sé qué era lo que habíamos esperado, pero aquello no. Una casita de campo con el techo de paja quizá, con vigas de madera y techos bajos. Lo que se alzaba en aquel claro del bosque era una extraordinaria mole de cristal y acero que parecía haber sido arrojada caprichosamente por un niño cansado de jugar con un juego de construcción muy minimalista. Parecía tan absolutamente fuera de lugar allí que tanto Nina como yo nos quedamos mirándola con la boca abierta.

La puerta se abrió y, tras ver un destello de pelo rubio, me entró un pánico absoluto durante un segundo. Era un error. No tenía que haber acudido nunca allí, pero ya era demasiado tarde para echarme atrás.

De pie en la puerta se encontraba Clare.

Solo que... distinta.

Habían pasado nada menos que diez años, me recordé a mí misma. La gente cambia, engorda. No somos las mismas personas a los dieciséis que a los veintiséis... yo, más que nadie, debería saberlo.

Pero Clare... era como si algo se hubiera roto, como si la luz que tenía en su interior se hubiese apagado.

Luego habló y la ilusión desapareció. Su voz era la única cosa que no parecía en absoluto de Clare. Era muy profunda, mientras que la de Clare era aguda e infantil, y muy, muy pija.

—¡Hola! —exclamó y, de alguna manera, su tono puso en la palabra tres signos de admiración. Supe, antes de que volviera a hablar, quién era—. ¡Soy Flo!

¿Sabéis cuando ves al hermano o hermana de alguien famoso y es como si los estuvieras viendo a ellos, pero deformados por uno de esos espejos de feria? Solo que es un espejo que distorsiona tan sutilmente que se hace difícil señalar con el dedo lo que es diferente, y solo sabemos que sí, que «es» diferente. Se ha perdido alguna esencia, se ha dado una nota falsa en la canción.

Así era la chica que estaba en la puerta principal.

—Ay, Dios mío —dijo—. ¡Qué alegría veros! Debéis de ser... —Me miró a mí y luego a Nina, y escogió la opción fácil.

Nina mide metro ochenta y cinco y es brasileña. Bueno, su padre es brasileño. Ella nació en Reading, y su madre es de Dalston. Tiene el perfil de un halcón y el pelo de Eva Longoria.

—Nina, ¿verdad?

—Ajá. —Nina le tendió una mano—. Y tú eres Flo, ¿no?

—¡Sip!

Nina me echó una mirada que me desafiaba a que me riera si me atrevía. Nunca pensé que la gente normal pudiera decir «sip», o si lo decían, seguro que les daban un puñetazo en el instituto, o se reían de ellos en la universidad. Quizá Flo fuese más dura.

Flo le estrechó la mano a Nina, entusiasmada, y luego se volvió hacia mí con una sonrisa radiante.

—En ese caso tú debes de ser... Lee, ¿verdad?

—Nora —dije paciente.

—¿Nora?

Frunció el ceño, perpleja.

—Me llamo Leonora —dije—. En el instituto era Lee, pero ahora prefiero Nora. Te lo dije en el mensaje de correo.

Siempre había odiado que me llamaran Lee. Era un nombre de chico, un nombre que se prestaba a bromas y rimas. «Lee Lee se está haciendo pipí». Y con mi apellido, Shaw: «Lee Shaw tiene el pelo li-so».

Lee estaba muerta y enterrada. Al menos, eso esperaba.

—Ah, vale. Tengo una prima que se llama Leonora. La llamamos Leo.

Intenté que no se notara el estremecimiento. No, Leo no. Leo «jamás». Solo una persona en el mundo me llamaba así.

El silencio se prolongó, hasta que Flo lo rompió con una risita alegre.

—¡Ah! Muy bien. OK. ¡Nos vamos a divertir un montón! Clare no ha llegado todavía... pero como dama de honor, me ha parecido que tenía que cumplir con mi deber y llegar la primera.

—¿Qué espantosas torturas tienes preparadas para nosotras? —preguntó Nina mientras tiraba de su maleta atravesando el umbral—. ¿Boas de plumas? ¿Penes de chocolate? Te lo advierto, soy alérgica a todo eso... me da un choque anafiláctico. No me obligues a sacar mi boli de epinefrina.

Flo se rio nerviosamente. Me miró y luego volvió a mirar a Nina, sin acabar de comprender si bromeaba o no. Es difícil saber si Nina habla en serio, si no la conoces. Nina le devolvió la mirada, muy seria, y me di cuenta de que estaba pensando en agitar el cebo un poquito más en el anzuelo.

—Encantadora... casa —dije yo intentando adelantarme a ella, aunque en realidad «encantadora» no era la palabra adecuada.

A pesar de los árboles que lo flanqueaban, aquel edificio quedaba penosamente expuesto, ofreciendo su enorme fachada de cristal a los ojos de todo el valle.

—¿Verdad que sí? —sonrió Flo, aliviada al volver a un terreno seguro—. En realidad es la casa de veraneo de mi tía, pero no viene mucho en invierno... demasiado aislada. El salón está por ahí...

Nos llevó a través de un vestíbulo que resonaba, de techo tan alto como la casa, hacia una sala larga y baja cuya pared opuesta, toda de cristal, daba al bosque. La casa mostraba una extraña desnudez, como si estuviéramos en un escenario representando nuestro papel ante un público que nos miraba desde el bosque. Sentí un escalofrío y, tras dar la espalda al cristal, examiné la sala. A pesar de los sofás largos y mullidos, parecía extrañamente vacía, y al cabo de un segundo me di cuenta del motivo. No era solo la ausencia de desorden y la decoración minimalista (tres macetas en la repisa de la chimenea, un cuadro de Mark Rothko en la pared), sino el hecho de que no había ni un solo libro en toda la casa. Tampoco parecía una casita de vacaciones, a decir verdad: en todas las que había visitado, siempre tenían un estante con manoseados ejemplares de Dan Brown o Agatha Christie. Parecía más bien una casa de exhibición.

—El fijo está aquí. —Flo señaló un antiguo teléfono de los de disco que parecía extrañamente discordante en aquel entorno tan moderno—. La cobertura de móvil es bastante incierta, así que podéis usarlo cuando queráis.

Pero yo no miraba el teléfono, en realidad. Por encima de la moderna y escueta chimenea se encontraba algo mucho más fuera de lugar aún: una escopeta muy limpia, colgada de unos ganchos de madera incrustados en la pared. Parecía como si la hubieran trasplantado de algún pub campestre. ¿Era de verdad?

Intenté apartar los ojos al darme cuenta de que Flo todavía seguía hablando.

—...y arriba están los dormitorios —acabó—. ¿Queréis que os eche una mano con las maletas?

—No, ya puedo yo —dije y, al mismo tiempo, Nina contestó:

—Bueno, si no te importa...

Flo pareció un poco desconcertada, pero cogió obedientemente la enorme maleta con ruedas de Nina y empezó a arrastrarla escaleras arriba por los peldaños de cristal esmerilado.

—Como iba diciendo —jadeó al dar la vuelta al poste de arranque—, hay cuatro habitaciones. Creo que Clare y yo dormiremos en una, vosotras dos en otra, y Tom tendrá la suya propia, claro.

—Claro —asintió Nina con una expresión muy seria.

Yo estaba demasiado ocupada asimilando la noticia de que compartiría habitación. Había supuesto que tendría un espacio para mí sola donde retirarme.

—Y eso nos deja a Mels... Melanie, ya sabéis, sola. Tiene un bebé de seis meses, así que he pensado que de nosotras, las chicas, es la que más se merece una habitación para ella sola.

—¿Cómo? No se lo habrá traído, ¿no? —dijo Nina, que parecía alarmada de verdad.

Flo soltó una risa como un graznido y luego se llevó la mano a la boca, ahogando el ruido con timidez.

—¡No! Pero probablemente necesitará una buena noche de sueño mucho más que las demás.

—Ah, vale. —Nina echó un vistazo a una de las habitaciones—. ¿Cuál es la nuestra, pues?

—Las dos que están al fondo son las más grandes. Lee y tú podéis quedaros la de la derecha, si os parece, tiene dos camas. En la otra hay una cama grande, pero a mí no me importa dormir en la misma cama que Clare.

Se detuvo en el rellano, respirando hondo, e hizo un gesto hacia una puerta de madera clara que se encontraba a mano derecha.

—Ahí está.

Dentro se encontraban dos camas blancas y sencillas y un tocador, todo tan anónimo como si fuera una habitación de hotel; frente a las camas, la obligatoria y espantosa pared de cristal que miraba hacia el norte, hacia el bosque de pinos. Allí era difícil de entender. El terreno subía un poco por la parte de atrás de la casa y, por tanto, no había vistas espectaculares, como desde la parte delantera. Al contrario, el efecto era más bien claustrofóbico: un muro de un verde oscuro, que ya iba sumiéndose en las sombras, con el sol poniente.

A cada lado se encontraban descorridas unas gruesas cortinas de color crema, y tuve que contener las ansias de correrlas enseguida para tapar la enorme extensión de cristal.

Detrás de mí, Flo dejó caer la maleta de Nina en el suelo de golpe. Me volví y ella sonrió: una sonrisa enorme que, de repente, la hizo parecer casi tan guapa como Clare.

—¿Tenéis alguna pregunta?

—Sí —contestó Nina—. ¿Os importa si fumo aquí dentro?

Flo puso cara de desolación.

—Me temo que a mi tía no le gusta que se fume dentro de casa. Pero tienes el balcón. —Se peleó durante un momento con una puerta plegable en el muro de cristal y, al final, consiguió abrirla—. Puedes fumar fuera, si quieres.

—Estupendo —dijo Nina—. Gracias.

Flo se peleó de nuevo con la puerta y la acabó cerrando. Se irguió, con la cara colorada por el esfuerzo, y se sacudió las manos en la falda.

—Vale. Bueno, os dejo deshacer el equipaje. Nos vemos abajo, ¿sip?

—¡Sip! —dijo entusiasmada Nina.

Yo intenté disimular diciendo «¡Gracias!» en un tono innecesariamente alto, lo cual me hizo sonar extrañamente agresiva.

—¡Ah, pues vale! ¡OK! —dijo Flo insegura, y luego salió por la puerta y se fue.

—Nina... —dije como advertencia, mientras ella se acercaba a mirar el bosque de fuera.

—¿Qué? —me dijo por encima del hombro. Y luego—: Así que Tom es definitivamente del género masculino, a juzgar por la decisión de Flo de apartar sus frenéticos cromosomas Y de nuestras delicadas partes femeninas.

No pude evitar soltar una risa. Eso es lo que pasa con Nina. Le perdonas cosas que a otras personas jamás les perdonarías.

—Creo que probablemente será gay... ¿no te parece? Si no, ¿por qué iba a estar en una despedida de soltera?

—Pues, contrariamente a lo que tú crees, batear por el otro equipo no te cambia el sexo, en realidad... creo. A ver, espera... —Bajó la vista hacia su pecho—. Sí, siguen ahí, con su copa D, presentes y en forma.

—No quería decir eso, y lo sabes perfectamente.

Dejé mi propia maleta en la cama de un golpe, pero entonces me acordé de la bolsa de aseo y la abrí con más cuidado. Mis zapatillas de deporte iban encima de todo, y las coloqué pulcramente junto a la puerta, a modo de pequeña y tranquilizadora señal de «salida de emergencia».

—Las despedidas de soltera —proseguí— son en parte una apreciación de las formas masculinas. Eso es lo que tienen en común las mujeres con los hombres gais.

—Vaya, y me lo dices ahora. Tenías pensada una excusa perfecta y nunca la habías sacado hasta ahora. ¿Podrías responder a todos los remitentes de mi próxima invitación a una despedida de soltera diciendo: «Lo siento, Nina no puede ir porque no aprecia las formas masculinas»?

—Por el amor de Dios, he dicho «en parte».

—Vale, de acuerdo. —Se volvió hacia la ventana y miró fuera, al bosque. Los troncos de los árboles eran como oscuras manchas entre el verde del ocaso. Su voz sonó trágicamente rota—. Estoy acostumbrada a que me excluyan de la sociedad heteronormativa.

—Que te den —dije malhumorada, pero cuando ella se volvió se estaba riendo.

—En resumidas cuentas, ¿qué hacemos aquí? —preguntó echándose de espaldas en una de las camas y quitándose los zapatos de una patada—. No sé tú, pero yo hace tres años que no veo a Clare.

No dije nada. No sabía qué decir.

¿Por qué habíamos venido? ¿Por qué me había invitado Clare?

—Nina... —empecé. Pero tenía un nudo en la garganta y noté que el corazón se me aceleraba—. Nina, ¿quién...?

Pero antes de que pudiera terminar, el sonido de unos golpes invadió la habitación y resonó en el vestíbulo vacío.

Había alguien en la entrada.

De repente, no estaba segura de estar preparada para recibir la respuesta a mis preguntas.

4

Nina y yo nos miramos la una a la otra. El corazón me latía muy deprisa, como un eco extraviado de la aldaba de la puerta, pero intenté mantener el rostro serio.

Diez años. ¿Habría cambiado ella? ¿Habría cambiado «yo»?

Tragué saliva.

Se oyeron los pasos de Flo resonando en el enorme vestíbulo y luego el sonido de metal contra metal, al abrirse la pesada puerta, seguido por el murmullo de voces mientras alguien entraba en la casa.

Escuché con mucha atención. No parecía Clare. De hecho, por debajo de la risa de Flo noté algo que sonaba claramente... ¿masculino?

Nina rodó encima de la cama y se incorporó apoyándose en un codo.

—Bien, bien, bien... Parece que Tom, el del cromosoma Y, ha llegado.

—Nina...

—¿Qué? ¿Por qué me miras así? ¿Vamos abajo y recibimos al gallo del gallinero?

—¡Nina! No hagas eso.

—¿El qué? —dijo ella al tiempo que bajaba los pies al suelo y se ponía de pie.

—No nos avergüences. No lo avergüences a él...

—Si fuéramos gallinas, él sería el gallo, es lo natural. No lo estoy diciendo con segundas.

—¡Nina!

Pero ya había bajado por las escaleras de cristal calzada solo con las medias, y oí que su voz subía por el hueco de la escalera.

—Hola, creo que no nos conocemos...

«Creo que no nos conocemos». Bueno, ¡entonces seguro que no era Clare! Cogí aliento con fuerza y la seguí al vestíbulo.

Primero vi al grupito desde arriba. Junto a la puerta delantera se encontraba una chica con el pelo muy brillante y negro sujeto en un moño en la base del cráneo; supuse que era Melanie. Sonreía y asentía a algo que le decía Flo, pero tenía un móvil en la mano y toqueteaba distraídamente la pantalla mientras Flo hablaba. Al otro lado se encontraba un hombre con un maletín Burberry en la mano. Tenía el pelo liso y de color castaño, e iba inmaculadamente vestido con una camisa blanca que seguramente venía de la tintorería (ninguna persona normal consigue unas rayas tan impecables en las mangas) y unos pantalones de lana gris que proclamaban a gritos que eran de Paul Smith. Levantó la vista al oír mis pasos en la escalera y me sonrió.

—Hola, soy Tom.

—Hola, y yo Nora.

Hice un esfuerzo al bajar los últimos escalones y le tendí la mano. Había algo increíblemente familiar en su cara, e intenté imaginar lo que era mientras nos estrechábamos la mano, pero fui incapaz de identificarlo. Luego me volví hacia la chica del pelo oscuro.

—¿Y tú debes de ser... Melanie?

—Pues sí. —Levantó la vista y sonrió, nerviosa—. Lo siento, es que... he dejado a mi niño de seis meses en casa con mi pareja. Es la primera vez que lo hago. Tengo que llamar a casa para ver qué tal está. ¿No hay señal aquí?

—Pues no —dijo Flo como disculpándose. Estaba sonrojada, no sé si por los nervios o la emoción, no estaba segura—. Lo siento. A veces hay un poquito de cobertura al final del todo del jardín, o en los balcones, dependiendo de la red que tengas. Pero hay un teléfono fijo en el salón. Te lo enseñaré.

Ella fue delante, y yo me volví hacia Tom. Todavía tenía la extraña sensación de haberlo visto en algún otro sitio antes.

—¿Y de qué conoces a Clare? —le pregunté algo violenta.

—Ah, pues ya sabes... cosas del teatro. ¡Todos nos conocemos! En realidad fue a través de mi marido... Es director.

Nina me hizo un guiño teatral a espaldas de Tom. Yo fruncí el ceño, furiosa, y luego compuse la cara al ver que Tom me miraba extrañado.

—Sí, lo siento, sigue —dijo Nina muy seria.

—Bueno, el caso es que conocí a Clare en una función para recaudar fondos para la Royal Theatre Company. Bruce estaba dirigiendo algo allí y empezamos a hablar de trabajo.

—¿Eres actor? —preguntó Nina.

—No, dramaturgo.

Siempre es extraño conocer a otro escritor. Una cierta sensación de camaradería, un vínculo masónico. Me pregunto si los fontaneros sentirán lo mismo al conocer a otros fontaneros, o si los contables se harán entre ellos gestos secretos. Quizá sea porque raramente nos vemos, pues los escritores tendemos a pasar la mayor parte de nuestra vida laboral completamente solos.

—Nora es escritora —explicó Nina.

Nos miró a los dos como si acabara de soltar a dos pesos gallo en el ring para que se pelearan.

—¿Ah, sí? —Tom me miró como si me viera por primera vez—. ¿Y qué escribes?

Uf. La pregunta que odio. Nunca me siento cómoda hablando de lo que escribo... Nunca he superado esa sensación de que la gente se entromete en mis pensamientos privados.

—Pues... ficción —dije vagamente.

Novelas policíacas, en realidad, pero si le dices eso a la gente, quieren sugerirte tramas y móviles para asesinar a alguien.

—¿De verdad? ¿Y con qué nombre escribes?

Bonita manera de decir: ¿he oído hablar de ti? La mayoría de la gente lo formula de una manera menos elegante.

—L. N. Shaw —contesté—. La N no significa nada, porque solo tengo un nombre de pila. Pero la he puesto porque L. Shaw sonaba un poco raro, mientras que L. N. es más pronunciable, no sé si me explico. ¿Así que escribes obras de teatro?

—Sí. Siempre me siento un poco celoso de los novelistas... vosotros lo controláis todo. No tenéis que pelearos con actores que masacran vuestras mejores frases. —Me sonrió, mostrando unos dientes de una blancura antinatural. Me pregunté si llevaría fundas de porcelana.

—Pero debe de ser bonito trabajar con otras personas —aventuré—. Quiero decir, compartir la responsabilidad. Una obra es algo muy grande, ¿no?

—Sí, supongo que sí. Tienes que compartir la gloria con otras personas, pero al menos, si las cosas van mal, el desastre es colectivo.

Estaba a punto de decir algo más cuando se oyó un «clic» en el salón al colgar Melanie el teléfono. Tom se volvió a mirar hacia el sonido, y algo en el ángulo de su cabeza o en su expresión hizo que me diera cuenta de dónde lo había visto antes.

En la foto. La foto de perfil de Clare en Facebook. Era «él». Así que la persona de su foto de perfil no era su nuevo novio.

Todavía estaba asimilando este hecho cuando se acercó Melanie sonriendo.

—Uf, por fin he podido hablar con Bill. En casa todo va estupendamente. Lo siento, estaba un poco distraída... Es la primera vez que paso la noche fuera de casa y es toda una aventura. Bill se las podrá arreglar, estoy segura, pero... bueno, debería dejar de parlotear... Tú eres Nora, ¿verdad?

—¡Venid al salón! —exclamó Flo desde la cocina—. Estoy haciendo té.

Nos acercamos obedientemente y observé la reacción de Tom cuando entró en la enorme sala con su larga pared de cristal.

—Esa vista del bosque es impresionante, ¿verdad? —dijo Tom al fin.

—Sí. —Yo estaba mirando afuera, a los bosques. Oscurecía ya y, al crecer las sombras, daba la sensación de que los árboles avanzaban en bloque hacia la casa, inclinándose para ocultar el cielo—. Te sientes un poco expuesta, de alguna manera, ¿no? Yo creo que es la falta de cortinas.

—Un poco como si llevaras la falda subida y metida en las bragas por detrás —dijo Melanie inesperadamente, y luego se echó a reír.

—Me gusta —afirmó Tom—. Parece un escenario.

—¿Y nosotros somos el público? —preguntó Melanie—. Esta obra parece un poco aburrida. ¡Los actores están tiesos como un palo! —Señaló hacia los árboles, por si no habíamos pillado la broma—. ¿Lo cogéis? Árboles, madera, palo...

—Sí, lo hemos cogido —dijo Nina agriamente—. Pero creo que Tim no se refería a eso, ¿no?

—Tom —replicó Tom. Su voz tenía un tono algo seco—. Pero no, pensaba en lo contrario, precisamente. Nosotros somos los actores. —Se volvió hacia la pared de cristal—. El público... el público está ahí fuera.

No sé por qué, sus palabras me hicieron temblar. Quizá fuera por los troncos de los árboles, que eran como guardianes silenciosos en la creciente oscuridad. O quizá fuera el escalofrío persistente que Tom y Melanie habían traído consigo desde el exterior. Fuera como fuese, al salir de Londres el tiempo parecía otoñal; pero allí, mucho más al norte, tuve de repente la sensación de que había llegado el invierno de la noche a la mañana. No era solo que los pinos cercanos no dejaran pasar la luz con sus densas agujas, ni tampoco el aire frío y afilado con su promesa de las heladas que estaban por llegar. La noche se acercaba y la casa cada vez parecía más una jaula de cristal, proyectando su luz ciegamente hacia la oscuridad, como una linterna. Imaginé un millar de polillas dando vueltas y temblando, atraídas irresistiblemente por su resplandor, para acabar pereciendo contra el frío e inhóspito cristal.

—Tengo frío —dije para cambiar de tema.

—Yo también. —Nina se frotó los brazos—. Creo que podemos poner en marcha la estufa, ¿no? ¿Será de gas?

Melanie se arrodilló frente a la estufa.

—No, es de leña. —Forcejeó con una manija y al final se abrió una portezuela en la parte delantera—. Yo tengo una parecida en casa. ¡Flo! —gritó hacia la cocina—. ¿Te parece bien que encendamos la estufa?

—¡Sip! —chilló a su vez Flo—. Hay cerillas encima de la chimenea. Dentro de un bote. Si no podéis encenderla, ya voy yo enseguida.

Tom se dirigió hacia la chimenea y buscó entre los botes minimalistas, pero luego se detuvo en seco, con los ojos clavados en lo mismo que me había llamado a mí la atención poco antes.

—Por Dios bendito... —Era la escopeta, colocada encima de los ganchos de madera, justo por encima del nivel de la vista—. ¿Es que no han oído hablar de Chéjov por aquí?

—¿Chéjov? —preguntó una voz desde el vestíbulo. Era Flo, que entraba por la puerta con una bandeja apoyada en la cadera—. ¿Ese tipo ruso? No te preocupes, está cargada con balas de fogueo. Mi tía la tiene para espantar a los conejos. Se comen los bulbos y escarban en el huerto. Les dispara por las puertas ventana.

—Es un poco... texano, ¿no? —comentó Tom. Corrió a ayudar a Flo con la bandeja—. No es que no me guste el toquecillo ese rústico del Oeste, pero tener un arma aquí, delante de las narices... es un poco inquietante para los que intentamos mantener a raya los pensamientos morbosos.

—Ya sé lo que quieres decir —dijo Flo—. Que debería guardarla en un armario especial o algo parecido. Pero era de mi abuelo, así que es una herencia familiar. Y el huerto está justo al otro lado de esas puertas... bueno, en verano, al menos, así que es mucho más práctico tenerla aquí a mano.

Melanie encendió el fuego. Flo empezó a servir el té, sacó unas galletas y la conversación derivó hacia otros temas: los precios de los coches de alquiler, el coste de los alquileres en general y si poner primero la leche. Yo estaba callada, pensando.

—¿Té?

Por un momento no me moví ni respondí. Entonces Flo me dio un golpecito en un hombro que me hizo dar un salto.

—¿Quieres té, Lee?

—Nora —repliqué. Forcé una sonrisa—. Yo... lo siento. ¿Tienes café? Tendría que habértelo dicho, pero no soy muy aficionada al té.

Flo puso cara de desolación.

—Oh, lo siento, tendría que haber... pues no, no tenemos. Probablemente es demasiado tarde para comprarlo ya... El pueblo más cercano está a cuarenta minutos, y supongo que las tiendas estarán cerradas. Lo siento muchísimo, pensaba en Clare cuando compré las provisiones, y como a ella le gusta el té... no pensé que...

—No importa —la interrumpí con una sonrisa—. De verdad.

Cogí la taza que me tendía y bebí un sorbo.

Estaba hirviendo y sabía asquerosa y repugnantemente a té, leche caliente y colorante marrón para salsas.

—Clare llegará pronto. —Flo consultó el reloj—. ¿Queréis que empiece a explicaros las cosas, para que sepamos de qué va todo esto?

Todos asentimos y Flo sacó una lista. Sentí, más que oí, el resoplido de Nina.

—Bueno, Clare tiene que llegar a las seis, y luego tomaremos unas copas... Tengo unas botellas de champán en la nevera y he preparado los ingredientes para hacer mojitos, margaritas y esas cosas... y he pensado también que no nos apetecería una cena formal, todos sentados... —La cara de Nina era un poema—. He comprado unas pizzas y aperitivos y nos lo podemos comer todo en la mesa de centro, aquí mismo. Y mientras, se me ha ocurrido que podríamos jugar a algo para conocernos un poco mejor... Todos conocéis a Clare, desde luego, pero creo que muchos de nosotros no nos conocemos... ¿verdad que no? De hecho, quizá deberíamos presentarnos rápidamente antes de que llegue Clare.

Todos nos miramos unos a otros, calibrándonos, preguntándonos quién tendría el descaro suficiente para empezar. Por primera vez intenté hacer encajar a Tom, Melanie y Flo con la Clare que yo conocía, y la verdad es que no me fue fácil.

Lo de Tom era obvio, con su ropa cara, su entorno teatral; no era difícil ver lo que tenían en común. A Clare siempre le había gustado la gente guapa, mujeres y hombres por igual, y se enorgullecía con sencillez y generosidad de la belleza de sus amigos. No había nada insidioso en su admiración: ella misma también era guapa, no se sentía amenazada por la belleza de los

49

demás, y además le gustaba ayudar a las personas a sacar lo mejor de sí mismas, aun de los candidatos menos prometedores, como yo misma. Recuerdo que Clare me arrastraba por ahí de tiendas, antes de salir por la noche, y ponía un vestido tras otro ante mi cuerpo delgado y sin pecho, frunciendo los labios apreciativamente, hasta que encontraba el que era perfecto para mí. Tenía buen ojo para ver lo que te sentaba bien. Fue ella quien me dijo que debía cortarme el pelo. Yo no le hice caso, por aquel entonces. Ahora, diez años más tarde, lo llevo corto y sé que ella tenía razón.

Melanie y Flo eran más misteriosas. Algo que había dicho Melanie en sus primeros mensajes de correo me había hecho pensar que trabajaba como abogada, o posiblemente contable, y en general tenía ese aire de alguien que está más cómodo con traje. Su bolso y zapatos eran caros, pero los vaqueros que llevaba eran de esos que Clare, diez años antes, habría llamado «vaqueros de mamá», de un azul impersonal y un poco favorecedor tiro alto.

Los vaqueros de Flo, por otra parte, eran de diseño, pero había algo extrañamente incómodo en la forma que tenía de llevarlos. Todo su atuendo parecía escogido al azar en un escaparate de All Saints, sin tener en cuenta si le sentaba bien o no, y me fijé en que se tiraba del jersey, incómoda, intentando bajarlo para tapar el suave bulto regordete que se le formaba en la cadera allí donde se le clavaba la cinturilla de los vaqueros. Parecía el tipo de ropa que Clare habría elegido para sí misma, pero solo alguien muy cruel se lo habría sugerido a Flo.

Flo y Melanie juntas formaban un extraño contraste con Tom. Era difícil imaginar a la Clare que yo había conocido con ninguna de ellas. ¿Sería que habían sido amigas en la universidad y se habían mantenido en contacto? Conocía ese tipo de amistades: las que haces en primer curso, para luego darte cuenta, a medida que pasa el tiempo, de que no tienes nada en común con esas personas, aparte de haber pisado las mismas aulas. Sin saber por qué, sin embargo, sigues mandándoles postales para felicitarlas por su cumpleaños y poniendo me gusta en su Facebook. Pero también hacía diez años que yo no veía a Clare. Quizá la Clare de Melanie y Flo fuera la auténtica, ahora.

Al mirar a mi alrededor vi que los demás hacían lo mismo: tomar las medidas a los invitados que no conocían, intentando que los desconocidos cuadraran con la imagen mental de Clare. Capté los ojos de Tom clavados en mí, con una curiosidad que rayaba casi en la hostilidad, y dejé caer la vista al suelo. Nadie quería ser el primero. El silencio se prolongó, hasta amenazar con convertirse en algo violento.

—Empezaré yo —dijo Melanie. Se apartó el pelo de la cara y jugueteó con algo que llevaba al cuello. Vi que era una diminuta cruz de plata colgada de una cadena, de las que se llevan como regalo de bautismo—. Me llamo Melanie Cho, bueno, Melanie Blaine-Cho ahora, supongo, pero es un trabalenguas, así que para el trabajo he conservado mi nombre. Compartía residencia en la universidad con Flo y Clare, pero empecé la carrera dos años más tarde de lo que me correspondía, así que soy un poco mayor que el resto de vosotros... bueno, Tom, no sé qué edad tendrás tú... Yo tengo veintiocho.

—Veintisiete —dijo Tom.

—Así que yo soy la abuelita del grupo. Acabo de tener un niño, bueno, tiene seis meses. Y le estoy dando el pecho, así que por favor, perdonadme si me veis salir corriendo con unas manchas enormes y húmedas en las tetas.

—¿Te la extraes y la tiras? —preguntó Flo comprensiva.

Por encima del hombro de Flo, vi que Nina, enfurruñada, hacía gestos silenciosos como si deseara estrangularla. Aparté la vista, sin querer implicarme.

—Sí, pensé en intentar conservarla, pero me imaginé que probablemente bebería alcohol, y llevármela luego sería un rollo. Bueno... ¿qué más? Vivo en Sheffield. Soy abogada, pero ahora estoy de permiso de maternidad. Mi marido cuida a Ben hoy. Ben es nuestro hijo. Es... bueno, no quiero aburriros. Es un amor, sencillamente.

Sonrió y la expresión, preocupada, se le iluminó. Le aparecieron hoyuelos en las mejillas y yo noté un pinchazo en el corazón. No por envidia de la maternidad, porque jamás he querido estar embarazada de ninguna de las maneras, sino un poco de envidia por esa felicidad tan completa y sencilla.

—Venga, enséñanos una foto —dijo Tom.

A Melanie le volvieron a aparecer los hoyuelos y sacó el teléfono.

—Bueno, si insistís... Mirad, aquí está cuando nació...

Vi una foto de ella misma echada en una cama de hospital, con la cara descolorida como si fuera de porcelana y el pelo atado en unas coletillas negras que le caían hasta los hombros. Le sonreía cansada a un paquetito blanco que llevaba en brazos.

Tuve que apartar la vista.

—Y aquí está sonriendo... No es la primera vez que sonrió, no llegué a tiempo, pero Bill estaba fuera, en Dubái, así que procuré fijarme bien, capté la siguiente sonrisa y se la mandé. Y este es él ahora... no se le ve muy bien la cara, porque se ha puesto el bol en la cabeza, qué gracioso.

El bebé era irreconocible: ya no tenía aquella mirada furiosa, entre azul y negra, de la primera foto, sino que se había convertido en una cosita de mejillas regordetas que se reía a carcajadas. Tenía el rostro medio oculto bajo un plato de plástico color naranja y unos pegotes verdosos se le deslizaban por las redondas mejillas.

—¡Qué mono! —dijo Flo—. Se parece mucho a Bill, ¿verdad?

—¡Ay, Dios mío! —Tom parecía medio divertido, medio horrorizado—. Bienvenidos a la maternidad... Por favor, dejen en la puerta toda la ropa que solo se puede lavar en seco.

Melanie recuperó su teléfono con una sonrisa todavía en los labios.

—Pues sí, es un poco así. Pero es asombroso lo rápido que te acostumbras. Ahora me parece completamente normal buscarme pegotes de papilla en el pelo antes de salir de casa. Pero por favor, no hablemos más de él, que ya tengo bastante morriña y no quiero que la cosa vaya a peor. ¿Y tú, Nina? —Se volvió hacia donde Nina estaba sentada, junto a la estufa, abrazándose las rodillas—. Recuerdo que nos vimos una vez en Durham, ¿verdad? ¿O me lo he imaginado?

—No, tienes razón, vine una vez. Creo que iba de camino de Newcastle para ver a un colega. No recuerdo si conocí a Flo, pero desde luego, sí que me acuerdo de tropezarme contigo en el bar... ¿verdad?

Melanie asintió.

—Para los que no lo sepan aún, yo soy Nina. Fui al instituto con Clare y Nora. Soy médica... bueno, en realidad me estoy formando para ser cirujana. De hecho, acabo de pasar tres meses en el extranjero, con Médicos sin Fronteras, y he aprendido muchísimo más de lo que habría pensado nunca sobre heridas de arma de fuego... porque a pesar de lo que os haya querido hacer creer el *Mail*, no se ven muchas cosas de esas en Hackney.

Se frotó la cara y por primera vez desde que salimos de Londres vi que su máscara se agrietaba un poco. Yo sabía que Colombia la había afectado mucho, pero solo la había visto dos veces desde que había vuelto, y ninguna de las dos veces me había hablado de aquello, excepto para hacer bromas sobre la comida. Por un momento vi un atisbo de lo que podía ser intentar recomponer a la gente para que siguiera con vida... y a veces no conseguirlo.

—Bueno —convino forzando una sonrisa—. Tim, Timmy, Timbo: dispara.

—Sí... —convino Tom poniendo mala cara—, bueno, supongo que lo primero que deberíais saber es que me llamo «Tom». Tom Deauxma. Soy dramaturgo, como antes he dicho. No demasiado importante, pero he hecho mucho teatro alternativo y he ganado unos cuantos premios. Estoy casado con el director de teatro Bruce Westerly... a lo mejor lo conocéis...

Hubo una pausa. Nina negó con un gesto. Tom fue paseando la mirada por cada uno de los presentes, en busca de reconocimiento, hasta posarla en mí, esperanzado. De mala gana negué. Me sentí mal, pero mentir no servía de nada. Él emitió un leve suspiro.

—Bueno, supongo que si estás fuera del mundo del teatro quizá no te fijes mucho en el director... Así es como conocí yo a Clare, por su trabajo para la Royal Theatre Company. Bruce trabaja mucho con ellos y dirigió *Coriolano*, claro.

—Claro —dijo Flo asintiendo muy seria.

Después de mi anterior fracaso, pensé que quizá sería adecuado fingir que al menos eso sí lo conocía, de modo que asentí igual que Flo, incluso con demasiado entusiasmo: noté que se me resbalaba la horquilla del pelo. Nina bostezó, se levantó y salió de la habitación sin decir una sola palabra.

—Vivimos en Camden... Tenemos un perro que se llama Spartacus, Sparky para abreviar. Es un labradoodle. De dos años. Es adorable, pero no es el perro ideal para un par de trabajadores compulsivos que no paramos nunca. Afortunadamente, tenemos un paseador de perros fantástico. Yo soy vegetariano... ¿Qué más? Uf, qué mal, ¿verdad? Dos minutos y ya me he quedado sin nada interesante que decir de mí mismo. Ah... y tengo un tatuaje con un corazón en el omoplato. Eso es todo. ¿Y tú, Nora?

Por algún motivo incomprensible noté que me sonrojaba y se me resbaló el asa de la taza de té entre los dedos, salpicándome té en las rodillas. Me puse a limpiarlo muy afanosa con la punta del pañuelo del cuello y, al levantar la vista, vi que Nina había vuelto a aparecer sigilosamente. Llevaba su bolsita con el tabaco y estaba liando un cigarrillo con una mano, al tiempo que me observaba fijamente con sus grandes ojos oscuros.

Me esforcé por hablar.

—Pues no hay mucho que decir... yo, ejem... conocí a Clare en la escuela, como Nina. Nosotras...

Hace diez años que no hablamos.

No sé por qué estoy aquí.

No sé por qué estoy aquí.

Tragué saliva con esfuerzo.

—Nosotras... perdimos el contacto un poco, supongo. —Notaba que mi cara ardía. La estufa empezaba a calentar mucho. Quise ponerme el pelo detrás de las orejas, pero se me olvidó que me lo había cortado y lo único que conseguí fue rozar los cortos mechones, y la piel caliente y húmeda que quedaba debajo—. Bueno... soy escritora. Fui a la universidad en Londres y empecé a trabajar para una revista después de acabar, pero se me daba bastante mal... probablemente por culpa mía, porque me pasaba todo el tiempo escribiendo novelas, en lugar de investigar y hacer contactos. Bueno, el caso es que publiqué mi primer libro cuando tenía veintidós años y desde entonces soy escritora a tiempo completo.

—¿Y consigues vivir solo de tus libros? —dijo Tom arqueando una ceja—. Te admiro.

—Bueno... solo no. Quiero decir que de vez en cuando doy algunas clases online, aquí y allá... informes editoriales, cosas de esas. Y tuve la suerte... —¿Suerte? Quise morderme la lengua—. Bueno, suerte quizá no sea la palabra adecuada, pero el caso es que murió mi abuelo cuando yo era adolescente y me dejó algo de dinero, lo bastante para comprarme un estudio muy pequeñito en Hackney. Es minúsculo, solo hay espacio para mí y para mi ordenador portátil, pero no tengo que pagar alquiler.

—Creo que es muy bonito que todas hayáis seguido en contacto —dijo Tom—. Clare, Nina y tú, quiero decir. Yo creo que no he seguido en contacto con ninguno de mis amigos del instituto. No tengo nada en común con la mayoría de ellos. No fue la época más feliz para mí, precisamente.

Me miró con detenimiento y yo noté que me sonrojaba. Me volví a meter el pelo otra vez y dejé caer la mano. ¿Eran imaginaciones mías o su mirada tenía algo de malicioso? ¿Sabía algo acaso?

Me quedé un momento indecisa, queriendo responder, pero no se me ocurrió nada que no fuera una mentira pura y dura. Mientras yo vacilaba, el silencio se fue haciendo más incómodo por momentos, y me empezó a agobiar de nuevo lo erróneo de toda aquella situación. ¿Qué demonios estaba haciendo yo allí? Diez años. «Diez años».

—Creo que todo el mundo lo pasa mal en el instituto —dijo al final Nina, interrumpiendo la pausa—. Yo, ciertamente, también lo pasé mal.

La miré agradecida y ella me dirigió un guiño.

—¿Cuál es el secreto entonces? —preguntó Tom—. Me refiero a las amistades que duran tanto. ¿Cómo habéis conseguido mantenerla todos estos años?

Yo lo miré de nuevo, esta vez incisivamente. ¿Por qué demonios no lo dejaba correr ya? Pero yo no podía decir nada sin parecer una verdadera loca.

—Pues no lo sé —repuse intentando que mi tono fuera amable, pero sabiendo que la tensión debía de adivinarse en mi sonrisa. Solo podía esperar que mi expresión no pareciese tan falsa como me lo parecía a mí—. Suerte, supongo.

—¿Y no tienes pareja?

—No. Vivo sola. Ni siquiera tengo un labradoodle. —Lo dije para provocar risas y eso fue lo que obtuve, pero fue un coro escuálido, carente de vivacidad, con una cierta nota de compasión—. ¿Flo? —dije entonces rápidamente, intentando apartar los focos de mi persona.

Flo sonrió.

—Bueno, pues yo conocí a Clare en la universidad. Las dos estudiábamos Historia del Arte y nos alojábamos en la misma parte de la residencia. Un día entré en la sala común y allí estaba ella, viendo *East Enders* y mordiéndose el pelo (ya sabéis lo graciosa que está cuando se enrolla un mechón en el dedo y se pone a mordisquearlo). Qué mona...

Intenté recordarlo. ¿Hacía eso Clare? Me parecía bastante asqueroso. Me asaltó un vago recuerdo de Clare sentada en el café que había junto al instituto y retorciéndose la trenza alrededor del dedo. A lo mejor sí que lo hacía.

—Llevaba ese vestido azul... Creo que todavía lo tiene. ¡No puedo creer que aún se lo pueda poner! ¡Yo me he engordado más de cinco kilos desde la uni! Bueno, el caso es que fui, le dije hola y ella dijo: «Ah, me gusta tu pañuelo». Desde entonces hemos sido las mejores amigas del mundo. Es que... es tan guay, ¿verdad? Ha sido tan amable, tan comprensiva... No hay mucha gente que... —Tragó saliva y calló, haciendo un esfuerzo. Para mi horror, vi que los ojos se le llenaban de lágrimas—. Bueno, es igual, no importa. Es mi apoyo y haría «cualquier cosa» por ella. Cualquier cosa, así que quiero que tenga la mejor despedida de soltera del mundo. Quiero que todo sea perfecto. Para mí es muy importante. Es como... es como si fuera lo último que puedo hacer por ella, ¿sabéis?

Tenía lágrimas en los ojos y hablaba con una pasión y un orgullo tales que casi daba miedo. Eché un vistazo a mi alrededor y comprobé que no era la única que se sentía desconcertada. Tom parecía alarmado, y las cejas de Nina habían desaparecido debajo de su flequillo. Solo Melanie parecía totalmente tranquila, como si aquel fuera el nivel de emoción normal para tu mejor amiga.

—Se va a casar, no va a la cárcel —dijo Nina secamente, pero o bien Flo no la oyó o bien ignoró ese comentario. Tosió y se secó los ojos.

—Perdonad. ¡Ay, Dios mío, soy una boba sentimental! Fíjate...

—Y, ejem, ¿a qué te dedicas ahora? —preguntó Tom cortésmente. Al decirlo él me di cuenta de que Flo nos había hablado todo el rato de Clare, pero no había contado nada de sí misma.

—Oh. —Flo miró el suelo—. Bueno, ya sabéis... Un poco de esto, un poco de lo otro... yo... me estoy tomando un tiempo después de la uni. No estaba a gusto. Clare fue estupenda conmigo. Cuando yo... Bueno, no importa. El caso es que ella... ella ha sido la mejor amiga que haya podido tener una chica, de verdad. ¡Dios mío, otra vez! —Se sonó la nariz y se puso en pie—. ¿Quién quiere más té?

Todos negamos con la cabeza y ella se llevó la bandeja y se fue a la cocina. Melanie sacó su móvil y comprobó la señal de nuevo.

—Bueno, qué raro ha sido todo eso —dijo Nina inexpresiva.

—¿El qué? —preguntó Melanie levantando la vista.

—Flo y lo de la «despedida de soltera perfecta» —especificó Nina—. ¿No os parece que es demasiado... vehemente?

—Ah —dijo Melanie. Miró hacia la puerta de la cocina y bajó la voz—. Mirad, yo no sé si debería decir esto, pero no tiene sentido andarse con rodeos. Flo tuvo un ataque de nervios en tercero. No estoy segura de lo que pasó, pero lo dejó todo antes de hacer los exámenes finales. No se graduó, que yo sepa. De modo que a lo mejor por eso está un poco... no sé, «sensible» con esa época. No le gusta hablar de todo eso.

—Ah, vale —convino Nina.

Pero yo sabía que estaba dándole vueltas. Lo que resultaba alarmante de Flo no era su reserva sobre lo que había ocurrido en la uni, eso era lo menos raro de todo. Lo que resultaba desconcertante era todo lo demás.

5

Quiero dormir, pero me enfocan con luces a los ojos. Me hacen pruebas, me examinan, me toman las huellas y me quitan la ropa, manchada de sangre reseca. ¿Qué ha ocurrido? ¿Qué he hecho?

Me llevan en camilla por largos pasillos, con las luces amortiguadas porque es de noche, pasando junto a salas repletas de pacientes dormidos. Algunos de ellos se despiertan al pasar yo y veo mi estado reflejado en sus expresiones conmocionadas, en la forma en que apartan la vista, como si estuvieran viendo algo lastimoso u horrible.

Los médicos me hacen preguntas que no puedo contestar, me dicen cosas que no recuerdo.

Entonces, por fin, me conectan a un monitor y me dejan, sedada, adormilada y sola.

Pero no sola del todo.

Me vuelvo dolorosamente hacia un lado y entonces veo, a través del cristal reforzado con alambres de la puerta, a una mujer policía sentada pacientemente en un taburete.

Me están custodiando. Pero no sé por qué.

Me quedo allí mirando por el cristal la nuca de la mujer policía. Quiero salir, lo deseo muchísimo, salir y preguntarle cosas, pero no me atrevo. En parte porque no estoy segura de que mis piernas débiles consigan llevarme hasta la puerta y, en parte, porque no estoy segura de poder soportar las respuestas.

Me quedo echada lo que parece mucho tiempo, escuchando el zumbido de los aparatos y el goteo del inyector automático de morfina. El dolor que siento en la cabeza y en las piernas se va amortiguando y se vuelve distante. Y al final me duermo.

Sueño con sangre, que se extiende y se encharca y me empapa. Me arrodillo en la sangre, intentando detenerla, pero no puedo. Me empapa el pijama. Se extiende por el suelo de madera blanqueada...

Y entonces me despierto.

Me quedo un segundo quieta, mientras el corazón me late desbocado en el pecho, e intento acostumbrar la vista a las luces amortiguadas de la habitación. Tengo una sed agobiante y me duele mucho la vejiga.

Hay un vaso de plástico en la taquilla, junto a mi cabeza, y con un enorme esfuerzo intento cogerlo: meto un tembloroso dedo en torno al borde y lo arrastro hacia mí. Tiene un regusto horrible, a plástico, pero Dios mío, nunca el agua me supo tan buena. Me la bebo toda y dejo caer la cabeza hacia atrás, sobre la almohada, con un movimiento brusco que hace que vea estrellas bailando en la oscuridad.

Por primera vez me doy cuenta de que hay unos cables que salen de debajo de las sábanas, conectándome a no sé qué monitor cuya pantalla parpadeante emite unas sombras verdosas y oscuras que iluminan toda la habitación. Uno de los cables lo tengo unido a un dedo de la mano izquierda y, cuando lo levanto, veo para mi sorpresa que tengo la mano arañada y ensangrentada y que mis uñas, que ya de por sí llevo siempre mordidas, están rotas.

Recuerdo... recuerdo un coche... recuerdo tropezar y atravesar un cristal que se rompía... recuerdo que se me caía un zapato...

Por debajo de las sábanas froto los pies uno contra otro, notando el dolor en uno y el bulto hinchado de un vendaje en el otro. Y en las espinillas... noto el tirón de un esparadrapo en una pierna.

Solo cuando me llevo las manos al hombro, el hombro derecho, hago una mueca y miro hacia abajo.

Tengo un hematoma extenso que sale de debajo del camisón hospitalario y me llega hasta el brazo. Cuando encojo el hombro y miro por debajo del escote veo una masa amoratada que se extiende desde un centro hinchado y oscuro, justo por encima de mi axila. ¿Qué puede haberme provocado un hematoma tan extraño, solo en un lado? Noto que mis recuerdos están suspendidos un poco más allá de la punta de mis dedos... pero siguen alejados, tozudamente.

¿He tenido un accidente? ¿Un accidente de coche? ¿Me han... me han atacado?

Dolorida, meto una mano por debajo de las sábanas y me paso la palma por el vientre, los pechos, el costado. Tengo los brazos llenos de cortes, pero aparte de eso parece que el cuerpo lo tengo bien. Bajo la mano a los muslos, me toco entre las piernas. Llevo una cosa gruesa, como una especie de pañal, pero no me duele. No hay cortes. No tengo hematomas en el interior de los muslos. No sé lo que ha ocurrido, pero eso no.

Me echo hacia atrás y cierro los ojos, cansada...

cansada de intentar recordar, cansada de tener miedo. El inyector automático hace clic y susurra y de repente ya nada parece tener importancia.

Cuando ya me deslizo hacia el sueño, me llega una imagen: una escopeta colgada en una pared.

Y de repente me acuerdo.

El hematoma es el retroceso de un arma. En algún momento del pasado reciente, he disparado un arma.

6

—Flo —dije al tiempo que asomaba la cabeza por la puerta de la cocina. Flo estaba cargando el lavaplatos con tazas—. No deberías hacerlo todo tú sola. ¿Quieres que te ayude?

—¡No! No seas tonta. Ya está. —Cerró la puerta del lavaplatos—. ¿Qué pasa? ¿Quieres algo? Siento muchísimo lo del café...

—¿Qué? Ah... no, de verdad, da igual. Escucha, ¿cuándo dices que tiene que llegar Clare?

—Sobre las seis, creo. —Levantó la vista hacia el reloj de la cocina—. Así que nos queda una hora y media para pasar el rato.

—Ah, vale, bueno, solo me lo preguntaba porque... ¿tengo tiempo para ir a correr un rato?

—¿A correr? —preguntó extrañada—. Bueno, supongo que sí... pero está oscureciendo.

—No me iré lejos. Es que...

Me agité inquieta. No podía explicárselo. Tenía problemas para explicármelo a mí misma, pero tenía que salir inmediatamente, alejarme.

Corro casi todos los días, en casa. Tengo varias rutas distintas, variaciones que pasan por el parque Victoria cuando hace buen tiempo, o por las calles, cuando llueve o está oscuro. Descanso un par de días a la semana (dicen que hay que hacerlo, para dejar que tus músculos se recuperen) pero más pronto o más temprano surge la necesidad otra vez, y tengo que correr. Si no lo hago, me entra... no sé cómo llamarlo. Agobio por estar encerrada. Una especie de claustrofobia. El día anterior no había corrido, porque estaba demasiado ocupada haciendo el equipaje y tratando de atar cabos sueltos, y notaba ya la ansiedad creciente por salir de aquella casa que era como una caja. No se trata del ejercicio físico, o al menos no es solo eso. He intentado correr en un gimnasio, en una máquina, y no es lo mismo. Se trata de estar fuera, de no tener paredes a mi alrededor, de poder «alejarme».

—Sí, supongo que te da tiempo —repuso Flo mirando por la ventana hacia fuera, al crepúsculo que ya llegaba—, pero será mejor que te des prisa. Cuando oscurece aquí apenas se ve.

—Saldré enseguida. ¿Debería ir por alguna ruta en particular?

—Mmm... Creo que lo mejor sería que cogieras el camino del bosque... Ven, ven al salón —dijo. Me llevó hasta allí y señaló, en el exterior de la enorme pared de cristal, un hueco sombreado del bosque—. Mira, por ahí hay un sendero. Lleva hacia abajo, hacia el bosque y la carretera principal. Es más firme y menos fangoso que el otro camino... más fácil para correr. Síguelo hasta que des con asfalto, pero entonces yo giraría hacia la derecha, iría a lo largo de la carretera principal y volvería a subir por el camino de entrada... Para entonces ya estará demasiado oscuro para volver atravesando el bosque: el camino no está indicado y podrías acabar yendo en la dirección equivocada. Espera. —Fue a la cocina, rebuscó en un cajón y sacó algo que parecía como unos tirantes mal doblados—. Llévate esto. Es una linterna frontal.

Le di las gracias y corrí hacia mi habitación para ponerme la ropa de correr y las zapatillas. Nina estaba echada en la cama mirando al techo y escuchando algo en el iPhone.

—Flo está como un cencerro, ¿verdad? —dijo intentando entablar conversación mientras se quitaba los auriculares.

—¿Es un término médico, doctora Da Souza?

—Sí. Del latín *cerrus, cerrum*, que significa «encerrado», y que indica que estás para que te encierren.

Me eché a reír mientras me quitaba los vaqueros y me ponía la ropa térmica para correr, camiseta y mallas.

—Te lo acabas de inventar. *Cerrus* significa «cerro» y nada más, y no tiene nada que ver con el cencerro. ¿Dónde están mis zapatillas? Las había dejado al lado de la puerta.

—Te las he metido debajo de la cama. Bueno, es igual, dile cencerro, regadera o lo que quieras... Es el mismo rollo. Y hablando de locuras, ¿vas a salir?

—Sí —dije mientras me agachaba para mirar debajo de la cama. Allí estaban mis zapatillas, lejísimos. Gracias, Nina. Me arrodillé e intenté cogerlas con una mano, mientras preguntaba, con la voz ahogada por la ropa de cama—: ¿Por qué?

—Veamos... —Y empezó a enumerar los motivos con los dedos—. Está oscuro, no conoces los alrededores, hay vino y comida gratis abajo... ah, ¿y he mencionado ya que está «oscuro como boca de lobo» fuera?

—No está oscuro como boca de lobo —aclaré. Miré hacia fuera por la ventana mientras me ataba las zapatillas. Estaba bastante oscuro, pero no tanto. El sol se había puesto, pero el cielo todavía estaba claro, e iluminado hacia el este por una luz difusa de un gris perlado—. Y va a haber luna llena, así que no estará «tan» oscuro.

—¿Ah, sí, señorita Leonora Shaw, la que vivió ocho años en Londres y jamás se alejó más de cincuenta metros de una farola en todo ese tiempo?

—Pues sí —afirmé. Me até los cordones de las zapatillas con un nudo doble y me incorporé—. No me des la tabarra, Nina, tengo que salir o me volveré loca, como una regadera o como un cencerro o como lo que tú quieras.

—Vale. ¿Tan malo te parece todo esto?

—No.

Pero sí, me lo parecía. No podía explicar por qué. No podía contarle a Nina cómo me hacía sentir todo aquello, que unos desconocidos que estaban ahora en el piso de abajo hurgaran en mi pasado con Clare, como si alguien estuviera toqueteando los bordes de una herida aún medio curada. Acudir había sido un error, ya lo sabía. Pero estaba allí, sin coche, hasta que Nina decidiera irse.

—No, estoy bien. Es que quiero salir un rato. Ahora. Nos vemos dentro de una hora.

Bajé las escaleras y su risa burlona me siguió hasta que cerré la puerta.

—Puedes correr todo lo que quieras... ¡pero no te escaparás!

Fuera, en el bosque, respiré con fuerza el aire limpio y fresco y empecé a calentar. Estiré los miembros apoyándome en el garaje y mirando hacia el bosque. La sensación de amenaza, casi de claustrofobia que sentía en el interior había desaparecido. ¿Sería el cristal? ¿La sensación de que ahí fuera podía haber alguien mirando hacia dentro y que nunca lo sabríamos? ¿O era el extraño anonimato de las habitaciones lo que me hacía pensar en experimentos sociales, en salas de espera de hospital?

Fuera, me di cuenta, la sensación de ser observada había desaparecido casi del todo.

Me puse a correr.

Era fácil. Aquello sí que era fácil. No había preguntas, nadie que investigara ni hurgara, solo el aire fresco y dulce y el suave golpeteo de mis pies en la alfombra de agujas de pino. Había llovido bastante, pero el agua no se encharcaba en aquel suelo blando y muy drenado, a diferencia de lo que seguramente ocurriría en el camino lleno de rodadas. Allí había pocos charcos y pocos tramos fangosos, solo kilómetros y kilómetros de camino blando y limpio, con las agujas de mil árboles amontonadas bajo las suelas de mis zapatillas.

No había corredores en mi familia, al menos que yo supiera, pero mi abuela sí que era muy andarina. Decía que cuando era niña y estaba enfadada con alguna amiga, escribía su nombre en la suela de sus zapatos con tiza y andaba hasta que el nombre se había borrado. Decía que cuando la tiza había desaparecido, el resentimiento que sentía también se había esfumado.

Yo no hacía eso. Pero tenía un mantra grabado en el corazón y corría hasta que no podía oírlo más, por encima del latido de mi corazón y del golpeteo de mis pies.

Aquella noche, aunque no estaba enfadada con ella, o al menos ya no lo estaba, oía que mi corazón repetía sin cesar su nombre: «Clare, Clare, Clare».

Hacia el interior, hacia el interior del bosque corría yo, a través de la oscuridad cada vez más profunda y de los leves sonidos de la noche. Vi murciélagos bajando en picado en el ocaso y oí el ruido que hacían los animales que buscaban refugio. Un zorro salió disparado a través del camino, por delante de mí, y luego se detuvo con olímpica arrogancia y husmeó mi rastro con su cabeza de morro fino levantada, mientras yo iba pasando en el crepúsculo.

Aquello era fácil: bajar por la colina, como si volara a través del anochecer. Y no tenía miedo, a pesar de la oscuridad. Allá fuera, los árboles no eran observadores silenciosos detrás del cristal, sino presencias amistosas, que me daban la bienvenida al bosque, separándose ante mí al mismo tiempo que yo iba corriendo, veloz, sin jadear apenas, a lo largo del camino del bosque.

Lo que me pondría a prueba sería el trecho que debía subir colina arriba, el regreso a lo largo del camino fangoso y lleno de rodadas. Sabía que debía llegar a ese camino antes de que oscureciera tanto que no pudiera ver los baches. Así que corrí más deprisa, espoleándome a mí misma. No tenía tiempo que cumplir, ni objetivo marcado. Ni siquiera sabía cuál era la distancia. Pero sabía lo que podían hacer mis piernas, así que mantuve el paso largo y suelto. Salté por encima de un tronco caído y, durante un momento, cerré los ojos (una locura, con tan poca luz) y casi pude imaginar que volaba, que nunca tocaría el suelo.

Al fin vi la carretera, una serpiente de un gris pálido entre las sombras cada vez más oscuras. Al salir del bosque oí el suave ululato de un búho y, obedeciendo las instrucciones de Flo, giré a la derecha siguiendo el asfalto. No llevaba demasiado tiempo corriendo cuando oí el sonido de un coche que venía detrás de mí y me detuve, apretándome contra el arcén. No tenía ganas de que me atropellase un conductor que no esperaba encontrar a nadie corriendo a aquellas horas.

El ruido del coche se acercó más aún, brutalmente intenso en la noche tranquila, y al momento estaba ya encima de mí. El motor rugía como una sierra mecánica y las luces cegadoras de los faros me dejaron deslumbrada. El coche desapareció en la oscuridad y solo vi sus luces posteriores rojas, como ojos de rubí que se alejaban en la oscuridad.

Tras su paso me quedé parpadeando y, mientras esperaba a que los ojos se me volvieran a acostumbrar a la negrura, la noche me pareció infinitamente más oscura que unos momentos antes. De repente me dio miedo caerme a la zanja que había al lado de la carretera, o tropezar con una rama. Busqué en mi bolsillo la linterna de Flo y me decidí a ponérmela. La notaba rara: por una parte me apretaba y el cierre se me clavaba, pero también iba algo suelta, de modo que me preocupaba que se me cayera al echarme a correr de nuevo. Al menos ahora veía el fragmento de asfalto que tenía delante, y las rayas blancas a los lados de la carretera brillaban al enfocarlas con la linterna.

Un desvío a la derecha me indicó que ya estaba en el camino de entrada a la casa, así que bajé el ritmo y doblé la esquina.

En ese momento me alegré de tener el frontal. Ya no podía seguir corriendo, sino que iba trotando con más lentitud y cautela, fijándome bien en el camino para no pisar el barro y evitando los baches en los que podía romperme el tobillo si no iba con cuidado. Aun así, las zapatillas estaban cubiertas de barro y a cada paso que daba tenía la sensación de arrastrar un ladrillo... un kilo de barro pegado en la suela de cada zapatilla. Me costaría un horror limpiarlo cuando volviera.

Intenté recordar si estaba muy lejos... ¿medio kilómetro, quizá? Casi prefería haber vuelto por el bosque, aunque estuviera muy oscuro. Pero justo por delante veía las luces de la casa, cuyas paredes de cristal resplandecían en la noche como si fueran de oro.

El barro me hacía ventosa en los pies, como si intentara retenerme en la oscuridad, así que rechiné los dientes y obligué a mis cansadas piernas a ir un poco más rápido.

Estaría a mitad de camino cuando oí un sonido que venía desde atrás, desde la carretera principal. Un coche que iba aminorando.

No tenía reloj y me había dejado el teléfono en la casa, pero no creía que fueran todavía las seis. No llevaba una hora corriendo, ni mucho menos.

Pero sí, allí estaba, el sonido de un motor al ralentí, al girar el coche, y luego un rugido rasposo, aullante, al empezar a subir la colina, rebotando de bache en bache.

Me pegué al seto al acercarse el coche y me quedé quieta, protegiéndome los ojos del resplandor y esperando que el coche no me salpicara demasiado barro al pasar, pero para mi sorpresa se detuvo. El humo de su tubo de escape formó una nubecilla blanca a la luz de la luna. Oí el zumbido eléctrico de una ventanilla al bajar y una estruendosa música, Beyoncé, rápidamente ahogada cuando alguien bajó el volumen.

Di un paso para acercarme. El corazón me volvía a

latir con fuerza, como si hubiera corrido mucho más rápido de lo que corría en realidad. El frontal estaba inclinado y enfocaba al suelo, en un ángulo más adecuado para caminar que para hablar, y yo no encontraba la forma de ajustarlo para que se volviera a enderezar. Desistí y me quité el aparato de la cabeza, sujetándolo en la mano, y este iluminó el pálido rostro de la chica que iba en el coche.

Pero no tenía necesidad de hacerlo.

Ya sabía quién era.

Clare.

—¿Lee? —preguntó con incredulidad. La luz le daba de lleno en los ojos, así que parpadeó y se tapó con la mano, protegiéndose de la linterna—. Dios mío, ¿eres tú, de verdad? Yo no... ¿Qué estás haciendo aquí?

7

Por un momento no entendí nada. ¿Habría habido algún espantoso error? ¿Era posible que ella no me hubiese invitado, que hubiese sido solo una idea estúpida de Flo?

—Yo... pues... en t-tu despedida de soltera... —tartamudeé—. ¿Tú no...?

—¡Ya lo sé, tonta! —dijo. Se echó a reír y su risa fue como una nerviosa ráfaga de aliento blanco en el aire frío—. Quiero decir que qué haces aquí fuera. ¿Te estás entrenando para una expedición al Ártico o algo así?

—Nada, solo corría —repliqué intentando que sonara como lo más normal del mundo—. No hace tanto frío... solo fresco.

Pero la verdad es que tenía mucho frío, allí quieta, y las últimas palabras que pronuncié quedaron totalmente desautorizadas cuando las pronuncié tiritando convulsivamente.

—Vamos, entra, te llevaré hasta la casa —dijo.

Se inclinó y abrió la portezuela del pasajero.

—Yo... las zapatillas, están muy sucias...

—No te preocupes. Es un coche alquilado. ¡Pero entra ya, antes de que las dos nos quedemos congeladas!

Di la vuelta en torno a la portezuela del pasajero, chapoteando en el barro, y entré. Noté al momento el golpe del calor del coche a través de la ropa térmica que llevaba, fría y empapada de sudor. El barro había penetrado a través de mis zapatillas. Los dedos de los pies me resbalaban sobre el forro de una manera que me daba dentera.

Clare volvió a poner en marcha el coche y acalló *Single Ladies* tocando un botón. El silencio de repente se hizo ensordecedor.

—Bueno... —dijo mirándome de reojo.

Seguía tan guapa como siempre. Había sido una idiota al pensar que en diez años Clare podía estar distinta. Su belleza era profunda, ósea. Incluso a la débil luz del coche, envuelta en una sudadera con capucha vieja y una enorme bufanda de cuello cerrado, estaba guapísima. Llevaba el pelo recogido en la parte superior de la cabeza con un moño adorablemente revuelto, con mechones que le caían por los hombros. Las uñas las llevaba pintadas de color rojo, pero algo descascarilladas, no demasiado retocadas, nadie podía acusar a Clare de eso. Sencillamente, le quedaba todo perfecto.

—Bueno —dije yo también. Siempre me había sentido la pariente pobre, comparándome con Clare. Me di cuenta de que en diez años eso no había cambiado.

—¡Cuánto tiempo sin vernos! —exclamó. Movió la cabeza de un lado a otro, dando golpecitos con los dedos en el volante—. Pero en fin... me alegro mucho de verte, Lee, ¿sabes?

Yo no abrí la boca.

Quería decirle que ya no era aquella persona, que ahora era Nora, no Lee.

Quería decirle que no era culpa suya, que el motivo por el que no había seguido en contacto no tenía nada que ver con ella... que era «yo». Solo que aquello... no era completamente cierto.

Sobre todo, quería preguntarle por qué estaba yo allí.

Pero no lo hice. No dije nada. Me quedé allí sentada, sin más, mirando la casa a medida que nos acercábamos.

—Me alegro mucho de verte, mucho —repitió—. Así que ahora eres escritora, ¿verdad?

—Sí —reconocí. Las palabras que pronunciaba parecían extrañas y falsas, como si estuviera mintiendo o contando historias sobre alguna otra persona, una pariente lejana, quizá—. Sí, soy escritora. Escribo novelas policíacas.

—Sí, ya lo sabía. Leí un artículo en el periódico. Estoy muy... bueno, que me alegro mucho por ti. Es increíble. Tienes que estar muy orgullosa.

Me encogí de hombros.

—Es solo un trabajo —dije.

Las palabras me salieron tensas y amargas... no quería que fuese así. Sé que tengo suerte. Y he trabajado mucho para llegar adonde estoy. Debería estar orgullosa. «Estoy» orgullosa.

—Bueno, ¿y tú? —le pregunté.

—Trabajo como relaciones públicas. Para la Royal Theatre Company.

Relaciones públicas... Le cuadraba bastante y sonreí; una sonrisa auténtica esta vez. A Clare se le daba muy bien contar historias, ya a los doce años. O a los cinco incluso.

—Soy... muy feliz —afirmó en voz baja—. Y siento

mucho haber perdido el contacto... no verte... lo pasamos muy bien las dos, ¿verdad? —Me miró a la luz verde y fantasmagórica del salpicadero—. ¿Recuerdas cuando nos fumamos juntas el primer pitillo? —preguntó echándose a reír—. El primer beso... el primer porro... la primera vez que nos colamos en una película para mayores de dieciocho...

—La primera vez que nos echaron de malos modos... —añadí.

Enseguida me arrepentí de ser tan malintencionada. ¿Por qué? ¿Por qué me ponía tan a la defensiva con ella?

Pero Clare se echó a reír.

—¡Uf, sí, qué humillación! Nos creíamos tan listas... hacer que Rick comprase las entradas y colarnos por los lavabos. Tampoco creía que estuvieran controlando la puerta de la sala.

—¡Rick! Me había olvidado de él. ¿Qué es lo que hace ahora?

—¡Sabe Dios! Probablemente estará en la cárcel. Por sexo con menores, si es que hay justicia en este mundo.

Rick fue novio de Clare durante un año, cuando teníamos catorce o quince, un chico de veintidós años con el pelo largo y grasiento, que tenía moto y llevaba un diente de oro. A mí nunca me gustó, porque ya a los catorce encontraba raro y desagradable que Clare quisiera acostarse con un tío de esa edad, a pesar del hecho de que él pudiera entrar en los clubes y comprar alcohol.

—Uf, qué tío más raro —dije yo sin pensar.

Al darme cuenta de lo que había dicho, me mordí la lengua, pero Clare se echó a reír.

—¡Total! No puedo creer que no me diera cuenta entonces. Pensaba que era tan sofisticado el sexo con un chico mayor... Ahora me parece... solo a un paso de la pedofilia. —Resopló y luego soltó una exclamación cuando el coche dio un salto por un bache—. ¡Uf! Lo siento.

Se hizo el silencio durante un momento, mientras ella se concentraba en recorrer la última parte del camino, llena de rodadas. Luego, tras entrar en el espacio cubierto con grava que estaba delante de la casa, aparcamos limpiamente entre el coche alquilado de Nina y el Land Rover de Flo.

Clare apagó el motor y nos quedamos calladas en el interior oscuro del coche, contemplando la casa y a quienes estaban dentro. Tal y como había dicho Tom, parecían actores sobre un escenario: allí estaba Flo, trabajando como una hormiguita en la cocina, inclinada sobre el horno. Melanie estaba encorvada junto al teléfono, en el salón. Tom echado en un sofá justo enfrente de la ventana de cristal decorativo, hojeando una revista. Nina no estaba a la vista. Lo más probable es que estuviera fuera, en el balcón, fumándose un cigarrillo.

¿Por qué estoy aquí?, volví a pensar, esta vez algo angustiada. ¿Por qué he venido?

Entonces Clare se volvió hacia mí y su cara quedó completamente iluminada por la luz dorada que surgía de la casa.

—Lee... —dijo al mismo tiempo que yo decía:

—Mira...

—¿Qué? —preguntó ella.

Yo negué con un gesto.

—No, tú primero.

—No, tú, de verdad. No iba a decir nada importante.

El corazón me latía dolorosamente en el pecho y, de repente, no pude preguntarlo, no pude hacer la pregunta que tenía en la punta de la lengua. En cambio, dije de forma forzada:

—Ya no me llamo Lee. Ahora soy Nora.

—¿Cómo?

—El nombre. Que ya no me llamo Lee. En realidad nunca me gustó.

—Ah —dijo. Se quedó callada, asimilándolo—. Vale. Así que ahora eres Nora, ¿eh?

—Sí.

—Bueno, intentaré recordarlo. Pero me va a resultar difícil después de... ¿cuánto...?, veintiún años conociéndote como Lee.

«Pero si en realidad no me conoces», pensé involuntariamente, y luego fruncí el ceño. Clare me había conocido, claro que sí. Me conocía desde que tenía cinco años. Ese era el problema... que me conocía demasiado bien. Podía ver, por debajo de la fina capa de adulta, a la niña escuálida y asustada que estaba aún en mi interior.

—¿Por qué, Clare? —dije de repente, y ella levantó la vista, con la cara pálida e inexpresiva en la oscuridad.

—¿Por qué qué?

—¿Por qué estoy aquí?

—Ah, vaya... —dijo al tiempo que se miraba las manos—. Sabía que lo preguntarías. Ya me imaginaba que no te creerías lo de los viejos tiempos y todo eso, ¿no?

Yo negué con la cabeza.

—No es eso, ¿verdad? Has tenido diez años para ponerte en contacto, si hubieras querido. ¿Por qué ahora?

—Porque... —Cogió aliento con fuerza y yo me quedé muy asombrada al darme cuenta de que estaba nerviosa.

Me resultó difícil de asimilar. Nunca la había visto de otra manera que no fuera absolutamente serena; ya a los cinco años tenía una mirada que podía hacer que los profesores más duros se fundieran, o se encogieran, lo que ella prefiriese. Por eso habíamos sido amigas, supongo, de una extraña manera. Ella tenía lo que yo anhelaba: era absolutamente dueña de sí misma. Aun estando a su sombra, yo me sentía más fuerte. Pero las cosas ya no eran así.

—Porque... —repitió. La vi retorcer los dedos, y sus uñas, desconchadas y pintadas, relumbraron rojas como la sangre al captar la luz de la casa y reflejarla en el coche—. Porque me pareció que merecías saberlo. Merecías que te lo dijese... cara a cara. Me prometí... me prometí a mí misma que lo haría, a la cara.

—¿El qué? —pregunté mientras me inclinaba hacia delante.

No estaba asustada, solo intrigada. Me había olvidado de mis zapatillas manchadas y del hedor a sudor que desprendía mi ropa. Me había olvidado de todo excepto de esto: de la cara de preocupación de Clare, llena de una vulnerabilidad nerviosa que nunca le había visto antes.

—Es sobre la boda —empezó. Bajó la vista hacia las manos—. Sobre... la persona con la que me caso.

—¿Quién? —pregunté yo. Y entonces, para hacerla

reír, para intentar romper la tensión que se había adueñado del coche y que me estaba contagiando a mí, dije—: No será Rick, ¿verdad? Yo siempre supe...

—No —exclamó ella mirándome al fin a los ojos. No había ni el menor asomo de risa allí, solo una decisión férrea, como si estuviera a punto de hacer algo desagradable, pero absolutamente necesario—. No. Es James.

8

Por un momento me quedé mirándola, deseando haberlo oído mal.

—¿Cómo?

—Es... James. Me caso con James.

No dije nada. Me quedé allí, mirando hacia los árboles que hacían de centinelas, oyendo el silbido y el golpeteo de la sangre en mis oídos. Algo parecido a un grito se estaba formando en mi interior. Pero no dije nada. Lo ahogué.

¿James?

¿Clare y James?

—Por eso te pedí que vinieras —aclaró. Ahora hablaba deprisa, como si supiera que no tenía mucho tiempo, que yo podía salir del coche y echar a correr—. No quería... pensé que no debía invitarte a la boda. Pensé que sería demasiado violento. Pero no podía soportar que te enterases de esto por otras personas.

—Pero entonces... ¿quién demonios es William Pilgrim? —le solté como una acusación.

Durante un segundo Clare me miró sin comprender. Entonces se dio cuenta y le cambió la cara; en ese mismo instante supe dónde había oído antes aquel nombre y me di cuenta de lo idiota que había sido. Billy Pilgrim. *Matadero 5*. El libro favorito de James.

—Es su nombre de Facebook —me respondí desanimada—. Para su privacidad... para que los fans no encuentren su perfil personal cuando busquen. Por eso no tiene foto de perfil, ¿verdad?

Clare asintió desconsolada.

—No quisimos engañarte en ningún momento —murmuró como disculpándose. Buscó con su mano caliente la mía, entumecida y salpicada de barro—. Y James pensó que debías saberlo antes...

—Espera un momento —dije apartando la mano abruptamente—. ¿Has hablado con él de «esto»?

Ella asintió y se llevó las manos a la cara.

—Lee.. estoy tan... —Se interrumpió, respiró hondo y tuve la sensación de que se estaba armando de valor, preparando lo que iba a decir después. Cuando volvió a hablar lo hizo en tono de cierto desafío, con un atisbo de la Clare que yo recordaba, la Clare que habría atacado, que habría muerto luchando, en lugar de acobardarse bajo una acusación—. Mira, no pienso disculparme. Ninguno de nosotros ha hecho nada malo. Pero por favor, ¿querrás darnos tu bendición?

—Si no habéis hecho nada malo —dije con dureza—, ¿para qué la necesitáis?

—¡Porque eras mi amiga! ¡Mi mejor amiga!

«Era».

Ambas nos dimos cuenta de que había utilizado el tiempo pasado, y vi mi propia reacción reflejada en la cara de Clare.

Me mordí el labio con tanta fuerza que me dolió, machacando la suave piel entre los dientes.

«Tienes mi bendición. Dilo. ¡Dilo!».

—Yo...

Se oyó un ruido que procedía de la casa. Se abrió la puerta y Flo apareció en el rectángulo de luz, haciéndose pantalla delante de los ojos al mirar hacia la oscuridad. Estaba de puntillas y se aupó tanto para ver que estuvo a punto de caerse. Se notaba en toda ella un aire de emoción contenida, como un niño antes de una fiesta de cumpleaños que puede caer en la histeria en cualquier momento.

—¡¿Hoooola?! —gritó con una voz sorprendentemente fuerte en el tranquilo aire de la noche—. ¿Clare? ¿Eres tú?

Clare soltó un suspiro tembloroso y abrió la puerta del coche.

—¡Flopsie! —La voz le temblaba, pero casi imperceptiblemente.

Pensé, no por primera vez, en lo buena actriz que era. No resultaba sorprendente que hubiera acabado en el teatro. La única sorpresa es que no subiera a escena ella misma.

—¡Clare, osito! —chilló Flo, para después lanzarse escalones abajo hacia la grava—. ¡Ay, Dios mío, eres tú! He oído un ruido y he pensado... pero no venía nadie. —Iba corriendo a toda prisa por el sendero que había delante de la casa, con sus zapatillas de conejito susurrando en la grava—. ¿Qué estás haciendo aquí fuera a oscuras y sola, tontita?

—Estaba hablando con Lee. Quiero decir con Nora —dijo Clare al tiempo que agitaba una mano hacia mi lado del coche—. Me la he encontrado cuando subía por el camino.

—¡Bueno, espero que no la hayas atropellado! ¡Uf! —Se oyó un crujido cuando Flo tropezó con algo en la oscuridad y cayó de rodillas frente al coche por las prisas. Se levantó de un salto, limpiándose las piernas—. ¡Estoy bien! ¡Estoy bien!

—¡Tranquila! —se rio Clare y abrazó a Flo.

Susurró algo junto a su pelo que yo no oí, y Flo asintió. Abrí la manija y salí del coche, muy tiesa. Había sido un error no ir andando esos últimos metros hasta la casa. Pasar de correr a estar sentada tan repentinamente me había dejado los músculos fríos. Ahora me costaba un gran esfuerzo enderezar el cuerpo.

—¿Estás bien, Lee? —dijo Clare volviéndose al oír que yo salía del coche—. Cojeas un poco.

—Estoy bien —aseguré, intentando hablar en el mismo tono animado que ella. James. James—. ¿Quieres que te eche una mano con el equipaje?

—Gracias, pero no he traído gran cosa. —Abrió el maletero y sacó una bolsa que se colgó al hombro—. Vamos entonces, Flops, enséñame mi habitación.

Nina no estaba por ninguna parte cuando subí los últimos escalones, dolorida, hasta nuestra habitación, sujetando por los cordones las zapatillas cubiertas de barro. Me quité las mallas salpicadas de barro y la camiseta sudada, y me metí debajo del edredón de plumas con sujetador y bragas. Allí me quedé echada, mirando la luz que arrojaba la lamparita de la mesilla de noche.

Todo aquello era un error. ¿En qué estaba pensando?

Había pasado diez años intentando olvidar a James, intentando construir una crisálida de seguridad y autosuficiencia en torno a mí misma. Y pensaba que estaba teniendo éxito. Tenía una buena vida. No, tenía una vida «estupenda». Tenía un trabajo que me encantaba, un piso propio, algunos amigos muy queridos, ninguno de los cuales conocía a James, ni a Clare, ni a nadie de mi vida anterior en Reading.

Yo no estaba en deuda con nadie... ni emocional ni financieramente, ni de ninguna otra manera. Y eso hacía que me sintiera bien. Absolutamente bien, gracias.

Y ahora esto.

Lo peor de todo es que no podía echar la culpa a Clare. Ella tenía razón: ella y James no habían hecho nada malo. No me debían nada, ninguno de los dos. James y yo habíamos roto hacía «diez años», por el amor de Dios. No. La única persona a la que se podía echar la culpa era a mí misma. Por no haber seguido adelante. Por no haber sido capaz de seguir adelante.

Odiaba a James por el poder que tenía sobre mí. Odiaba el hecho de que, cada vez que conocía a un hombre, no podía evitar compararlo mentalmente con James. La última vez que me acosté con alguien (hacía ya dos años), me despertó por la noche poniéndome la mano en el pecho. «Estabas soñando —dijo—. ¿Quién es James?». Y al verme en la cara lo afligida que estaba, se levantó de la cama, se vistió y salió de mi vida. Y yo ni siquiera me molesté en llamarlo por teléfono.

Yo odiaba a James y me odiaba a mí misma. Y sí, soy plenamente consciente de que decir esto me hace parecer la fracasada más grande de toda la existencia: esa chica que conoce a un chico con dieciséis años y se pasa los siguientes diez malditos años obsesionada con él. Creedme, nadie es más consciente de ello que yo. Si me conociera a mí misma en un bar y hablara conmigo también me odiaría.

86

Ya oía a los demás en el piso de abajo, hablando y riendo, y capté el aroma de la pizza que flotaba escaleras arriba.

Iba a tener que bajar, hablar y reír también. Pero en lugar de eso, me acurruqué hecha un ovillo, con las rodillas pegadas al pecho, los ojos bien cerrados, y chillé en silencio dentro de mi cabeza.

Entonces me estiré, notando cómo protestaban mis cansados músculos, salí de la cama y cogí la toalla que estaba encima de la pila que Flo había colocado cuidadosamente al pie de cada cama.

El baño estaba en el rellano. Cerré la puerta y dejé caer la toalla al suelo. Por encima de la bañera había otra pared de cristal sin cortinas, que daba al bosque, y resultaba increíblemente violento. Estaba orientada de modo que en realidad nadie pudiera ver el interior de la habitación a menos que estuviera subido a la copa de un pino de quince o veinte metros de altura, pero mientras me quitaba el sujetador y las bragas tuve que contener las ganas de taparme los pechos con las manos, de cubrir mi desnudez ante la oscuridad que me contemplaba.

Durante un minuto pensé en ponerme la otra ropa directamente, pero estaba muy cansada y manchada de barro, y sabía que me encontraría mucho mejor si me daba una ducha caliente, así que me metí cuidadosamente en el plato de la ducha y abrí el grifo, irguiendo el cuerpo agradecida cuando la enorme alcachofa tosió un par de veces y enseguida me inundó con un torrente enorme e intenso de agua caliente.

Estando allí de pie podía mirar hacia fuera por la ventana, aunque estaba demasiado oscuro para ver nada. La brillante luz del baño convertía el cristal en una especie de espejo y, aparte de una luna pálida y fantasmal, lo único que veía en realidad era mi propio cuerpo reflejado en el cristal cubierto de vapor, mientras me enjabonaba y me afeitaba las piernas. Qué persona más rara era la tía de Flo... Aquella era una casa para *voyeurs*. No, *voyeurs* son las personas a las que les gusta mirar. ¿Qué es lo contrario? Exhibicionistas.

Personas a las que les gusta que las miren.

Quizá fuese diferente en verano, cuando la luz inundaba toda la casa hasta tarde, por la noche. Quizá fuera una casa para mirar hacia fuera, hacia el bosque. Pero ahora, en la oscuridad, me parecía más bien lo contrario, parecía una enorme vitrina de exposición, llena de curiosidades a las que mirar. O una jaula del zoo. El recinto de un tigre, sin ningún lugar donde ocultarse. Pensé en esos animales enjaulados que van paseando despacio de aquí para allá, día tras día, semana tras semana, volviéndose locos poco a poco.

Cuando terminé, salí con mucho cuidado y me miré en el espejo empañado, quitando la condensación con la mano.

La cara que me miraba desde allí me sobresaltó. Parecía alguien preparado para una pelea. En parte se debía a mi pelo corto: después de la ducha y de frotarlo vigorosamente con la toalla, parecía agresivamente puntiagudo y desafiante, como el de un boxeador entre asaltos. Tenía la cara blanca y recortada bajo aquella luz intensa, los ojos oscuros y acusadores rodeados de sombras, como si me hubieran dado una paliza.

Suspiré y cogí mi neceser. No llevo mucho maquillaje, pero sí que me puse un poco de brillo de labios y máscara de pestañas, lo básico. No tenía colorete, pero me froté las mejillas con un poquito de brillo de labios, para atenuar un poco la palidez, y luego me puse unos vaqueros ajustados limpios y una camiseta gris.

En algún lugar lejano, abajo, empezó a sonar la música. Billy Idol, la música de *White Wedding*. ¿A alguien le parecía gracioso?

—¡Le... quiero decir, Nora! —La voz de Flo subió por las escaleras, por encima de la música de Billy Idol que insistía en que empezáramos otra vez—. ¿Te apetece comer algo?

—¡Ya voy! —respondí gritando también y, con un suspiro, envolví mi ropa interior sucia en la toalla, recogí el neceser y abrí la puerta.

9

Mientras yo estaba en la ducha, la despedida de soltera había empezado en serio.

En el salón, Tom y Clare habían enchufado el iPhone de alguien y estaban bailando alrededor de la mesita de centro con la música de Billy Idol, mientras Melanie se reía de ellos desde el sofá.

En la cocina, donde hacía un calor infernal debido a que el horno trabajaba a tope, vi que alguien sacaba cantidades industriales de pizza que iba colocando sobre unos cartones, y vaciaba varios envases de salsa para untar en unos cuencos. Durante un confuso momento, pensé que era Clare, porque llevaba los mismos vaqueros grises y el mismo chaleco plateado que vestía Clare en la habitación de al lado. Entonces la persona en cuestión se incorporó y, al apartarse el pelo de la frente, vi que era Flo. Llevaba exactamente la misma ropa que Clare.

Antes de que pudiera fijarme más, mis pensamientos se vieron interrumpidos por un fuerte olor a quemado.

—¿Se está quemando algo? —pregunté.

—¡Ay, Dios mío! ¡Las pitas! —chilló Flo—. Lee, mira a ver si las puedes salvar antes de que salte la alarma...

Atravesé corriendo la cocina, que se estaba llenando de humo, saqué los panes de pita de la tostadora y luego los tiré al fregadero. Entonces me enfrenté a la puerta que estaba al otro lado de la cocina. Estaba cerrada y el picaporte era complicado de abrir, pero al final conseguí abrirla de par en par. Entró un aire muy frío y vi, para mi sorpresa, que los charcos del césped se estaban congelando.

—He mirado en el mueble bar y no encuentro tequila —dijo la voz de Nina desde la puerta. Y luego—: ¡Mierda, qué frío! ¡Cierra la puerta!, ¿estás majareta?

—Las pitas se estaban quemando —expliqué débilmente, pero acabé cerrando la puerta. Al menos la temperatura en la habitación ya era más cercana a la normalidad.

—¿No está en la bodega? —preguntó Flo, que se puso tensa y se apartó el pelo sudado de los ojos. Tenía la cara muy roja por el calor—. Joder. ¿Dónde puede estar?

—¿Has mirado en la nevera? —preguntó Nina. Flo asintió.

—¿En el congelador? —sugerí. Ella se dio una palmada en la frente.

—¡El congelador! Claro... ahora me acuerdo que he pensado que sería mejor si queríamos margaritas helados. Uf, qué idiota soy...

«¡Amén!», pronunció Nina con un movimiento de labios mudo, mientras se inclinaba y abría el congelador que estaba debajo de la encimera.

—Aquí está. —Su voz llegó ligeramente amortiguada por el susurro del ventilador del congelador. Se incorporó, con una botella escarchada en la mano, y cogió dos limas del frutero—. Nora, coge una tabla y un cuchillo. Ah, y el salero. Flo, ¿decías que había vasos de chupito por aquí?

—Sí, en ese mueble con espejos que está al final del salón. Pero ¿crees que debemos empezar con chupitos? ¿No sería más sensato empezar primero con un trago más largo... mojitos, por ejemplo?

—A la mierda la sensatez —dijo Nina saliendo de la cocina. Luego, muy bajo y dirigiéndose hacia mí mientras atravesábamos el vestíbulo, añadió—: Necesitaré algo lo más fuerte posible para aguantar todo esto.

Al entrar en el salón Clare y Tom se volvieron. Clare dio un chillido, se acercó bailoteando y le quitó la botella de la mano a Nina y el cuchillo a mí. Retrocedió bailando hacia la mesa de centro, cuyo tablero reflejaba motitas de luz en la habitación mal iluminada, y los dejó en el cristal de golpe.

—¡Chupitos de tequila! No he tomado de estos desde que tenía veintiún años. Creo que la resaca no se me pasó del todo hasta hace poco.

Nina dejó que las limas rebotaran en la mesa, junto con lo demás, y luego se volvió a buscar unos vasos en el aparador, mientras Clare se arrodillaba en la alfombra y empezaba a cortar rodajitas.

—¡Primero la novia! —dijo Melanie, y Clare sonrió. Todos nos la quedamos mirando mientras cogía un pellizco de sal y se lo ponía en el hueco del pulgar, y después cogía una rodaja de lima. Nina llenó un vaso de chupito hasta el borde y se lo puso en la mano. Clare se chupó la mano, se bebió el licor de un trago y luego mordió con fuerza la lima, con los ojos cerrados y muy apretados. Luego la escupió en la alfombra y dejó con fuerza el vaso en la mesa de centro, estremeciéndose y riendo al mismo tiempo.

—¡Joder! Madre mía, me lloran los ojos... Acabaré con el rímel corrido si me bebo otro.

—Señorita —advirtió Nina muy seria—, no hemos hecho más que empezar. Lee..., quiero decir, Nora es la siguiente.

—Oye... —dijo Tom, mientras me arrodillaba junto a la mesa—, si quieres algo de más categoría, podemos hacer cócteles, tequila royales.

—¿Tequila royales? —pregunté. Miré a Nina, que estaba llenando hasta el borde el diminuto vaso. Parte del licor se derramó y formó charcos encima de la mesita de cristal—. ¿Y eso qué lleva? ¿Champán?

—Puede. Pero no como los hago yo. —Tom buscó en el bolsillo de su pantalón y sacó una bolsita de polvo blanco—. ¿Algo un poco más interesante que la sal?

Mierda. Levanté la vista hacia el reloj. No eran ni las ocho. A ese ritmo, estaríamos todos a cuatro patas a medianoche.

—¿Coca? —dijo Melanie con una nota de desagrado en la voz. Cruzó los brazos y miró fríamente a Tom—. ¿De verdad? Ya no somos estudiantes. Algunos somos padres. No creo que eso me lo pueda quitar con el sacaleches.

—Pues no tomes —concluyó Tom encogiéndose de hombros, pero su voz sonaba algo dura.

—¡El rancho está servido! —La incómoda pausa quedó interrumpida cuando Flo apareció en la puerta, con los brazos temblando bajo el peso de una enorme bandeja repleta de pizza caliente. Llevaba también una botella metida bajo el brazo—. ¿Puede limpiar alguien la mesita antes de que se me caiga todo esto encima de la alfombra de mi tía?

—Te diré lo que vamos a hacer —dijo Clare mirando cómo Nina y yo hacíamos espacio en la mesa. Luego se dirigió a Tom y le dio un beso salado y cítrico—, lo guardaremos para el postre.

—Sin problema —dijo Tom con ligereza. Se volvió a guardar el paquetito en el bolsillo—. No quiero obligar a meterse mis carísimas drogas a gente que no las aprecia.

Melanie le dirigió una discreta sonrisa y cogió la botella que Flo llevaba debajo del brazo. Flo dejó la bandeja en la mesa y se incorporó.

—Hum... hablando de champán...

—¡Bien! Es una ocasión especial —afirmó Flo. Sonrió, al parecer sin darse cuenta de la corriente subterránea de tensión que fluía entre Melanie y Tom—. Descórchala, Mel, y yo iré a buscar las copas.

Mientras Melanie quitaba el papel de aluminio, Flo abrió el aparador con espejos y empezó a hurgar en él. Se levantó ligeramente sonrojada y sacó media docena de copas de flauta. Justo en ese momento se oyó un ¡pop! y el corcho, tras volar por los aires, fue a estrellarse contra el televisor de pantalla plana.

—¡Uuuy! —exclamó Melanie llevándose una mano a la boca—. Lo siento, Flo.

—No te preocupes —dijo Flo alegremente.

Sin embargo, fue a examinar disimuladamente la pantalla del televisor mientras Melanie se inclinaba a servir el champán, y la frotó con la manga, echando una mirada algo tensa por encima del hombro.

Cada uno de nosotros cogió una copa y yo intenté sonreír. En realidad no me gusta el champán, porque me da un dolor de cabeza horrible y se me indigesta, y tampoco me gustan las bebidas gaseosas en general, pero ninguno de nosotros había tenido la oportunidad de negarse.

Flo levantó la copa y se volvió hacia el pequeño grupito, nos fue mirando a todos a los ojos y acabó por detener la mirada en Clare.

—¡Por un fin de semana de despedida de soltera estupendo! —dijo—. Por un fin de semana de despedida de soltera «perfecto», para la mejor amiga que puede tener una chica. Mi apoyo. Mi mejor amiga. Por mi heroína y mi inspiración: ¡Clare!

—Y James —añadió Clare con una sonrisa—. O si no, no puedo beber. No soy tan egocéntrica, no puedo brindar por mí misma.

—Ah... —dijo Flo después de quedarse parada un momento—. O sea, quiero decir que... pensaba... ¿este fin de semana no es solo para ti? Pensaba que se trataba de olvidarse del novio un poco. Pero claro, si lo prefieres, vale. Por Clare y James.

—¡Por Clare y James! —coreó todo el mundo, y bebieron.

Al beber, noté que las ácidas burbujas me hacían cosquillas en la garganta, lo que provocó que me fuera más difícil tragar.

Clare y James. Clare y «James». Aún no podía creerlo... No podía imaginármelos juntos. ¿Tanto había cambiado él en diez años?

Todavía miraba mi propia copa cuando Nina me dio un codazo en el costado.

—Venga, ¿estás intentando leer el futuro en los restos del champán? Creo que no te funcionará...

—No, solo pensaba... —dije intentando sonreír.

Nina arqueó las cejas y creí por un momento, con el estómago revuelto, que iba a decir algo, una observación rotunda de las suyas, de esas que te dejaban agredida y dolorida.

Pero antes de que pudiera hablar, Flo palmoteó y dijo:

—¡No os quedéis ahí, chicos! ¡Es la hora de la pizza!

Nina cogió un plato y se sirvió pizza. Yo también. Las pizzas de carne estaban cubiertas de pepperoni barato que desprendía un aceite rojo y un olor químico que empapaba toda la bandeja, pero estaba hambrienta después de correr. Cogí un trozo de pizza de pepperoni y un trozo de pizza de espinacas y champiñones, y me acabé de llenar el plato con pita requemada y hummus.

—Chicos, usad servilletas si lo necesitáis, no quiero que caiga aceite en la alfombra —dijo Flo remoloneando a nuestro alrededor mientras los demás empezábamos a comer—. Ah, y procurad dejar algunos trozos vegetarianos para Tom, por favor.

—Flops —advirtió Clare al tiempo que le ponía una mano en el hombro—. Estoy segura de que habrá suficiente. Tom no podrá comerse todos esos trozos. Además, hay más en la nevera, si nos quedamos cortos.

—Ya lo sé —reconoció Flo. Se le puso la cara roja y, con un gesto impaciente, se colocó bien el pelo bajo la horquilla. Tenía salsa de pizza en el top plateado—. Pero es una cuestión de principios. Si la gente quiere la opción vegetariana, debería pedirla. Me pone mala esa gente que coge toda la comida vegetariana solo porque no le gusta el tipo de carne que hay. ¡Así los invitados vegetarianos se quedan sin nada!

—Lo siento —dije—. Mira, he cogido un trozo de la de champiñones. ¿Quieres que la devuelva?

—No, no —repuso Flo irritada—. Probablemente ahora ya tiene pepperoni por encima.

Por un segundo pensé en señalar que todo el conjunto estaba salpicado con aceite de pepperoni ya desde un principio y que si, tanto le preocupaba todo aquello, tendría que haber puesto los trozos en bandejas separadas, pero me mordí la lengua.

—No importa —dijo Tom. Se había llenado el plato con tres trozos de pizza de champiñones y un enorme pegote de humus—. Con esto tengo más que suficiente, de verdad. Si como más, Gary me tendrá haciendo abdominales hasta Navidad.

—¿Quién es Gary? —preguntó Flo. Cogió un trozo de pizza de pepperoni y se sentó en el sofá—. Pensaba que tu pareja se llamaba Bruce...

—Gary es mi entrenador personal. —Tom bajó la mirada hacia su vientre completamente plano, bastante complacido—. El pobrecillo tiene un trabajo horrible conmigo.

—¿Tienes entrenador personal? —se sorprendió Flo, que parecía muy impresionada.

—Cariño, todo aquel que es alguien debe tener un entrenador personal.

—Pues yo no tengo —afirmó Nina indiferente. Se metió un trozo de pizza en la boca y habló mientras masticaba, con la voz amortiguada—. Sencillamente, voy al gimnasio y hago ejercicio. No necesito que ningún fulano me chille al compás, mientras lo hago. Bueno... —tragó heroicamente—, sí, para eso me llevo el iPod. Pero me gusta poder cambiar a «aleatorio», si el estribillo me aburre.

—¡Venga! —dijo Tom riendo—. Yo no puedo ser el único aquí, ¿no? Nora, ¿y tú? No parece que sufras de culo de escritora.

—¿Yo? —me extrañé. Levanté la vista de mi pizza,

sobresaltada al encontrarme de pronto en el punto de mira de todo el mundo—. ¡No! Ni siquiera soy socia de ningún gimnasio; simplemente, corro. Y los únicos que me chillan a veces son los niños en el parque Victoria.

—¿Clare, entonces? —suplicó Tom—. ¿Melanie? ¡Vamos! Que alguien me apoye. ¡Es una cosa perfectamente normal!

—Yo tengo entrenador —admitió Clare—. Pero... —cortó levantando las manos cuando Tom empezó a pavonearse— solo porque tenía que perder unos kilos, si quería entrar en mi traje de novia.

—Nunca he comprendido por qué la gente hace eso —dijo Nina y le dio otro mordisco a la pizza. Le chorreaba el pepperoni por la barbilla y se lo limpió con la lengua antes de continuar—. Comprarse un vestido dos tallas más pequeño, quiero decir. Después de todo, se supone que el tipo se te declaró cuando eras una bola de grasa.

—¡Perdona! —exclamó Clare. Se había echado a reír, pero había una cierta crispación en su tono—. ¡Yo no era ninguna bola de grasa! Y no es por James, aunque debería añadir que él también tiene un entrenador personal. Es que yo quiero tener el mejor aspecto posible ese día.

—¿Así que solo las personas delgadas tienen buen aspecto?

—No he dicho eso...

—Bueno, has dicho que tu «mejor aspecto» equivale a dos tallas de vestido menos...

—No, solo a unos kilos menos —dijo Clare un poco picada—. Eres tú la que ha hablado de dos tallas. ¡Y no sé qué dices, si estás como un fideo!

—Por accidente —dijo altivamente Nina—, no es nada planeado. No discrimino en cuestión de tallas. Pregúntale a Jess.

—¡Por el amor de Dios! —exclamó Clare al tiempo que dejaba su plato en la mesa—. Mira, resulta que me parece que yo, personalmente, estoy mejor cuando me acerco más a una talla diez que a la doce. ¿Vale? No tiene nada que ver con ninguna otra persona.

—Nina... —saltó Flo en tono de advertencia. Pero Nina estaba lanzada y asentía con mucho énfasis, animada por la risita burlona de Tom, que se tapaba la boca con la mano, y por la media sonrisa de Melanie.

—Sí, claro, ya lo entiendo —continuó—. No tiene nada que ver con la ridícula idealización occidental de las modelos anoréxicas y la representación constante de tías delgadas como un palillo en los medios de comunicación. De hecho...

—¡Nina! —exclamó Flo otra vez, más furiosa todavía.

Se puso de pie, dejó su plato con un golpe y Nina levantó la vista, sobresaltada, a media frase.

—¿Qué?

—Ya me has oído. No sé qué problema tienes, pero déjalo correr, ¿vale? Esta noche es la noche de Clare, y no consentiré que empieces una pelea.

—Pero ¿quién está empezando una pelea? Yo no soy la que va dando golpes con los platos por ahí —dijo Nina fríamente—. Qué lástima, con lo mucho que te preocupaba cuidar las cosas de tu tía...

Todos seguimos la dirección de su mirada y vimos la grieta en el plato que Flo había dejado con ímpetu en la mesa de centro. Durante un segundo me imaginé un toro acosado a punto de embestir.

—¡Oye...! —dijo Flo enfadada.

Se hizo el silencio en toda la habitación: los trozos de pizza quedaron inmóviles en el aire y los vasos a medio camino de los labios, esperando la explosión que estaba a punto de ocurrir.

—Vale, vale —concedió Clare en la tensa pausa. Levantó la mano y empujó a Flo; la hizo sentarse a su lado y se echó a reír—. De verdad... Es que Nina tiene un sentido del humor un poco raro. Ya te acostumbrarás a ella. No me estaba atacando. Bueno, no mucho.

—Sí... —asintió Nina completamente seria—. Lo siento. Es que me hacen mucha gracia las expectativas alucinantemente poco realistas con respecto al cuerpo de las mujeres.

Flo miró a Nina largo rato y luego a Clare, con la confusión reflejada en el rostro. Luego soltó una risita breve que no resultó demasiado convincente.

—Bueno —dijo Tom rompiendo el silencio que siguió—. En esta fiesta no hay suficiente borrachera y desorden para mi gusto, ni mucho menos. ¿A quién le apetece otro chupito? —preguntó. Paseó la mirada por el grupo y detuvo los ojos en mí. Una sonrisa maligna se extendió por su rostro bronceado—. Nora, pareces demasiado sobria. No te has tomado el chupito de antes de cenar.

Yo gemí. Pero Nina, que asentía vigorosamente, me tendió el vaso de chupito lleno y Tom ya tenía en la mano la rodaja de lima y el salero. No había nada que hacer. Era mejor acabar cuanto antes, como cuando te tomas un medicamento.

Tom me echó un poco de sal en el hueco de la muñeca y yo lo chupé, cogí el chupito que me tendía Nina y me lo bebí de golpe, y luego cogí la rodaja de lima de manos de Tom. El jugo me explotó entre los dientes, mientras el tequila me bajaba por la garganta. Esperé un momento, jadeando y rechinando los dientes al notar aquel sabor, y luego una calidez familiar empezó a extenderse por todos mis vasos sanguíneos, y algo se aflojó un poco en el borde de mi visión, como un cierto embotamiento de la realidad.

Quizá aquel fin de semana fuera mucho mejor si me emborrachaba un poco.

Me di cuenta de que todos me miraban, esperando algo. Tenía el vaso todavía en la mano.

—¡Hecho! —exclamé. Lo dejé en la mesa con un golpe y tiré la corteza de lima en un plato vacío—. ¿Quién es el siguiente?

—¿Hacemos unos royales? —preguntó Tom maliciosamente. Levantó la bolsita blanca.

Clare me dio un ligero codazo en el costado.

—Venga, por los viejos tiempos, ¿eh? ¿Recuerdas nuestras primeras rayas?

Pues sí, aunque estaba segura de que lo que tomábamos entonces no era coca. Más bien parecía aspirina machacada, y ya entonces no quería hacerlo. Simplemente imitaba lo que hacía Clare, en plan borrego, temiendo que ella me dejara atrás.

—Sí, para nosotros —le dijo Clare—. Prepara una para Nina también; seguro que ella toma, ¿verdad, doctora?

—Ya conoces a los médicos —dijo Nina con una sonrisa seca—. Nos gusta automedicarnos.

Tom se arrodilló junto a una esquina de la mesita de centro con su tarjeta de crédito y la bolsita de polvos, y todas nos quedamos mirando mientras él ceremoniosamente echaba un poquito, picaba y luego separaba el polvo en cuatro líneas perfectas. Levantó la vista y arqueó las cejas, en un gesto interrogante.

—Supongo que Mel Cho «la del sacaleches» no tomará, pero ¿y tú, Florence Clay, «la anfitriona más mona»?

Levanté la vista hacia Flo. Tenía la cara muy roja, como si hubiera bebido considerablemente más que la única copa de champán que le había visto en la mano.

—Chicos —dijo muy tiesa—. Yo no... No me gusta mucho esto. Quiero decir que... es la casa de mi tía... ¿Y si...?

—¡Venga, Flops! —exclamó Clare. Le dio un beso y le puso la mano en la boca, acallando así sus protestas—. No seas ridícula. No tomes, si no quieres, pero no creo que tu tía venga por aquí a husmear con sus perros rastreadores y a apuntar nuestros nombres.

Flo negó con la cabeza, se soltó del brazo de Clare y empezó a recoger los platos. Melanie se levantó también.

—Te ayudaré —anunció con mucho énfasis.

—¡Pues así habrá más para los que sí quieren! —dijo Tom con voz animada y ligeramente agresiva. Enrolló un billete de diez libras y esnifó su raya; luego se limpió la nariz y se frotó los granitos que sobraban por las encías—. ¿Clare?

Clare se arrodilló e hizo lo mismo con una rapidez que demostraba mucha práctica y que me obligó a preguntarme si hacía aquello muy a menudo. Se incorporó, se tambaleó un poco y luego se echó a reír.

—No puede ser que me haya hecho efecto ya... Debe de ser el tequila. ¿Nina? —dijo mientras le tendía el billete enrollado.

Nina hizo una mueca.

—¡Gracias, pero no! Pásale ese papelucho lleno de mocos a algún dependiente de una tienda que esté en la inopia. Yo usaré el mío, gracias.

Arrancó un trocito de la cubierta del *Vogue Living* que estaba en la chimenea y esnifó la tercera raya. Yo hice una mueca al ver la destrozada cubierta y esperé que Flo no se diera cuenta cuando volviera.

—¿Nora?

Suspiré. Era verdad que me había metido mi primera raya con Clare. También había sido una de las últimas. No me entendáis mal. Yo fumaba, bebía y tomaba diversas drogas en la universidad. Pero en realidad nunca me había entusiasmado la cocaína. No me iba demasiado.

Entonces me sentí como una absurda caricatura, arrodillándome con torpeza en la alfombra y dejando que Nina destrozara un poco más el *Vogue Living*. Sentí como si estuviera interpretando una escena de una película de terror, justo antes de que entre el asesino y empiece a apuñalar a la gente. Lo único que necesitábamos era un par de chavales pegándose el lote en la caseta de la piscina para que fueran las primeras víctimas.

Esnifé la raya y me incorporé, notando que la sangre se alejaba rápidamente de mi cabeza. La nariz y la parte trasera del paladar se me entumecieron y se pusieron raros.

Era demasiado mayor para aquello. Nunca me había gustado, ni siquiera en el instituto. Solo lo hacía con Clare porque tenía una voluntad demasiado débil para decir que no. Recordé, como si fuera a través de una neblina, a James pontificando sobre la hipocresía de todo aquello: «Me hacen reír, con sus huelgas de hambre por Oxfam y sus protestas contra la Nestlé, y luego le regalan la semanada a los barones de la droga colombianos. Qué gilipollas. ¿Es que no ven la ironía de todo esto? Yo prefiero un poquito de hierba de cultivo casero, siempre».

Me hundí en el sofá y cerré los ojos, notando que el tequila, el champán y la coca se mezclaban en mis venas. Toda la velada había intentado relacionar al chico al que conocía con la Clare de hoy en día, y no había conseguido más que sentir con más intensidad aún lo extraño que era todo aquello. ¿Tanto había cambiado él? ¿Se sentarían los dos en su piso de Londres, esnifando rayas uno junto al otro, y recordaría él lo que había dicho cuando tenía dieciséis años? ¿Pensaría en lo irónico de todo el asunto, en lo irónico que resultaba que al final él fuese uno más de aquellos gilipollas de los que se tanto se había reído, hacía años?

La imagen dolía, como una herida antigua mal curada que se recrudece inesperadamente.

—¿Lee? —oí la voz de Clare como si me llegara a través de una neblina y abrí los ojos de mala gana—. ¡Lee! Vamos... ¡céntrate, chica! No estarás borracha ya, ¿verdad?

—No, no lo estoy. —Me incorporé, frotándome la cara. Tenía que superar todo aquello. No había forma de escapar, solo se podía ir hacia delante—. De hecho, no estoy ni medio borracha todavía. ¿Dónde está el tequila?

10

—Yo nunca he... —empezó a decir Clare. Estaba echada en el sofá con los pies apoyados en el regazo de Tom, y la luz que procedía de la chimenea se reflejaba en su pelo. Sostenía un vaso de chupito en una mano y un gajo de lima en la otra, y los sopesaba como si estuviera calculando sus opciones—. Yo nunca he formado parte del club de la milla de altitud.

Se hizo el silencio en el círculo, y Flo estalló en risas. Luego, muy despacio, con expresión irónica, Tom levantó su vaso.

—¡Salud, querida! —brindó. Se lo bebió de golpe y luego chupó la lima, haciendo muecas.

—¡Ah, conque Bruce y tú...! —dijo Clare. Su voz oscilaba entre la burla y la risa, pero bienintencionada—. ¡Seguramente lo hicisteis en primera clase!

—Clase business, pero sí, más o menos —aclaró. Se sirvió otra vez y miró a su alrededor—. ¿Qué, en serio? ¿Tendré que beber solo?

—¿Cómo? —preguntó Melanie. Levantó la vista de su teléfono—. Lo siento, tenía media raya de cobertura así que he pensado en intentar llamar a Bill, pero ha desaparecido. ¿Qué era, verdad o prenda?

—Ninguna de las dos cosas, hemos cambiado de juego —afirmó Tom. Hablaba con voz pastosa. Había hecho un montón de cosas raras en sus tiempos, y pagaba el precio en este juego—. Estamos jugando a «Yo nunca he...». Y yo sí que me uní al club de la milla de altitud.

—Ah, lo siento —se disculpó Melanie. Se bebió el chupito, ausente, y se secó la boca—. Oye, Flo, ¿podría usar el teléfono fijo otra vez?

—¡No, no, no, no! —se opuso Clare haciendo el gesto con el dedo—. No te vas a librar tan fácilmente.

—¡Claro que no! —dijo Flo indignada—. ¿Dónde y cómo, por favor, señora?

—Pues en la luna de miel, con Bill. Era un vuelo nocturno. Yo le hice una mamada en el lavabo. ¿Cuenta eso? Bueno, de todos modos ya he bebido.

—Bueno, técnicamente él sí que está en el club de la milla de altitud, pero tú no, en este caso —dijo Tom. Hizo un guiño lujurioso, algo lento—. Pero como has bebido, te lo dejamos pasar. ¡Sigamos! Bien. Me toca a mí. Yo nunca he... joder, ¿qué es lo que no he hecho nunca? Ah, ya lo sé, nunca he hecho deportes acuáticos.

Hubo un estallido de risas, nadie bebió y Tom gruñó.

—¿En serio?

—¿Deportes acuáticos? —preguntó Flo insegura. Su vaso estaba a medio camino, en el aire, pero miró a su alrededor, intentando descubrir qué era tan divertido—. ¿Te refieres al buceo y cosas de esas? Bueno, he hecho vela, ¿cuenta eso?

—No, cariño —dijo Clare.

Se inclinó hacia ella y le susurró algo al oído. Cuando Flo lo oyó, le cambió la expresión y se mostró conmocionada primero y luego asqueada y divertida a un tiempo.

—¡No me digas! ¡Qué asco!

—Venga, mujer —dijo Tom suplicante—. Confiésate al tío Tom, aquí todas somos chicas y no hay que avergonzarse de nada.

Se produjo otro silencio y Clare se echó a reír.

—Lo siento, eso es lo que te pasa por juntarte con tías sosas como nosotras. Venga, tómatelo como un hombre.

Tom se bebió su chupito, lo volvió a llenar y se arrellanó en el sofá, tapándose los ojos con las manos.

—Mierda, estoy pagando el precio de mi disipada juventud. La habitación me da vueltas.

—Te toca a ti, Lee —dijo Clare desde el sofá. Tenía la cara muy sonrojada y el pelo rubio le caía desordenado sobre los hombros—. Escupe.

Se me revolvió el estómago. Aquel era el momento que había estado temiendo. Había pasado la última ronda intentando sobrevivir a la niebla del tequila y el champán y el ron, y pensando qué decir, pero cada recuerdo parecía llevarme de nuevo a James. Pensé en todas las cosas que nunca había hecho, ni dicho. Cerré los ojos y tuve la sensación de que la habitación se movía y giraba.

Una cosa era jugar a aquello con unos amigos que ya sabían casi todo lo que se pudiera decir allí, pero era muy distinto con aquella extraña mezcla de desconocidos y antiguos amigos. Yo nunca he... Dios mío, ¿qué podía decir?

Nunca supe por qué lo hizo.

Nunca lo he perdonado.

Nunca lo he olvidado.

—Lee... —dijo Clare con voz cantarina—. Vamos, mujer, no hagas que te avergüence en la próxima ronda.

Notaba en la lengua un sabor desagradable a tequila y coca. No podía seguir bebiendo. Si lo hacía, acabaría mareándome.

En realidad, nunca llegué a conocerlo.

¿Cómo podía casarse con Clare?

—Nunca me he hecho un tatuaje —farfullé.

Sabía que en ese terreno estaba a salvo, porque Tom ya había admitido que se había hecho uno.

—Mierda... —gruñó él y se bebió su chupito.

Flo se echó a reír.

—¡Venga! No te vas a librar tan fácilmente. Tienes que enseñárnoslo.

Tom suspiró y se desabrochó la camisa, revelando un pecho bronceado y tonificado. Se bajó la manga por un hombro y se volvió a enseñárnoslo. Tenía un corazón perforado con una flecha y atravesado por el letrero: *No soy tan tonto* en letra cursiva.

—Aquí lo tenéis —dijo al tiempo que empezaba a abrocharse la camisa otra vez—. Ahora las demás, venga, no puedo ser el único.

Nina no dijo nada, sino que simplemente se levantó la pernera de los pantalones y enseñó un pájaro pequeño que tenía tatuado en el tendón que asciende desde el tobillo.

—¿Qué es? —preguntó Flo mirando de cerca—. ¿Una urraca?

—Es un halcón —aclaró Nina. No dio más explicaciones, sencillamente se volvió a bajar el pantalón y se bebió el chupito—. ¿Y vosotras?

Flo negó con la cabeza.

—Soy demasiado miedica. ¡Pero Clare sí que tiene uno!

Clare sonrió y se incorporó un poco en el sofá. Se

volvió de espaldas a nosotros y se levantó el top plateado, que brillaba como las escamas de un pez. Sobresaliendo de la parte trasera de sus vaqueros se veían dos diseños celtas en negro, que subían curvándose hacia su esbelta cintura.

—¡Astas en el culo! —bufó Nina.

—Locuras de juventud —dijo Clare con remordimiento—. En un viaje a Brighton a los veintidós, estando borracha.

—Quedarán preciosos cuando seas una viejecita —afirmó Nina—. Servirán para indicarle el camino al joven al que le toque limpiarte el culo en la residencia de ancianos.

—Bueno, al menos tendrá algo entretenido que mirar, el pobrecillo —dijo Clare. Se bajó de nuevo el top, riendo, y se volvió a tirar en el sofá. Se bebió el chupito—. ¿Mels? —llamó.

Pero Melanie se había llevado el teléfono al vestíbulo y solo indicaban su posición el cordón que arrastraba y el sonido de su voz, baja y urgente.

—¿... Y se ha tomado el biberón? —la oímos decir desde el vestíbulo—. ¿Cuántos gramos?

—Que le den —opinó Nina con decisión—. Hombre al agua. Bien... Yo nunca he... Yo nunca he... Yo nunca he... —Nos miró a mí y a Clare, y de repente su cara adoptó una expresión maligna. Noté un vuelco en el estómago. Nina, borracha, no siempre es una persona de trato agradable—. Nunca me he follado a James Cooper.

Se oyó una risita inquieta que resonó en la sala. Clare se encogió de hombros y bebió.

Entonces, Clare volvió sus ojos de un azul intenso hacia mí y Nina hizo lo mismo con sus ojos castaños.

Hubo un silencio absoluto, roto solo por Florence and the Machine diciéndonos que su chico hacía ataúdes.

—Vete a la mierda, Nina —dije.

Me tembló la mano al beber. Luego me levanté y me dirigí al vestíbulo, con las mejillas ardiendo, y de repente noté que estaba muy, muy borracha.

—Siempre le puedes dar medio plátano para desayunar —estaba diciendo Melanie—. Pero si le das uvas, córtaselas por la mitad primero, o las metes en la cosa esa de malla para chupar la fruta.

Pasé rápido junto a ella dirigiéndome a las escaleras y, mientras salía huyendo, noté que me seguía el desconcertado «¿Qué? ¿Qué ha pasado?» de Flo.

Una vez en el rellano, entré en el cuarto de baño y cerré la puerta. Entonces me arrodillé ante el váter y sucumbí a las arcadas, una y otra vez, hasta que no me quedó nada que vomitar.

Ay, Dios mío, estaba muy borracha. Lo bastante borracha como para volver al piso de abajo y darle una bofetada a Nina por ser una zorra que no hacía más que remover la mierda. Es cierto que no lo sabía todo acerca de James y yo. Pero sí lo suficiente para darse cuenta de que me estaba colocando en una situación horrible... y también a Clare.

Durante un minuto los odié a todos, a Nina por chincharme con esas preguntas que me sacaban de quicio, a Flo y a Tom por quedarse mirando mientras yo bebía, a Clare por obligarme a venir. Y sobre todo, odiaba a James por pedirle a Clare que se casara con él, por empezar toda aquella espantosa cadena. Incluso odiaba a la pobre, inocente e ignorante Melanie, solo por estar allí.

Se me revolvió otra vez el estómago, pero no me

quedaba nada que echar, aparte del sabor horrible del tequila en la boca, así que me incorporé y escupí en el váter. Luego tiré de la cadena y fui al espejo para enjuagarme la boca y echarme algo de agua en la cara. Estaba blanca; tenía unas manchas rojas en los pómulos, como si estuviera tísica, y el rímel corrido.

—¿Lee?

Sonaron unos golpecitos en la puerta. Reconocí la voz de Clare y me tapé la cara con las manos.

—Ne... necesito un momento.

Uf, tartamudeaba. No había tartamudeado desde que había dejado la universidad. De alguna manera me había despojado de todo aquello, junto con la personalidad rara y triste de la Lee de aquel momento. Me fui de Reading. Nora nunca había tartamudeado. Estaba volviendo a ser Lee.

—Lee, lo siento. Nina no tendría que haber...

«Joder, vete a la mierda —pensé—. Por favor. Déjame en paz».

Se oían voces bajas junto a la puerta, e intenté, con los dedos temblorosos, limpiarme el rímel con papel higiénico.

Dios mío, qué patético era todo. Era como si estuviera volviendo al instituto: las peleas entre las chicas, los cotilleos y todo lo demás. Había jurado no volver jamás. Todo aquello había sido un error. Un error horrible, espantoso.

—Lo siento, Nora. —Era la voz de Nina, pastosa por el alcohol, pero teñida de auténtica preocupación... o al menos eso parecía—. No pensaba que... por favor, sal.

—Tengo que irme a la cama —dije.

Tenía la garganta rasposa después de haber vomitado.

—Le... Nora, por favor —imploró Clare—. Vamos, sal. Lo siento mucho. Nina también lo siente.

Cogí aire con fuerza y abrí el cerrojo.

Estaban de pie junto a la puerta, con expresión avergonzada, iluminadas por la brillante luz del cuarto de baño.

—Por favor, Lee —suplicó Clare cogiéndome la mano—. Baja con nosotras.

—No, no importa —dije—. De verdad. Es que estoy muy cansada, me he levantado a las cinco para coger el tren.

—Vale... —Clare me soltó la mano de mala gana—. Mientras no te vayas a dormir cabreada...

Noté que me rechinaban los dientes, muy a mi pesar. «Tranquila. No te lo tomes a pecho».

—No, no me voy a dormir cabreada —repliqué intentando que mi voz sonara ligera—. Es que estoy cansada. Me voy a lavar los dientes. Nos vemos por la mañana.

Me abrí paso entre ellas hacia el dormitorio para coger mi neceser y, cuando volví, seguían allí, Nina dando con el pie en el parqué.

—¿Pero lo vas a hacer de verdad? —preguntó—. ¿Te vas a rajar? Por Dios, Lee, era solo una broma. Si alguien tendría que ofenderse es Clare, pero se lo está tomando muy bien. ¿Has perdido el sentido del humor desde el instituto?

Durante un segundo pensé las respuestas que podía dar. No era una broma. Ella sabía perfectamente lo que esa pregunta significaba para mí y, deliberadamente, había sacado a James en el único lugar y en el único momento en que yo no podía esquivarlo ni dejarlo de lado.

Pero ¿qué importaba eso en realidad? Como una idiota había mordido el anzuelo, había explotado en el momento justo. Ya estaba hecho.

—No me estoy rajando —dije cansadamente—. Es más de medianoche. Estoy despierta desde las cinco. Por favor, solo quiero dormir, de verdad.

Me di cuenta, mientras decía aquellas palabras, de que estaba suplicando, dando excusas, intentando absolverme a mí misma de la culpa por abandonar la fiesta. De alguna manera, darme cuenta de ello me dio fuerzas. Ya no teníamos dieciséis años. No teníamos que ir todas juntitas, como si nos uniera a todas un cordón umbilical invisible. Habíamos seguido caminos separados y todas habíamos sobrevivido. El hecho de que yo me fuera a dormir no arruinaría la despedida de soltera de Clare para siempre, y yo no tenía que justificar ninguna decisión que tomara, como si fuera una prisionera en la Torre de Londres.

—Me voy a la cama —repetí.

Hubo una pausa. Clare y Nina se miraron entre sí y luego Clare dijo:

—Vale.

Por algún motivo irracional, aquella simple palabra me molestó más que nada: sabía que solo significaba que estaba de acuerdo, pero la palabra tenía un tonillo de «te doy mi permiso» que hizo que se me erizara la piel. «Ya no soy tuya, no me puedes ir mangoneando nunca más».

—Buenas noches —dije seca.

Pasé junto a ellas y me metí en el baño. Por encima del ruido del agua corriente y del roce del cepillo en los dientes las oía susurrar fuera, y me quedé allí deliberadamente, quitándome el rímel con un cuidado inusual, hasta que sus voces desaparecieron y oí sus pasos en el parqué, que se alejaban.

Dejé escapar un suspiro, liberando la tensión que ni yo misma sabía que tenía acumulada en mi interior, y noté que los músculos del cuello y del hombro se relajaban.

¿Por qué? ¿Por qué seguían teniendo ese poder sobre mí, Clare en particular? ¿Por qué se lo permitía?

Suspiré, volví a guardar el cepillo y la pasta de dientes en el neceser, abrí la puerta y me dirigí al dormitorio. Estaba fresco y tranquilo, muy distinto del salón, demasiado caldeado y lleno de gente. Se oía a Jarvis Cocker de fondo: su voz llegaba flotando desde el vestíbulo abierto, pero el sonido se amortiguó hasta convertirse solo en unos graves muy lejanos cuando cerré la puerta del dormitorio y me metí en la cama. El alivio fue indescriptible. Si cerraba los ojos, casi podía imaginarme a mí misma en casa, en mi pequeño piso de Hackney; solo faltaba el sonido del tráfico y de los cláxones en el exterior.

Deseé estar allí otra vez, tan intensamente, que casi «notaba» la suavidad desgastada de mi edredón de plumas de flores bajo la mano, casi veía el estor de ratán, que oscilaba suavemente con el viento durante las noches de verano.

Pero entonces llamaron a la puerta y cuando abrí los ojos, la negritud del bosque se reflejaba ante mí desde la pared de cristal. Suspiré, preparándome para responder, y se repitieron otra vez los golpecitos.

—¿Lee?

Me levanté y abrí la puerta. Era Flo la que estaba fuera, con las manos en las caderas.

—¡Lee! ¡No puedo creer que le estés haciendo esto a Clare!

—¿El qué? —pregunté. De repente me sentí infinitamente cansada—. ¿Hacerle qué? ¿Irme a la cama?

—He hecho un esfuerzo bestial para procurar que este fuera un fin de semana perfecto para Clare... ¡te mataré si lo estropeas todo la primera noche!

—No estoy estropeando nada, Flo. Eres tú la que se lo está tomando a pecho, no yo. Simplemente, quiero irme a la cama. ¿Vale?

—No, no vale. ¡No consentiré que sabotees todo el trabajo que he hecho!

—Solo quiero irme a la cama —repetí como un mantra.

—Bueno, creo que estás siendo... muy egoísta y mala —estalló Flo. Tenía la cara roja y parecía que estaba a punto de llorar—. Clare... Clare es la mejor, ¿vale? Y se merece... se merece... —dijo. La barbilla le temblaba.

—Sí, claro —dije y, antes de tener ocasión de pensarlo mejor, ya le había dado con la puerta en las narices.

Durante un minuto la oí fuera, respirando hondo, y pensé: «Si se pone a llorar, no me quedará más remedio que salir y disculparme. No puedo quedarme aquí dentro escuchando cómo se viene abajo ante mi puerta».

Pero no lo hizo. Mediante algún esfuerzo sobrehumano consiguió sobreponerse y se fue al piso de abajo, y yo me quedé también casi a punto de llorar.

No sé cuándo subió Nina, pero fue tarde, muy tarde. Yo no dormía pero fingía hacerlo, acurrucada bajo el edredón y con la almohada encima de la cabeza, mientras ella recorría pesadamente la habitación, volcando los frascos de crema y tropezando con la maleta.

—¿Estás despierta? —susurró mientras se metía en la cama individual que estaba junto a la mía.

Pensé en ignorarla, pero suspiré y me volví hacia ella.

—Sí. A lo mejor porque has ido tropezando con todos los botes que había en la habitación.

—Lo siento —dijo. Se acurrucó debajo de las sábanas y vi el brillo de sus ojos cuando bostezó y parpadeó, cansada—. Mira, siento lo de antes. De verdad que no...

—Vale —convine cansada—. Yo también lo siento. Me lo he tomado a la tremenda. Estaba muy cansada y borracha.

Ya había decidido disculparme con Flo por la mañana. Fuera de quien fuera la culpa de todo aquello, lo cierto es que suya no era.

—No, he sido yo —declaró Nina. Se echó de espaldas y se puso la mano encima de los ojos—. Me he portado como una hija de puta, como siempre. Pero es que han pasado diez años. Creo que se me podría perdonar por suponer... —dijo, pero no acabó la frase.

Sin embargo, yo sabía lo que quería decir: que se le podría perdonar por pensar que cualquier persona normal ya habría superado lo ocurrido y habría seguido adelante.

—Ya lo sé —dije cansada—. ¿Crees que yo no? Es patético.

—Nora, ¿qué pasó? Está claro que pasó algo. No actúas como si hubiera sido una ruptura normal y corriente.

—No pasó nada. Él me dejó. Fin del asunto.

—No es lo que he oído decir —dijo. Se volvió de lado otra vez y, en la oscuridad, noté que su mirada se me clavaba en el rostro—. He oído decir que fuiste tú quien lo dejó a él.

116

—Pues no es así. Fue él quien me dejó. Con un mensaje de texto, por si quieres saberlo.

Poco después me desprendí del teléfono. Aquella alerta alegre y despreocupada nunca dejaba de molestarme con su piii-piii.

—Vale... pero aun así... Mira, nunca te lo he preguntado, pero ¿es que él...?

Se detuvo. Oí girar los mecanismos de su cerebro, en busca de la forma de expresar algo delicado. Me quedé callada. No sabía lo que quería decir, pero tampoco pensaba ayudarla.

—Joder, no hay forma de decirlo sin que suene fatal, pero tengo que decirlo. ¿Acaso él... él te pegó alguna vez?

—¿Qué?

No me esperaba aquello.

—Vale, ya veo que no, lo siento —se disculpó Nina, al tiempo que se volvía de espaldas—. Lo siento. Pero de verdad, Lee...

—¡Nora!

—¡Lo siento! Lo siento, Clare me lo contagia. Y tienes razón. Es absurdo. Pero de verdad, reaccionaste de una manera cuando rompisteis que... es lógico que la gente se preguntara...

—¿La gente?

—Bueno, teníamos dieciséis años... Tú te fuiste de la ciudad, James se vino abajo, todo fue muy dramático. Se habló mucho, ¿vale?

—Por el amor de Dios... —dije. Me quedé mirando el techo. Hubo un silencio absoluto, aparte de un extraño susurro fuera, como la lluvia, pero más suave—. ¿Es eso lo que pensaba la gente?

—Sí —respondió Nina lacónica—. Yo diría que esa

teoría era la más popular. O bien que te había contagiado alguna enfermedad de transmisión sexual.

Dios mío, pobre James... A pesar de lo que había hecho, no se merecía «aquello».

—No —dije al final—. No, James Cooper no me pegó, ni me contagió ninguna enfermedad. Y se lo puedes decir a cualquiera que quiera saberlo y que hable contigo. Y ahora buenas noches, quiero dormir.

—Pero, entonces ¿qué pasó? Si no fue eso, ¿qué ocurrió?

—Buenas noches.

Me volví de lado escuchando el silencio, la respiración exasperada de Nina y el suave susurro de fuera.

Y me quedé dormida por fin.

11

Voces. Fuera, en el pasillo. Se filtran en mi sueño, a través de la neblina de la morfina, y por un momento creo que estoy aún en la Casa de Cristal, y Clare y Flo susurran junto a mi puerta, sosteniendo el arma con sus manos temblorosas.

«Tendríamos que haber registrado la casa...».

Entonces abro los ojos y recuerdo dónde estoy.

En el hospital. Las personas que están fuera, junto a mi puerta, son enfermeras, auxiliares del turno de noche... quizá la oficial de policía a la que había visto antes.

Estoy aquí echada, parpadeando, intentando que mi cerebro cansado y drogado funcione. ¿Qué hora es? Las luces del hospital están atenuadas porque es de noche, pero no sé si son las nueve o las cuatro de la madrugada.

Giro la cabeza para mirar mi teléfono. Siempre, cuando me despierto, miro la hora en mi teléfono. Es lo primero que hago. Pero la mesilla que tengo junto a la cama está vacía. El teléfono no está.

Tampoco hay ropa colgada en la silla que está junto a la ventana, ni bolsillos en el camisón hospitalario que llevo puesto. Mi teléfono ha desaparecido.

Estoy aquí, echada, mirando esta habitación pequeña y poco iluminada. Es una habitación privada, cosa extraña, pero quizá la sala principal estuviera llena. O a lo mejor aquí hacen las cosas así. No hay otros pacientes a quienes preguntar, ni tampoco hay reloj en la pared. Si el monitor verde que parpadea suavemente junto a mi cabeza tiene un reloj, no lo veo.

Durante un momento pienso en llamar a alguien, preguntarle a la policía que está junto a mi puerta qué hora es, dónde estoy, qué me ha pasado.

Pero luego me doy cuenta de que ella está hablando con alguna otra persona y que son sus voces bajas las que me han despertado. Trago saliva, tengo la garganta seca y pegajosa, y aparto la cabeza con mucho esfuerzo de la almohada, dispuesta a llamar a alguien. Pero antes de que pueda hablar, una frase se filtra a través del grueso cristal de la puerta y me pega la reseca lengua al paladar.

—Dios mío —oigo decir a alguien—, entonces ¿ha sido un asesinato?

12

Me desperté en medio de un silencio absoluto, roto solo por los leves ronquidos de Nina en la cama que estaba junto a la mía. Pero allí echada, intentando estirar los músculos y deseando haberme llenado otra vez el vaso de agua, empecé a distinguir poco a poco los ruidos del bosque: el canto de un pájaro, ramitas que chasqueaban y un suave susurro que no reconocí, seguido por un revuelo de sonidos leves como de hojas de papel que caen al suelo.

Consulté el teléfono (las 6:48, seguía sin cobertura) y luego cogí un jersey y me dirigí a la ventana. Cuando abrí la cortina casi me eché a reír. Había nevado durante la noche, no mucho, pero sí lo suficiente para transformar el paisaje en una postalita victoriana. Ese era el extraño susurro que había oído la noche anterior. Si me hubiera levantado y hubiera mirado por la ventana, lo habría visto.

El cielo era una hoguera de tonalidades rosas y azules, de nubes color melocotón iluminadas por debajo; y el suelo, una suave alfombra adornada con manchas blancas, huellas de pájaros y agujas de pino.

Aquel paisaje me provocó un cosquilleo en los pies y supe de inmediato, con penetrante intensidad, que «tenía» que salir a correr.

Las zapatillas, que había dejado junto al radiador, estaban cubiertas de barro del día anterior, pero secas, y las mallas también. Me puse una camiseta térmica y un gorro, pero no me pareció que fuera necesario el anorak. Aunque saliera a correr en un día helado, mi cuerpo siempre desprendía el calor necesario para mantenerme caliente, mientras no hubiera viento. Fuera, la mañana parecía muy tranquila. Ni una sola rama se agitaba con el viento y la única caída de nieve la provocaba la gravedad, no el viento: las ramas de los árboles se doblaban bajo el peso de su carga.

Oí suaves ronquidos en todas las habitaciones, mientras bajaba en silencio las escaleras solo con los calcetines. Me puse las zapatillas cuando llegué al felpudo de la puerta, para no ensuciar los suelos de la tía de Flo. La puerta principal tenía una intimidatoria cantidad de cerrojos y cerraduras, de modo que me dirigí de puntillas a la cocina, que tenía una puerta solo con llave y picaporte. La llave giró con suavidad y levanté el picaporte. Hice una mueca cuando ya estaba abriendo la puerta, al preguntarme de repente si habría una alarma que a lo mejor sería necesario desactivar... pero no oí ninguna sirena, así que salí al frío exterior sin que nadie se percatara y empecé mis calentamientos.

Unos cuarenta minutos más tarde quizá, iba trotando poco a poco de vuelta por el camino del bosque, con las mejillas ardiendo por el frío y el ejercicio. Mi aliento se convertía en una nube blanca ante el azul inmaculado del cielo. Me sentía ligera y tranquila, habiendo dejado en algún lugar del bosque todas las frustraciones y tensiones, pero vi con desilusión que la caldera emitía una nube de vapor digna de un tren expreso. Alguien se había levantado ya y estaba usando el agua caliente.

Esperaba tener una hora de tranquilidad para mí sola mientras los demás dormían, desayunar a mi aire, sin tener que hablar de tonterías. Pero a medida que me acercaba vi que no solo alguien se había levantado, sino que habían estado fuera. Había huellas de pisadas que conducían de una entrada posterior al garaje y vuelta atrás. Qué raro. Todos los coches estaban aparcados delante de la casa, al aire libre. ¿Por qué motivo habría ido alguien al garaje?

Pero mi camiseta sudada me estaba empezando a dar frío, ahora que ya no subía a toda velocidad por la colina, y quería un café. Me dirigí hacia la puerta de la cocina. Quienquiera que estuviera despierto me daría una explicación.

—¿Hola? —dije en voz baja al abrir la puerta, ya que no quería despertar a los demás—. Soy yo.

Alguien estaba inclinado sobre el mostrador, mirando un móvil. Levantó la cabeza y vi que era Melanie.

—¡Hola! —saludó. Me dedicó una sonrisa y sus profundos hoyuelos aparecieron y desaparecieron de las mejillas—. No creía que hubiera nadie más levantado. ¿Has salido a correr con esta nieve? ¡Qué locura!

—Es maravilloso —dije. Me sacudí la nieve de las zapatillas en el felpudo exterior y, tras quitármelas, las cogí por los cordones—. ¿Qué hora es?

—Las siete y media. Llevo despierta unos veinte minutos. Qué ironía... La única oportunidad que tenía de dormir a mis anchas, sin que Ben me despierte, y aquí estoy. ¡No podía dormir!

—Estás condicionada —afirmé, y ella suspiró.

—Pues sí, maldita sea. ¿Quieres un té?

—Preferiría café, si es que hay —dije. Me acordé demasiado tarde—. Ah, mierda, no hay café, ¿verdad?

—Pues no. Me muero por tomarme uno. En casa también soy de café. Siempre tomaba té en la universidad, pero Bill me convirtió. He intentado beber el té suficiente para obtener la misma cafeína, pero creo que mi vejiga no es capaz de aguantarlo físicamente.

Bueno, daba igual. Al menos el té estaría caliente.

—Pues me encantaría un té. ¿Te importa que antes vaya un momento a la ducha y me cambie de ropa? Llevé la misma ayer también y probablemente huele fatal.

—No te preocupes. Iba a hacer tostadas también. Lo tendré todo preparado cuando bajes.

Cuando volví abajo al cabo de diez minutos olía a tostadas y Melanie iba tarareando *The Wheels on the Bus*.

—Hola —saludó cuando yo entré en la cocina secándome el pelo—. Pues tenemos paté vegetal y mermelada de naranja o de fresa.

—¿No hay de frambuesa?

—No.

—Pues entonces paté vegetal, por favor.

Lo extendió en el pan, me pasó el plato y luego miró disimuladamente el teléfono que tenía sobre la encimera. Di un bocado y le pregunté:

—¿Aún no hay cobertura?

—No —respondió mientras su educada sonrisa se iba apagando—. Esto me está volviendo loca. Solo tiene seis meses y está un poco inquieto desde que le empezamos a dar comida sólida. Es que... ya sé que es patético, pero me siento fatal si estoy separada de él.

—Ya me lo imagino —dije comprensiva, aunque en realidad no me lo imaginaba. Pero lo podía relacionar con la añoranza del hogar, y debía de ser muchísimo más fuerte si un ser pequeño e indefenso esperaba tu regreso—. ¿Cómo es tu niño? —pregunté intentando animarla.

—Ah, es un encanto. —Su sonrisa volvió, un poco más convincente esta vez, y cogió el teléfono y empezó a pasar fotos—. Mira, aquí tengo una foto con su primer diente.

Vi una instantánea algo borrosa de un niño con la cara redonda y sin ningún diente visible, pero ella la pasó enseguida, buscando alguna otra. Vimos lo que parecía una explosión en la fábrica de mostaza Colman y ella hizo una mueca.

—Ay, siento que hayas visto esa.

—¿Qué era?

—¡Una caca gigante que le manchó hasta el pelo! Hice una foto para enseñársela a Bill en el trabajo.

—¿Bill y Ben, como los muñecos de las macetas?

—Ya lo sé... —dijo al tiempo que soltaba una risita avergonzada—. Empezamos a llamarle Ben cuando todavía estaba en mi barriga, como broma, y mira, al final se quedó... Me sabe un poco mal, pero supongo que él y su padre no formarán pareja muy a menudo en la vida. Mira esta... ¡la primera vez que nadó!

Aquella foto era más clara: una carita conmocionada en una piscina de un azul intenso, con la boquita roja esbozando un «¡oh!» de furiosa indignación.

—Parece una monada —comenté intentando no

parecer nostálgica. Dios sabe que yo no quiero tener un bebé, pero cuando ves la familia feliz de otra persona hay algo que hace que te sientas excluida, aunque no sea esa la idea.

—Sí que lo es... —afirmó Melanie suavizando la expresión—. Siento que es una bendición. —Se tocó la cruz que llevaba al cuello, casi inconscientemente, y luego suspiró—. Ay, ojalá hubiese cobertura aquí. De verdad, pensaba que estaba preparada para dejarlo, pero ahora... dos noches es demasiado. Sigo pensando ¿y si algo va mal y Bill no me puede llamar?

—Pero él tiene el número de la casa, ¿verdad? —dije al tiempo que mordía la tostada con paté vegetal.

Melanie asintió.

—Pues sí, en realidad sí. —Consultó su teléfono de nuevo—. He dicho que le llamaría esta mañana. Él no quería llamar temprano para no despertar a todo el mundo. ¿Te importa...?

—No, en absoluto —dije, y ella se levantó, vació su taza y la dejó en la encimera—. Ah, por cierto —continué, acordándome de repente mientras ella se dirigía hacia la puerta—. Quería preguntarte si has salido al garaje.

—No —contestó. Parecía sorprendida y lo había formulado como si fuera una pregunta—. ¿Por qué? ¿Estaba abierto?

—No lo sé, no he probado a abrir la puerta. Pero había huellas que iban hasta allí.

—Qué raro. Yo no he sido.

—Muy extraño —convine. Di otro mordisco y mastiqué, pensativa. Las huellas estaban bien marcadas, así que tenía que haber sido «después» de que neva-

126

ra—. ¿Tú crees que...? —empecé a decir, pero luego me callé.

—¿Qué?

No había pensado bien lo que iba a decir y, ahora, mientras pronunciaba las palabras, me sentí extrañamente reacia a decirlas.

—Bueno... yo he supuesto que era alguien que salía de la casa, iba al garaje y volvía. Pero podría haber sido en el otro sentido.

—¿Cómo... alguien fisgoneando? ¿Había huellas que iban hasta el garaje?

—Yo no las he visto. Pero el garaje está muy cerca del bosque y no creo que las huellas se notasen allí. La nieve está demasiado irregular, por zonas.

Además, y aunque no lo dije, si hubiera habido alguna huella en el camino del bosque, seguramente las habría borrado yo al salir a correr.

—No importa —aseguré mientras agarraba la taza de té con decisión—. Es una tontería. Probablemente ha sido Flo, que ha ido a buscar algo.

—Sí, claro, tienes razón —dijo Melanie.

Hizo un gesto de indiferencia, salió de la habitación y oí el «clac» del auricular al descolgarlo. Pero en lugar del sonido del dial chasqueando, oí «ching, ching, ching» y luego un golpe al volver a dejar el auricular.

—¡Es para llorar, no hay línea! De verdad que esto es la gota que colma el vaso. ¿Y si le pasa algo a Ben?

—Cuelga —pedí. Metí mi plato en el lavavajillas y la seguí hasta el salón—. Déjame probar a mí. Igual es ese número...

—No es el número —respondió ella al tiempo que me tendía el auricular—. Está muerto. Escucha.

Tenía razón. No había línea, solo un vacío resonante, y un débil chasquido al fondo.

—Debe de ser la nieve —dije. Pensé en las ramas del bosque, cargadas—. Seguramente se habrá roto alguna rama y habrá cortado la línea. Lo repararán, imagino, pero...

—Pero ¿cuándo? —quiso saber Melanie. Estaba roja, parecía preocupada y tenía los ojos llenos de lágrimas—. No quería agobiar mucho a Clare con esto, pero es la primera vez que me voy de casa, y para ser sincera, la verdad es que lo he pasado bastante mal. Ya sé que se supone que tendría que pensar: «¡Guau! ¡Noche de chicas!», pero la verdad es que no quiero seguir con esto... esta tontería de beber y meterse con los demás. Me importa una mierda quién se haya acostado con quién. Solo quiero volver a casa y acunar a Ben. ¿Sabes el verdadero motivo de que me haya levantado tan temprano? Porque tengo las tetas duras como una piedra por la leche y me dolían tanto que me he despertado chorreando por toda la puta cama. —Estaba llorando ya, y moqueando—. He tenido que levantarme y echar la leche en el lavabo. Y ahora esto es la gota que colma el va-vaso, y no tengo ni-ni idea de si están bien o no. No quiero seguir aquí.

La miré mordiéndome los labios. Quería abrazarla, pero por otra parte quería alejarme de su cara manchada de té y de mocos.

—Eh... —dije torpemente—. Eh, mira..., si lo estás pasando mal...

Pero me callé. No me escuchaba. No me miraba a mí, sino que miraba el bosque cubierto de nieve a través de la ventana, mientras le daba vueltas a algo. Empezó a respirar más despacio y se fue calmando.

—¿Melanie? —le pregunté al fin.

Se volvió a mirarme y se limpió la cara con la manga de la bata.

—Me voy —afirmó.

Me quedé tan sorprendida que no supe qué decirle.

—Flo me va a matar, pero me da igual. A Clare no le importará. Ya de entrada no creo que le hiciera demasiada ilusión tener una despedida de soltera, todo esto es porque Flo está obsesionada por ser la mejor amiga del mundo. ¿Crees que podré sacar el coche por el camino de entrada?

—Sí —dije—, solo está algo empolvado por debajo de los árboles, pero, ¿y Tom? Lo trajiste tú, ¿no?

—Solo desde Newcastle —explicó mientras se volvía a limpiar la cara. Parecía más tranquila ahora que se había decidido por fin—. Estoy segura de que Clare o Nina o alguien lo podrá llevar de vuelta. No creo que sea problema.

—Supongo que no —reconocí. Me mordí los labios al imaginar la reacción de Flo ante todo aquello—. Oye, ¿de verdad no quieres quedarte un poquito más? Estoy segura de que arreglarán pronto la línea telefónica...

—No. Ya me he decidido y me voy ahora mismo. Bueno, esperaré a que se levante Flo, pero voy a hacer la maleta ahora. ¡Ah! Qué alivio. —De repente sonreía: su rostro había pasado de nublado a soleado en solo unos momentos, y los hoyuelos aparecían de nuevo en sus mejillas—. Gracias por escucharme. Siento haberme enrollado un poco, pero realmente me has ayudado mucho. Quiero decir que tienes razón... si lo estás pasando mal, ¿qué sentido tiene quedarse aquí? Clare no querría que estuviera aquí sintiéndome fatal.

La vi subir despacio las escaleras, posiblemente para guardar sus cosas, y me quedé pensando en sus últimas palabras. Efectivamente, ¿qué sentido tenía seguir allí? Me di cuenta de repente de que no quería que se fuese. No porque me cayera bien, aunque parecía una persona muy agradable, sino porque yo también tenía la fantasía de escapar de allí. Y al faltar una persona ya, sería mucho más difícil: habría una presión mucho más intensa sobre los que quedasen para compensar la ausencia de Melanie.

Y sin coche y sin la coartada de tener un bebé, ¿qué motivo podía dar yo que no tuviera relación con mi resentimiento por James, por el hecho de que una mujer mejor que yo me había derrotado y se había quedado a mi exnovio para ella?

Pensaba que hacía mucho tiempo que había dejado de importarme un pimiento lo que pensara Clare Cavendish de mí. Pero mientras volvía lentamente a la cocina, me di cuenta de que estaba equivocada.

13

Así fue como conocí a Clare. Era el primer día en la escuela primaria y yo estaba sentada sola a un pupitre, intentando no llorar. Todos los demás habían ido a párvulos en el mismo colegio y yo no, de modo que no conocía a nadie. Era menuda y flaca, y llevaba unas trencitas que mi madre me sujetaba a los lados de la cabeza «para evitar las liendres».

Yo ya sabía leer, pero no quería que nadie lo supiera. Mi madre me había dicho que no sería muy popular si me hacía la Señorita Sabelotodo, y que los profesores me enseñarían a leer bien y no como hacía yo, a mi manera inventada.

De modo que estaba sola, mientras otros niños se habían emparejado en las demás mesas y parloteaban. Entonces fue cuando Clare se acercó a mí. Nunca había visto una niña tan guapa. Llevaba el pelo largo y suelto, desafiando las normas de la escuela, y su melena brillaba a la luz del sol como en los anuncios de Pantene. Miró a su alrededor, a los demás niños; algunos de ellos le hacían señas hacia la silla vacía que tenían a su lado, esperanzados, diciéndole: «¡Clare, Clare, siéntate conmigo!».

Y ella me eligió a mí.

No sé si sabéis lo que es que te elija alguien como

Clare. Es como si un reflector muy cálido te bañase en su luz. Te sientes a la vez expuesta y halagada. Todo el mundo te mira, y tú ves que se están preguntando: ¿por qué «ella»?

Clare se sentó a mi lado y yo sentí que me transformaba y pasaba de no ser nadie a ser alguien. Alguien con quien los demás niños podían querer hablar, de quien podían querer hacerse amigos.

Ella sonrió y yo le devolví la sonrisa.

—Hola —dijo—. Soy Clare Cavendish, y tengo el pelo tan largo que me puedo sentar encima. En la obra de teatro de la escuela voy a ser la Virgen María.

—Yo me llamo... —intenté responder—. Me llamo Le... Le...

Me llamo Leonora, intentaba decir. Pero Clare sonrió.

—Hola, Lee.

—Clare Cavendish. —Era la profesora que daba golpes con el borrador en la pizarra para atraer nuestra atención—. ¿Por qué no llevas el pelo recogido?

—Porque me da migraña —respondió Clare al tiempo que volvía su rostro angelical, bañado por la luz, hacia la profesora—. Mi madre me ha dicho que no tenía que hacerlo. Tengo una nota del médico.

Así era Clare.

¿Era posible que tuviera una nota del médico? ¿Algún médico en su sano juicio haría una nota para que permitieran a una niña de cinco años llevar el pelo suelto?

Pero no importaba en realidad. Lo había dicho Clare Cavendish, así que era verdad. Hizo el papel de María en la obra escolar. Y yo me convertí en Lee. La tímida y tartamuda Lee. Su mejor amiga.

Nunca olvidé lo que había hecho Clare aquel primer día. Pudo haber elegido a cualquiera. Pudo haber jugado la carta de la popularidad y sentarse con alguna de las niñas que llevaban pasadores de Barbie en el pelo y zapatos Lelli Kelly.

Pero no: eligió a la única niña que estaba sola, en silencio, y me transformó.

Como mejor amiga de Clare siempre me incluían en todos los juegos: no me condenaban nunca a estar sola —pero intentando no parecerlo— en un rincón del patio de recreo, esperando a que alguien me pidiera unirme al juego. Me invitaban a fiestas de cumpleaños porque Clare quería que fuese, y cuando se supo que Clare había venido a mi casa a jugar y que había hablado con entusiasmo de mi columpio y de mi casa de muñecas, otras niñas empezaron a aceptar mis titubeantes invitaciones.

Los niños de cinco años pueden ser increíblemente crueles. Dicen cosas que ningún adulto diría, comentarios hirientes sobre tu aspecto, tu familia, cómo hablas y cómo hueles, la ropa que llevas. Si alguien te hablara así en la oficina, lo echarían a la calle por acoso laboral, pero en el colegio es lo normal. Cada clase tenía un chivo expiatorio nada popular, ese niño con el que nadie quiere sentarse, al que se le echa la culpa de todo y se elige siempre el último en los juegos por equipo. Y, quizá también de forma inevitable, cada clase tiene un mandamás. Si alguien merecía ese título en nuestra clase era Clare y, sin su amistad, yo me podría haber convertido fácilmente en el chivo expiatorio y haber seguido sola en mi pupitre para siempre. En parte, la asustada niña de cinco años que sigue bajo mi caparazón de adulta siempre le estará agradecida por aquello.

No me interpretéis mal: no siempre era fácil ser amiga de Clare. Ese foco de amor y calidez se podía retirar tan rápidamente como se había otorgado. Podía suceder que se rieran de ti y te ridiculizasen, en lugar de defenderte. Había muchos días que volvía a casa llorando por algo que me había dicho Clare, o por algo que había hecho Clare. Pero ella era divertida y generosa, y su amistad era un salvavidas sin el cual no podía vivir, así que de alguna manera siempre acababa perdonándola.

A mi madre, por otra parte, no le gustaba Clare, por motivos que nunca acabé de entender del todo. No tenía sentido, porque en muchos aspectos Clare era como la hija que hubiese querido que fuera yo: encantadora, locuaz, popular, no demasiado empollona. Cuando llegó la época del instituto, mi madre no se calló sus esperanzas de que yo ingresara en la escuela de secundaria local, y Clare no. Pero lo consiguió. Clare no era ninguna empollona, nadie podía acusarla de eso, pero era lista, y sabía apañárselas bien en los exámenes.

Pero mi madre fue a hablar con el profesor y le pidió que nos pusiera en distintas clases. De modo que en clase encontré una nueva amiga, una compañera igual de increíble: la mordaz y divertida Nina, con sus piernas morenas y delgadas y sus enormes ojos oscuros. Nina era alta y yo baja; ella era capaz de correr los 800 metros en 2 minutos 30, y también era divertida y no le tenía miedo a nadie. Era peligroso estar a su alrededor, porque su lengua afilada no hacía distinciones entre amigos y enemigos, así que era igual de probable que fueras el objetivo de su pullas o que te rieras con ellas. Pero me gustaba. Y en muchos aspectos, me sentía con ella mucho más segura que con Clare.

En el fondo, daba igual. Fuera de clase, Clare me buscaba. Comíamos juntas. Hacíamos novillos e íbamos a gastarnos nuestra paga semanal en Woolworths, en los CD que le gustaban a Clare y en el esmalte de uñas llamativo que teníamos prohibido llevar al instituto. Nos cogieron solo una vez, cuando teníamos quince años. Una mano pesada se apoyó en nuestro hombro. Vimos el rostro furioso del señor Bannington por encima de nosotras. Amenazas de expulsión, de contárselo a nuestros padres, de pasarnos castigadas el resto de nuestra vida...

Clare, sencillamente, se lo quedó mirando con una expresión de sinceridad en sus ojos azules.

—Lo siento muchísimo, señor Bannington —dijo—, pero hoy era el cumpleaños del abuelo de Lee. El que vivía con ellos, ¿sabe? —Hizo una pausa y le dirigió una mirada significativa, invitándolo a recordar, a atar cabos—. Lee estaba muy triste y no podía ir a clase. Lo siento si hemos hecho mal...

Primero me quedé con la boca abierta. ¿Era el cumpleaños de mi abuelo? Hacía un año que había muerto. ¿Me había olvidado, de verdad? Entonces reaccioné y me puse furiosa. No, claro que no. Su cumpleaños era en mayo y estábamos en marzo.

El señor Bannington se incorporó, atusándose el bigote, y frunció el ceño. Me puso una mano en el hombro.

—Bueno, en esas circunstancias... No puedo perdonar esto, chicas, si hubiera habido una alarma de incendio, otras personas habrían tenido que arriesgar su vida para buscaros. ¿Lo comprendéis? Así que, por favor, no lo toméis como una costumbre. Pero en estas circunstancias, no diré nada más. Solo por esta vez.

—Lo siento mucho, señor Bannington. —Clare bajó la cabeza, escarmentada y contrita—. Simplemente intentaba ser buena amiga. Ha sido muy duro para Lee, ¿sabe?

Y el señor Bannington tosió un poco, como si se estuviera atragantando, inclinó rápidamente la cabeza una sola vez, dio media vuelta y se alejó.

Yo estaba tan enfadada que no podía hablar, de vuelta al instituto. Pero ¿cómo se atrevía? ¿Cómo se atrevía?

En la puerta del instituto, ella me puso una mano en el hombro.

—Lee, mira, espero que no te importe, es que no se me ha ocurrido nada más que decir. ¿Sabes? He sido yo la que te he convencido para faltar a clase, así que he pensado que era responsabilidad mía sacarnos del lío.

Yo notaba la cara rígida. Intenté imaginar qué habría dicho mi madre si me hubieran expulsado y tuve que reconocer que Clare nos había sacado a ambas del atolladero. Pero comprendí que cuando llegase aquel día de mayo, el del auténtico cumpleaños del abuelo, yo no podría mencionarlo, ni tampoco volver a referirme a él en el futuro.

—Gracias —dije con una voz dura y poco natural y sin tartamudear, de modo que no parecía yo.

Clare sonrió y noté la calidez del sol.

—De nada...

Noté que me descongelaba y le devolví la sonrisa, casi a regañadientes.

Después de todo, Clare solo intentaba ser buena amiga.

—No.

—Flo...

—No te vas.

Melanie se quedó un momento en medio de la cocina, sin saber qué decir. Al final, soltó un bufido y una risa incrédula.

—Pues parece ser que sí... que me voy.

Se echó la bolsa al hombro e intentó apartar a Flo para dirigirse hacia la puerta.

—¡No! —gritó Flo. Había una cierta histeria en su voz—. ¡No dejaré que lo estropees todo!

—Flo, no seas pesada —respondió Melanie—. Ya sé... sé que es importante para ti, pero ¿no ves lo que estás haciendo? A Clare le importa una mierda si estamos aquí o no. Tú te has montado una imagen mental de cómo serían las cosas, pero no puedes «obligar» a la gente a que la siga. ¡Contrólate!

—Tú... —dijo Flo mientras señalaba a Melanie con un dedo acusador— eres una mala amiga. Y una mala persona.

—No soy mala amiga. —Melanie parecía muy cansada, de repente—. Soy madre, nada más. Mi vida no gira en torno a la puñetera Clare Cavendish. Y ahora, por favor, apártate de mi camino.

Empujó a Flo, que tenía los brazos extendidos, y se dirigió hacia el vestíbulo. Justo entonces levantó la vista.

—¡Clare! ¡Estás despierta!

—¿Qué pasa?

Clare bajaba la escalera con un chal de lino arrugado. El sol entraba por la ventana, por detrás de su cabeza, y creaba una especie de halo en torno a su pelo.

—He oído gritos. ¿Qué pasa? —repitió.

—Que me voy. —Melanie dio unos pocos pasos hacia ella, le dio un breve beso y luego se colgó la bolsa mejor en el hombro—. Lo siento mucho... no tendría que haber venido. Aún no estaba preparada para dejar a Ben y la situación con el teléfono aún complica más las cosas...

—¿Qué situación?

—No hay línea en el fijo —dijo Melanie—. Pero no es solo eso. En realidad no. Lo que pasa es que... quiero volver a casa. No tendría que haber venido. No te importa, ¿verdad?

—Claro que no. —Clare bostezó y se apartó el pelo de los ojos—. No seas tonta. Si estás a disgusto, vete. Ya te veré en la boda.

—Claro. —Melanie asintió con un gesto. Luego se inclinó hacia delante, echando una rápida mirada por encima del hombro a Flo, y dijo en voz baja—: Mira, Clare, ayúdala a controlarse un poco, ¿vale? Esto no es... no es bueno. Para nadie.

Y entonces abrió la puerta y la cerró tras de ella. Lo último que oímos fue el roce de los neumáticos mientras iba sorteando los baches y las profundas rodadas del camino, hacia la carretera.

Flo se echó a llorar ruidosamente, resoplando por la nariz. Yo me quedé parada, sin saber qué hacer. Entonces Clare bajó el resto de la escalera, bostezando, cogió a Flo del brazo y se la llevó hacia la cocina. Oí el burbujeo de la tetera por debajo de los hipidos y lágrimas de Flo, y la voz tranquilizadora de Clare.

—Me salvaste la vida —jadeaba Flo entre sollozos—. ¿Cómo voy a olvidarlo?

—Cariño —le oí decir a Clare. Había una cierta exasperación cariñosa en su voz—. Cuántas veces...

Me retiré escaleras arriba, de espaldas, con pasos ligeros y silenciosos, y luego en el descansillo me volví y subí corriendo. Sabía que era una cobarde, pero no podía evitarlo.

La puerta del dormitorio que compartía con Nina estaba cerrada, y yo estaba a punto de girar el picaporte y entrar cuando oí la voz de Nina dentro, teñida de una ternura anhelante poco característica en ella.

—... también te echo de menos. Dios mío, ojalá estuviera en casa contigo. ¿Estás en la cama? —Una larga pausa—. Te pierdo. Sí, la cobertura es horrible, intenté llamarte anoche pero no pude. Ahora solo tengo media raya. —Otra pausa—. No, un tío que se llama Tom. Sí, es guay. Ay, Jess, cariño, te quiero...

Carraspeé. No quería interrumpir su conversación. Nina no baja la guardia a menudo y, cuando lo hace, no le gusta que nadie la vea. Lo sé por experiencia.

—... ojalá estuviera acurrucada ahí contigo. Te echo mucho de menos. Estamos en el culo del mundo... no hay más que árboles y montañas. Estoy medio tentada de irme, pero no creo que Nora...

Carraspeé de nuevo, más fuerte, y moví un poco el picaporte. Ella entonces se interrumpió y dijo: «¿Hola?».

Abrí la puerta y ella sonrió.

—Ah, es Nora que entra. Es que compartimos habitación. ¿Qué? Otra vez te pierdo. —Pausa—. Ya... no te preocupes, de verdad. Sí, se lo diré. Vale, será mejor que te deje. Casi no te oigo. Yo también te quiero. Adiós. Te quiero. —Colgó y me sonrió desde la pila de almohadas—. Jess te envía saludos.

—Ah, qué bien que hayas podido hablar con ella. ¿Está bien?

Me encanta Jess. Es menuda y redondita y agradable. Tiene una sonrisa que ilumina los sitios donde está, y no hay sarcasmo alguno en ella, en absoluto... exactamente lo contrario de Nina, de hecho. Son la pareja perfecta.

—Sí, está bien. Me echa de menos. Claro. —Nina se desperezó hasta que le crujieron las articulaciones y entonces suspiró—. Dios mío, ojalá ella estuviera aquí. O yo no estuviera aquí. Una de las dos cosas.

—Bueno, hay una vacante. Tenemos una baja.

—¿Cómo?

—Melanie se ha ido. Se ha cortado la línea y eso ha sido la gota que ha colmado el vaso.

—Joder, ¿estás de broma? Es como el rollo ese de Agatha Christie y los diez cabritos.

—¿Cómo que los diez cabritos? —solté sentándome en la cama—. Serán los diez negritos... Has mezclado el cuento de los siete cabritillos y el lobo y el libro de los diez negritos.

—Bueno, lo que sea. —Nina hizo un gesto con la mano como dejando definitivamente a un lado a los cabritos y los negritos—. ¿Hay café abajo?

—No. Solo té, ¿no te acuerdas? —Busqué un jersey, me lo metí por la cabeza y me alisé bien el pelo—. Como Clare no toma café, los demás tampoco.

—Joder, qué mierda lo de Flo y su amor incondicional. ¿Cómo se está tomando lo de la marcha de Melanie?

—Pues... escucha y lo sabrás...

Guardé silencio y ambas nos quedamos escuchando el inconfundible sonido de unos fuertes sollozos que procedían de la cocina. Nina puso cara de resignación.

—Está desequilibrada. Lo digo en serio. Era muy rara cuando iban a la universidad... ¿no has notado que copia todo lo que lleva Clare? Entonces también lo hacía. Pero ahora...

—No creo que esté desequilibrada —me agité incómoda—. Clare tiene una personalidad muy fuerte... y si no tienes mucha confianza en ti misma...

Me interrumpí, intentando poner en palabras la sensación que siempre había tenido de que mi propia personalidad era un hueco, un vacío que alguien como Clare podía llenar al momento. Era algo que Nina nunca comprendería, porque a pesar de todos sus defectos, la falta de personalidad nunca ha sido uno de ellos. Estaba allí sentada, mirándome con curiosidad desde la almohada, y al final hizo un gesto de indiferencia.

—Clare es «perfecta», no sé si sabes lo que quiero decir... —dije al final—. Es muy fácil desear eso para una misma y creer que la imitación es la forma de conseguirlo.

—Quizá... —Nina se incorporó y se alisó la corta camiseta—. Sigo creyendo que Flo está muy cerquita de estar chalada. Pero es igual. Quería decirte que siento mucho lo de anoche... No tenía ni idea de que lo llevaras tan mal. Pero en serio, ¿por qué has venido, si todavía te afecta tanto?

Me puse los vaqueros y me quedé de pie, mordiéndome los labios, intentando recordar qué le había contado exactamente a Nina. Siempre tengo el instinto de no enseñar nunca mis cartas, no sé por qué. No me gusta nada dar a nadie, aunque sea un buen amigo, el menor poder sobre mí. Siempre he sido una persona muy reservada y esa tendencia ha ido en aumento desde que vivo y trabajo sola. Pero sé también que esa tendencia puede volverme tan loca como a Flo, a mi manera... si dejo que se apodere de mí.

—Pues he venido porque... —cogí aire e hice un esfuerzo— porque no tenía ni idea de que Clare se casaba con James.

—¿Cómo?

Nina bajó los pies de la cama y se me quedó mirando. Yo me encogí de hombros, temblando. Dicho así sonaba... bastante patético.

—Pero... ¿lo dices en serio? ¿Así que Clare te ha hecho venir aquí engañada para luego soltarte el bombazo?

—Bu-bueno... no exactamente. —Mierda, ¡deja de tartamudear!—. Decía que quería decírmelo a la cara. Que sentía que me lo debía.

—¡Qué mierda! —Nina se metió una camiseta por la cabeza y, durante un momento, su voz me llegó amortiguada. Luego me llegó otra vez con claridad, cuando volvió a sacar la cabeza con las mejillas rojas de indignación—. Si quería decírtelo a la cara lo normal habría sido invitarte a tomar algo... No traerte aquí, a un bosque dejado de la mano de Dios. Pero ¿cómo se le ocurre?

—Bueno, en realidad, no creo que... lo tuviera planeado. —Joder, ¿la estaba defendiendo?—. Creo que simplemente pensó...

—¡Ja! —Nina se puso de pie y empezó a cepillarse el pelo con gestos furiosos. Los mechones crujían cuando les pasaba el cepillo—. ¿Cómo es posible que salga siempre limpia de todas las mierdas? ¡Ahí va, oliendo a rosas, siempre! ¿Recuerdas cuando le contó a todo el mundo en el segundo año de instituto que me gustaba Debbie Harry? Y luego dijo que era porque le parecía muy mal que yo estuviera «viviendo una mentira», ¡y encima todo el mundo se lo tomó como si me estuviera haciendo un gran favor!

—Yo...

No supe qué decir. El incidente de Debbie Harry fue brutal. Aún recordaba la expresión conmocionada de Nina cuando entró en clase y Clare estaba tarareando *Hanging on the Telephone* con esa sonrisilla suya, mientras el resto de la clase se reía.

—Siempre se trata de ella. De cómo es ella y cómo se encuentra. En aquella época iba de amiga cariñosa, liberal, que todo lo acepta, y va y lo suelta, sin importarle si realmente yo estaba preparada para contarlo o no. Y ahora lo que le gustaría es acabar haciendo una salida teatral con James, los dos cogiditos de la mano, muy romántico todo, y no sentirse culpable... Y a ti va y te coloca en una posición en la que no tienes elección posible, en absoluto, no te queda más remedio que perdonarla.

No lo había visto de aquella manera, pero en realidad Nina tenía razón.

—No me preocupa lo que haya hecho Clare —dije, aunque sabía en lo más íntimo que eso solo era verdad en parte—. Lo que me preocupa de verdad...

—¿Qué es?

Pero de repente no fui capaz de decirlo. La sensación de desnudez volvía de nuevo, así que me limité a negar con la cabeza y me aparté, concentrada en ponerme los calcetines.

Lo que estaba a punto de decir, antes de desfallecer, era: ¿sabía James todo esto? ¿Estaba de acuerdo con este plan?

—Podemos irnos si quieres —dijo Nina distraídamente, mientras se abrochaba los vaqueros y se desperezaba con su metro ochenta y cinco de altura—. Podríamos hacer una salida teatral en coche y dejar a Clare y a Flo solas con sus locuras.

—Y a Tom.

—Sí, claro, y a Tom.

—Pues podríamos, ¿verdad?

Era una imagen muy apetecible y pensé un minuto en ello mientras Nina volvía a cepillarse el pelo.

Pero no podíamos. Sabía que en realidad era así. O mejor dicho: «yo» no podía.

Si hubiera dicho que no cuando me invitaron, bien. Pero irme ahora, a mitad de la despedida de soltera... solo había una interpretación posible para eso. Ya me los imaginaba a todos especulando en cuanto me hubiera ido: «Pobre Nora, pobre idiota, está tan jodida todavía por lo de James que es incapaz de alegrarse por Clare y le ha estropeado la despedida de soltera».

Y lo peor de todo: «él» lo sabría. Ya me los imaginaba a los dos en su perfecto piso de Londres, acurrucados juntitos en la cama, Clare suspirando, preocupada por mí. «Estoy preocupada, James, creo que nunca ha superado lo tuyo».

Y él... él...

Me di cuenta de que tenía los puños apretados y de que Nina me miraba con curiosidad. Tuve que relajarlos conscientemente y solté una risita que sonaba muy falsa.

—Sí, ¿verdad? Pero no podemos. Sería demasiado duro, después de irse Melanie.

Nina me miró, mucho rato, y luego negó con la cabeza.

—Vale. Creo que eres un poco masoquista, pero vale.

—Solo nos queda una noche más —dije en un intento de convencerme a mí misma—. Puedo soportar una noche.

—Muy bien. Pues nos quedamos una noche más.

14

Si lo hubiera hecho... Si me hubiera ido entonces...

Ojalá pudiera dormir, pero no puedo, ni siquiera con el suave goteo y el susurro del inyector de morfina. Al contrario, aquí estoy, echada, despierta, oyendo las voces del pasillo, un hombre y una mujer policías discutiendo en voz baja lo que ha pasado, y esa palabra que resuena en mi cabeza: «Asesinato. Asesinato. Asesinato».

¿Es verdad? ¿Es posible que sea verdad?

Pero ¿quién ha muerto?

¿Clare? ¿Flo? ¿Nina?

Casi se me para el corazón al pensarlo. No, Nina no. La guapa, desenvuelta, radiante Nina. Por favor...

Tengo que recordar. Tengo que intentar recordar lo que ocurrió después. Sé que cuando amanezca vendrán a hacerme preguntas. Están esperando fuera a que me despierte, esperando para hablar conmigo.

Debo tener mi versión de los hechos.

Pero ¿qué pasó después? Los acontecimientos de ese día giran y se agitan en mi cabeza, todos mezclados, enmarañados, la verdad junto con la mentira. Solo tengo unas pocas horas para intentar desentrañarlos.

Paso a paso, pues. ¿Qué ocurrió después?

Me llevo la mano al hombro, a la contusión cada vez más extensa.

15

Cuando Nina y yo bajamos las escaleras, Flo había dejado de llorar. Se había limpiado la cara y estaba comiendo tostadas con mermelada, decidida a fingir que no había ocurrido nada.

—¿No hay café? —preguntó Nina inocentemente, pero supe por su tono que solo estaba chinchándola.

Flo levantó la vista, mortificada, y le volvieron a temblar los labios.

—Pues... me olvidé, ¿no te acuerdas? Pero prometo que hoy mismo compraré un poco, cuando vayamos a la galería de tiro.

—¿Qué?

Las dos nos quedamos mirando a Flo, que esbozó una sonrisa tibia.

—Sí, quería que fuera una sorpresa. Vamos a hacer tiro al plato.

Yo solté una risita breve, conmocionada. Nina no hizo un solo gesto.

—¿En serio?

—Pues claro. ¿Por qué?

—Porque... pues porque... es una despedida de soltera. ¿Pegar tiros?

—Pensé que sería divertido. Mi primo fue cuando hicieron su despedida de soltero.

—Sí, pero...

Nina guardó silencio y pude ver los pensamientos que rondaban por su cabeza tan claramente como si los tuviera escritos en su frente con una cinta de teletipo: «¿Por qué no podemos ir a un maldito spa y luego a bailar, como la gente normal? Pero bueno, si vamos a tirar al plato, seguro que no nos obligará a vestirnos con boas de plumas rosas, ¿no? Así que podría ser peor...».

Me pregunté, por otra parte, si también estaría pensando en Colombia. En las heridas de arma de fuego que había curado no hacía tanto tiempo.

—Ejem... Vale —dijo al final.

—Son solo platos de barro —dijo Flo muy seria—. Así que no tienes que preocuparte aunque seas vegetariana o contraria a los deportes con sangre.

—No soy vegetariana.

—Ya lo sé. Pero si lo fueras...

—No soy vegetariana.

Nina resopló y se dirigió a la panera, en busca de algo más de pan para tostar.

—He pensado que podríamos tomar un *brunch* aquí mismo... jugar a algo quizá. ¡He hecho un concurso!

Nina hizo una mueca teatral.

—Y luego podemos salir. Y cuando volvamos, tomar algo de beber y un curry.

—¿Curry?

Todas nos volvimos a mirar a Tom, que bajaba la escalera con pijama y un batín abierto, frotándose los ojos. Llevaba el pantalón de pijama atado muy bajo, casi por encima de las caderas, y exhibía una impresionante cantidad de músculos.

—Tim, me sabe mal tener que decírtelo, pero te has olvidado la camiseta —dijo Nina—. Creo que deberías ponértela. No querrás tentar a la pobre Nora, sería más de lo que puede soportar.

Le tiré la corteza de una tostada. Ella la esquivó y le dio a Flo.

—Uy, lo siento, Flo.

—¡Parad ya, vosotras dos! —nos riñó Flo.

Tom se limitó a bostezar, pero se ató bien el cinturón del batín y me hizo un guiño.

—¿Qué plan tenemos para hoy? —preguntó mientras cogía una tostada del plato que le pasaba Flo.

—Disparar —dijo Nina deliberadamente inexpresiva.

Tom arqueó tanto las cejas que prácticamente le desaparecieron debajo del nacimiento del pelo.

—¿Cómo?

—Disparar. Parece que eso es lo que entiende Flo por diversión.

Flo le dirigió una mirada extrañada a Nina, sin saber si le estaba tomando el pelo o no.

—En realidad, tiro al plato —dijo desafiante—. ¡Es muy divertido!

—Vale. —Tom masticaba la tostada y miró en torno a la mesa—. ¿Soy el último que se ha levantado? Ah, no, Melanie está durmiendo todavía, supongo...

—Melanie... —empezó a explicar Flo, indignada, pero en ese momento entró Clare desde el salón y respondió, levantando la voz con firmeza por encima de la de Flo.

—Melanie ha tenido que irse —dijo—. Asuntos familiares. No te preocupes, Tom, Nina o yo te llevaremos en coche a Newcastle para la vuelta. Pero la buena noticia es que ahora cabemos todos en un solo coche, de modo que no tendremos que preocuparnos por perdernos... Yo conduciré y Flo nos irá indicando, ya que ella sabe dónde es.

—Estupendo —dijo Nina—. Genial. Y podemos ir cantando *Diez botellas verdes* y pelearnos en el asiento de atrás. Qué ilusión.

—Bueno, creo que ya ha llegado el momento del concurso —dijo Flo.

Se volvió en su asiento para mirarnos a mí, a Nina y a Tom, que íbamos en el asiento de atrás. Yo estaba en medio, aplastada por los dos, y empezando a marearme ya. No ayudaba nada el olor intenso de la loción para después del afeitado que llevaba Tom. O quizá fuese el perfume de Clare. Era difícil distinguirlo, en aquel espacio tan reducido. Ansiaba abrir una ventanilla, pero fuera estaba nevando y la calefacción funcionaba a todo gas.

—Clare contra vosotros, chicos —continuó Flo—. Tened los dedos preparados encima del botón para la primera ronda.

—Eh, espera un momento —gritó Nina—. ¿Un concurso sobre qué? ¿Cuál es el premio?

—Un concurso sobre James, claro —dijo Clare desde el asiento de delante, divertida—. ¿Verdad, Flops?

—¡Pues claro! —exclamó Flo. Se reía. Yo sentía cada vez más ganas de vomitar—. El premio... pues no lo sé. ¿La gloria? Ah, no, ya lo tengo: ¡el equipo perdedor tendrá que llevar esto el resto del día!

Buscó en su mochila y sacó un puñado de braguitas muy pequeñas, marcadas con la frase YO ♥ JAMES COOPER en el trasero.

Noté que todos los músculos del cuerpo se me ponían tensos de ira. Nina tosió y me lanzó una mirada de complicidad.

—Ejem, Flo... —dijo, tímidamente, pero Flo siguió sin inmutarse.

—¡No os preocupéis, será por encima de los pantalones! O en la cabeza o donde queráis. Bueno, primera pregunta. Esto es para el Equipo del Asiento de Atrás. Si vosotros falláis la pregunta y Clare responde correctamente, se lleva un punto extra. ¿Cuál es el segundo nombre de James?

Cerré los ojos para evitar el mareo y me quedé escuchando a Nina y Tom, que discutían al respecto.

—Pues estoy bastante seguro de que empieza por C —decía Tom—. No sé, ¿podría ser Chris?

Karl. Con K.

—Pues no —insistía Nina—. Es algo que tiene que ver con Rusia. Su padre fue profesor de política rusa. Theodor. ¿Cuál era el primer nombre de Stalin?

—Joseph. Pero estoy seguro de que Joseph no es. Además, ¿quién le pondría a su hijo el nombre de Stalin?

—Vale, entonces Stalin no. Di algún otro ruso famoso.

Yo rechiné los dientes. «Karl».

—¿Dostoievski? ¿Lenin? ¿Marx?

—¡Marx! —gritó Nina—. Es Karl. Estoy segura.

A pesar de mis crecientes náuseas, la competitividad de Nina me hizo sonreír. Era incapaz de perder en nada, ya fuera una discusión o un juego de mesa. A menudo decía que ese era el motivo por el que nunca practicaba ningún deporte de competición, porque no se podía imaginar la idea de perder ante «alguien», aunque ese alguien fuese Usain Bolt.

—¿Es esa tu respuesta definitiva? —preguntó Flo, muy seria.

Yo todavía tenía los ojos cerrados, pero noté que Nina asentía vigorosamente a mi lado.

—Karl. Con K.

—¡Correcto! Pregunta número dos. ¿Qué signo del zodíaco tiene James?

—Nació hacia finales de año —dijo Nina de inmediato—. De eso me acuerdo. Desde luego, en septiembre u octubre.

—No, creo que es en agosto —dijo Tom—. Estoy seguro de que es en agosto.

Se pelearon amistosamente, intercambiando pruebas, hasta que Nina dijo:

—Nora, ¿qué piensas...? Espera, ¿te encuentras bien? Tienes la cara un poco verde.

—Creo que me estoy mareando —dije bruscamente.

—Ay, Dios... —Nina retrocedió, aunque no se podía apartar demasiado de mí, en aquel asiento tan estrecho—. Que alguien abra una ventanilla. Tom. Tom, por favor, baja la tuya. —Me dio un codazo en el costado y dijo—: Abre los ojos. Mirar la carretera va bien... le das al cerebro la información de que estás viajando, o algo así.

De mala gana abrí los ojos. Flo sonreía en el asiento delantero. Clare conducía con calma y la vi sonreír con expresión divertida a través del espejo retrovisor. Captó mi mirada durante un momento pasajero y torció la sonrisa. Durante un segundo, un instante tan solo, quise cruzarle sus perfectas y bellas mejillas de una bofetada.

—Estoy «seguro» de que es agosto —dijo Tom de nuevo—. Recuerdo haber ido a los Proms* con él y Bruce, un año.

—¡Por lo que más queráis! —salté—. Es el 20 de septiembre. No tengo ni idea de qué signo es.

—Virgo —dijo Tom al instante. No pareció afectado por mi mal humor—. ¿Estás segura de la fecha, Nora?

Asentí.

—Vale, Virgo. Esa es nuestra respuesta.

—¡Dos puntos para el Equipo del Asiento de Atrás! —exclamó Flo encantada—. Clare, tendrás que hacer un esfuerzo para alcanzarlos. Siguiente pregunta: ¿cuál es el plato favorito de James?

Yo quería cerrar los ojos, pero no me atrevía. Era una tortura.

Bajé la vista hacia mi regazo, apartando la mirada de Clare, y me clavé las uñas en la palma, intentando distraerme de las náuseas y de los recuerdos que se agolpaban sin necesidad de convocarlos. Vi mentalmente una imagen nítida de James echado en la cama después de clase, comiéndose un cuenco de mandarinas. Le encantaban. Durante un instante noté su perfume vivamente: el olor entre dulce y ácido a cítrico, el aroma de su habitación, a sábanas revueltas, a él. A mí me encantaban las mandarinas, me gustaba mucho el olor que le dejaban en los dedos, me encantaba encontrar las peladuras en su bolsillo. Ahora ni las toco.

—¿Curry panang? —preguntó Tom indeciso, y Flo hizo una mueca.

---

* Serie de conciertos de música para orquesta que la BBC organiza anualmente en verano. (*N. de la t.*)

—Casi... pero solo te puedo dar medio punto. ¿Panang con...?

—Tofu —dijo Tom al momento. Flo asintió.

—¡Tres puntos! Dos preguntas más antes de pasar al turno de Clare. Pregunta número cuatro. ¿Con qué obra debutó James en el West End?

—¿El West End en qué sentido? —preguntó Tom—. Quiero decir que si se cuenta también el National como West End. Porque personalmente, yo no lo contaría.

Hubo una discusión en voz baja entre Flo y Clare en el asiento delantero, y luego Flo se volvió otra vez.

—Vale, lo voy a formular de otra manera como el debut «en Londres».

Una vez busqué a James en Google. Solo una vez. Google estaba lleno de imágenes suyas: fotos suyas con vestuario teatral, en el escenario, fotos publicitarias, instantáneas suyas sonriendo en funciones benéficas y noches de estreno. Las que no podía soportar eran aquellas en las que miraba directamente a la cámara, directamente fuera de la pantalla, a mí. Cuando bajé más y encontré una foto en la que estaba desnudo en el escenario, en *Equus*, tuve que cerrar el navegador con las manos temblorosas, como si me hubiera encontrado algo violento u obsceno.

Tom y Nina discutían por encima de mi cabeza.

—Creemos que fue una suplencia en *The History Boys* —dijo Nina al final.

Flo aspiró aire entre los dientes.

—¡Oooh! Casi. Lo siento... ese fue su «segundo» papel. ¿Se la paso a Clare?

—*Vincent in Brixton* —respondió Clare—. Un punto para mí.

—Nunca he oído hablar de esa obra —dijo Nina.

Tom se inclinó por encima de mí y le dio un golpecito con el puño.

—¡Ganó el premio Laurence Olivier a la mejor obra! ¡Y un premio Tony!

—Tampoco he oído hablar de todo eso. ¿Quién es Tony?

—¡Dios mío! —exclamó Tom levantando las manos—. Voy en coche con una bárbara ignorante.

—Vaaale —dijo Flo en voz alta gritando más que ellos—. Quinta y última pregunta antes de pasar al turno de Clare. ¿Cuándo y dónde se le declaró James a Clare?

Cerré los ojos otra vez, escuchando el coro de protestas de Tom y Nina.

—¡Eso no es justo!

—Tendrían que ser cosas que Clare pueda no saber.

—Pues se le declaró el día de su cumpleaños —dijo Tom—. Eso lo sé. Porque vinieron a comer conmigo y con Bruce al día siguiente, y Clare iba exhibiendo su anillo. ¿Dónde lo tienes, Clare?

—Ah, yo... —Clare cambió de postura en el asiento delantero y se peleó con el cambio de marchas mientras pasábamos demasiado deprisa por un cruce—. Lo he dejado en casa. La verdad es que no estoy acostumbrada a llevarlo todavía y me da pánico perderlo.

—Y en cuanto al dónde... —continuó Tom. Por su voz, supe que tenía el ceño fruncido—. Me voy a arriesgar, a ojo, y decir: ¿el restaurante J. Sheekey?

—¡Oooh, casi! —Flo volvió a inhalar entre dientes—. Lo del día del cumpleaños lo habéis acertado, pero fue en el bar del Southbank. Lo siento, medio punto aquí. Así que... tres puntos y medio y un punto y medio para Clare.

—Algunas preguntas estaban amañadas —gruñó Tom—. Pero ya tendremos nuestra revancha.

—Cierto. Segundo turno, primera pregunta para Clare. ¿Cómo se llamaba la primera mascota de James?

—¡Vaya! —dijo Clare, que parecía desconcertada—. Creo que era un hámster, pero con toda sinceridad, no lo sé.

—¿Equipo del Asiento de Atrás?

—Ni idea —contestó Nina—. ¿Nora?

Su voz sonaba algo forzada, como si supiera lo doloroso que era todo aquello para mí. Sí que lo sabía, pero no pensaba decírselo. Me limité a menear la cabeza.

—Una cobaya llamada Mindy. Cero puntos. Segunda pregunta. ¿Cuál es la mujer famosa ideal de James?

Clare se echó a reír.

—Vale, por una simple cuestión de autoestima, voy a decir que la que más se parece a mí. Que es... pues no sé, ¿a quién me parezco? Mierda. Siempre pareces una ilusa, digas lo que digas. Le gustan las mujeres fuertes, divertidas. Yo casi diría... Billie Piper.

—Tú no te pareces en nada a Billie Piper —objetó Nina—. Bueno, excepto que las dos sois rubias.

—Pues no es Billie Piper —dijo Flo—. Es... —consultó su trocito de papel—. Joder, no tengo ni idea de quién es. Jean... no sé cómo pronunciar esto... ¿Morrow? ¿Clare?

—Yo tampoco he oído hablar nunca de ella. ¿Es una actriz de teatro, Tom?

—Por aquí —exclamó Flo, y doblamos la esquina con un giro escalofriante.

—Jeanne Moreau —respondió Tom—. Es una ac-

156

triz francesa. Salía en aquella película de Truffaut, *Jules y Jim*, creo que era. Pero no sabía que fuese la actriz favorita de James.

—Bueno, yo no la definiría como famosa —gruñó Clare mientras pasábamos dando sacudidas por encima de un puente peraltado y cogíamos velocidad. La sensación de mareo volvió de nuevo—. Siguiente pregunta.

—¿Cuál es el diseñador de moda favorito de James?

¿El diseñador de moda favorito? El James que yo conocía se habría reído ante la simple mención de esa pregunta. Me dije si no sería una pregunta trampa, si Clare estaría a punto de decir Oxfam.

Clare dio unos golpecitos con los dedos en el volante, pensando.

—Estoy indecisa entre Alexander McQueen —dijo al final— y Comme des Garçons. Pero voy a apostar por... McQueen. Sobre todo porque lleva ropa de McQueen.

Madre mía.

—¡Correcto! —exclamó Flo—. Bueno, en realidad lo que dice es: «Si hablamos de personas que creo que son estilosas, probablemente Vivienne Westwood, pero si te refieres a diseñadores cuya ropa llevo, entonces McQueen». Así que creo que cuenta. Pregunta cuatro. ¿Qué parte del cuerpo —dijo echándose a reír— se cortó accidentalmente James a los diez años en una clase de marquetería?

—Pues se cortó un trozo del nudillo —contestó Clare al instante—. Aún tiene la cicatriz.

Apreté los ojos mucho más. Recordaba muy bien aquella cicatriz: un círculo blanco en el nudillo del meñique y una larga raya plateada, pálida en contraste con su piel bronceada, que le corría por la parte exterior de la muñeca. Recordaba haber besado esa línea en toda su longitud, hasta el antebrazo y el suave hueco del codo, mientras James yacía allí echado, tenso, temblando, intentando no reírse cuando mis labios rozaban con la mayor suavidad la piel del interior de su brazo.

—¡Correcto! —exclamó Flo—. Lo estás haciendo muy bien. Estáis igualados. Todos tenéis tres y medio. Así que la última pregunta es la decisiva. Si Clare la sabe, gana y todos tenéis que poneros las bragas. Así que, redoble, atención, por favor. ¿A qué edad perdió James la virginidad?

La náusea me fue subiendo por la garganta y abrí los ojos.

—Para el c-coche.

—¿Qué? —dijo Clare mirándome por el retrovisor—. Dios mío, Lee, estás verde.

—Para el coche. —Me tapé la boca con la mano—. Voy a...

No pude decir más. Apreté con fuerza los labios, respirando por la nariz, mientras Clare paraba apresuradamente el coche. Salté por encima del regazo de Nina y me quedé de pie en el arcén nevado, con las manos en las rodillas, temblando con las desagradables secuelas de las náuseas.

—¿Estás bien? —Oí la ansiosa voz de Flo detrás de mí—. ¿Quieres algo?

Yo no podía hablar. Me limité a sacudir la cabeza con vehemencia, deseando que se fuera. Deseando que todos ellos se fueran.

—¿Estás bien, Lee? —se oyó la voz de Clare a través de la ventanilla.

«Nora, zorra estúpida», pensé, con ferocidad. Pero no dije nada. Me limité a esperar a que mi aliento tembloroso volviera a la normalidad y a que se me fuera pasando el mareo.

—¿Estás bien, Nora?

Era Nina, que estaba a mi lado y me ponía la mano en el hombro. Asentí; lentamente me fui incorporando y respiré con fuerza. El aire frío me ardía en los pulmones, pero era un frío bueno, limpio, un alivio después del calor asfixiante del coche.

—Sí. Lo siento. Es que me he mareado un poco... Me temo que ha sido por ir sentada en el asiento de atrás.

—Creo que ha sido por el puto concurso vomitivo de Flo —dijo Nina.

No se molestó en bajar la voz, y yo hice una mueca pensando en Flo. Me volví a mirar, avergonzada, pero o bien Flo no la había oído o le daba igual, pues estaba charlando despreocupadamente con Clare.

—Flo —dijo Nina al volver hacia el coche—, creo que Nora debería sentarse en el asiento delantero, ¿no te parece?

—¡Ah, sí! Claro, claro, estupendo. Claro. ¡Nora, pobrecilla! Tendrías que haberlo dicho, si no te encontrabas bien.

—Estoy bien —aseguré muy tensa, pero me subí en el asiento delantero, que Flo había dejado libre.

Me senté junto a Clare y ella me dirigió una mirada de comprensión.

—¡Bien! ¡Volvamos al concurso! —dijo Flo entusiasmada desde el asiento de atrás.

Clare la interrumpió.

—Creo que será mejor que lo dejemos por el momento, ¿vale, Flops? Quizá ya hemos tenido bastante concurso por ahora.

—Oh.

La cara de Flo mostró su desánimo, y no pude evitar sentir pena por ella. Fuera de quien fuera la culpa de todo aquel lío, suya no era. Su único delito había sido intentar ser buena amiga de Clare.

16

—¡Leonora! —Una mano me sacude, despertándo-
me—. Leonora, necesito que esté despierta, cariño.
Leonora...

Noto que unos dedos me abren los párpados y una
luz, muy intensa, que me ciega.

—¡Ay!

Parpadeo y me echo atrás, pero una mano me coge
la barbilla.

—Lo siento, cariño, ¿está despierta ya?

La cara está muy cerca, tanto que resulta desconcertante, y tiene los ojos clavados en los míos. Vuelvo
a parpadear y luego asiento.

—Sí, sí, estoy despierta.

No sé cuándo me he dormido. Me siento como si
llevara despierta la mitad de la noche, contemplando
la silueta de los oficiales de policía a través del cristal,
dándole vueltas a las cosas en la cabeza, intentando recordar. El tiro al plato... De eso es la magulladu-
ra, del retroceso. Tengo que acordarme de decírselo a
la policía... solo tengo que conseguir aclararme un
poco...

Pero cuanto más me acerco a los hechos, a lo que ha
ocurrido, más nebuloso se vuelve todo. ¿Qué ha ocurrido? ¿Por qué estoy aquí?

Seguramente he dicho esas últimas palabras en voz alta, porque la enfermera sonríe amablemente.

—Ha tenido un accidente de coche, cariño.

—¿Estoy bien?

—Sí, no se ha roto nada —dice con un acento de Northumberland muy agradable—. Se ha dado un golpe en la cara bastante fuerte, pobrecilla. Tiene los ojos morados... pero no hay fracturas. Pero por eso he tenido que despertarla. Tenemos que hacerle pruebas cada pocas horas, para asegurarnos de que no le dé ningún ataque por la noche.

—Estaba dormida —digo como una idiota, y luego me froto la cara.

Me duele como si hubiera roto una ventana con la cara.

—Tenga cuidado —advierte la enfermera—. Tiene algunos cortes y contusiones.

Me froto los pies, notando el barro y la sangre. Me noto muy sucia. Necesito mear.

—¿Puedo darme una ducha? —pregunto.

Noto la cabeza embotada. Hay un baño en un rincón de la habitación, lo estoy viendo. La enfermera mira la tablilla que cuelga a los pies de la cama.

—Se lo consultaré al doctor. No le digo que no, pero me gustaría asegurarme.

Se vuelve para irse, y entonces veo la silueta que está junto a la puerta, por fuera, y recuerdo la conversación que oí anoche. Era como una pesadilla. ¿Sería de verdad? ¿He oído lo que creo haber oído, o lo he soñado?

—Espere —le digo—. Espere, anoche oí que esas personas de ahí fuera...

Pero ya se ha ido y la puerta se cierra tras ella con

una ráfaga de olor a comida y sonidos que vienen del pasillo. Mientras sale, la oficial de policía que está junto a la puerta la coge del brazo y capto algunas palabras de la conversación. La enfermera sacude la cabeza con fuerza.

—No, todavía no... —la oigo decir—, permiso del médico... tienen que esperar...

—Creo que no lo entiende usted. —La oficial de policía habla en voz baja, pero el tono es tenso y claro, como si fuera una presentadora de noticias, y sus palabras se filtran a través del cristal con mayor claridad que el acento norteño de la enfermera—. Ahora esto es una investigación de homicidio.

—¡Ay, no! —exclama la enfermera, que parece conmocionada—. Entonces ¿no ha salido adelante?

—No.

Así que es verdad. No me lo había imaginado. No ha sido producto del exceso de morfina y del golpe que tengo en la cabeza.

Es cierto.

Intento incorporarme en las almohadas, con el corazón en la garganta, y en el monitor que tengo a la izquierda veo una fina línea verde que salta con unos sobresaltos de pánico, en contraste con la línea plana.

Alguien ha muerto al final.

Alguien está muerto.

Pero ¿quién?

17

—Bienvenidos a Tuckett's Wood —dijo el hombre con un acento australiano y ligeramente aburrido. Estaba muy bronceado y tenía los rasgos bien cincelados, y me recordaba un poco a Tom Cruise. Al ver cómo lo miraba Flo, con los ojos verdes como platos y la boca ligeramente abierta, comprendí que yo no era la única en notar el parecido—. Soy Grig y seré vuestro instructor hoy.

Se detuvo, al parecer contó las cabezas y luego dijo:

—Esperad, yo tenía seis en la reserva. ¿Alguna baja?

—Sí —dijo Flo tensa—. Una baja, desde luego. No hace falta que le dé un premio a quien adivine en quién estaré pensando cuando abra fuego.

—¿Así que seremos cinco? —preguntó el instructor relajado, sin notar al parecer la tensa incomodidad de Flo—. Estupendo. Bueno, primero tengo que hablaros de nuestras medidas de seguridad...

Y empezó a desgranar un largo discurso sobre protectores auditivos, alcohol, las responsabilidades del propietario de las armas y así sucesivamente.

En cuanto hubimos dejado bien claro que sí, efectivamente, éramos unos principiantes y que no, ninguno de nosotros tenía licencia de armas, y que sí, todos teníamos más de dieciocho años y estábamos sobrios, firmamos un largo formulario de exención de responsabilidades y corrimos hacia la parte de atrás del centro de actividades, donde el instructor nos tomó las medidas.

—Lo único que puedo decir es que gracias a Dios, ninguno de vosotros lleva boas de plumas rosas ni chorradas de esas. Ni os imagináis los problemas que tenemos con las despedidas de soltera... Tú —dijo señalando a Flo—, Flo, ¿verdad? La chaqueta que llevas es un poco ligera. A lo mejor necesitas algo un poco más grueso, para el retroceso.

Buscó en un baúl que tenía detrás y sacó una Barbour acolchada. Flo hizo una mueca, pero acabó poniéndosela.

—Lo siento, tengo que preguntarlo —dijo Flo mientras se abrochaba la cremallera—. ¿De verdad te llamas Grig, o es un apodo?

—Sí, me llamo Grig. Es la abreviatura de Gregory.

—¡Ah, Greg! —dijo Flo, y se rio, un poco demasiado alto.

Greg le dirigió una mirada un poco extrañada.

—Sí, eso he dicho, Grig. Y ahora, lo que tenéis que recordar —continuó sacando una escopeta abierta y dejándola sobre una mesa con caballetes— es que una escopeta es un arma diseñada para matar. No lo olvidéis nunca. Tratadla con respeto y ella os tratará también con respeto. Si jugáis con ella, seréis vosotros los que acabaréis mal antes de que tengáis tiempo de daros cuenta. Y lo más importante de todo es que nunca, nunca jamás debéis apuntar a nadie con un arma, cargada o descargada. Y si no dispara bien, ni se os ocurra mirar por el cañón a ver qué ha pasado. Todo esto parece muy obvio, pero os sorprendería saber la cantidad de personas que no hacen caso de las precauciones de seguridad.

»Bien. Ahora vamos a ver unas cuantas nociones básicas de cómo cargar, cerrar y abrir el arma, y luego nos dirigiremos hacia los bosques y probaremos unos cuantos platos. Si tenéis alguna pregunta, dad un grito. Ahora, los primeros cartuchos que dispararemos hoy...

Todos escuchamos en silencio, mientras él iba explicando todos los aspectos técnicos, y las bobadas del viaje en coche quedaron olvidadas. Me alegraba de tener algo en lo que concentrarme, me alegraba dejar de pensar en Clare y en James, y tuve la impresión de que los demás sentían lo mismo, o al menos la mayoría de ellos. Nina y Clare habían cambiado de tema enseguida, cuando Flo intentó ponerse a hablar de los planes de la luna de miel. Tom no había dicho nada y se había pasado la mayor parte del tiempo restante del viaje en coche tecleando en su BlackBerry. Sin embargo, lo había visto dirigirnos alguna mirada rápida a mí y a Clare, y de ese modo supe que se estaba guardando todo aquello a buen recaudo.

«Si escribes sobre esto —pensé—, te voy a matar». Pero no dije nada, simplemente asentí mientras Greg nos hablaba de lanzaplatos automáticos.

Al final la explicación concluyó y todos seguimos a Greg: salimos del cobertizo y desfilamos hacia un bosque de pinos algo escasos, con las escopetas abiertas y apoyadas en el brazo.

—Eh, si te gusta esto, ¡a lo mejor puedes poner una escopeta en la lista de bodas! —le dijo Flo a Clare tras lo cual soltó una risotada—. Una boda cañón, en el sentido literal, ¿eh?

Clare se echó a reír.

—Creo que James me mataría si empezara a cambiar la lista de bodas ahora mismo. Nos costó casi un día entero en Jonn Lewis decidirlo todo. Ni te imaginas la de peleas que tuvimos... solo elegir una cafetera nos costó dos horas. ¿El hecho de que la recomiende Heston Blumenthal es positivo o negativo? ¿Necesitamos un dispositivo para calentar la leche? ¿Cogemos una con molinillo incorporado, o bien una de esas máquinas de cápsulas...?

—Ah, no, con molinillo, desde luego —interrumpió Tom—. George Clooney dirá lo que quiera, pero las cápsulas son taaan años dos mil... Son como aquellos chismes que se pusieron de moda para hacer gaseosa casera. Llamativas, pero absurdas e inconvenientes.

—¡Dices exactamente lo mismo que James! —exclamó Clare—. Las cafeteras con molinillo incorporado están muy bien, pero ¿qué haces si se te estropea el molinillo? Ese era mi argumento. Te quedas con una máquina inútil. Mientras que si tienes un molinillo aparte...

—Cierto, cierto —dijo Tom asintiendo—. ¿Qué decidisteis al final?

—Bueno, como sabes yo soy más de té. James es el cafetero. Así que al final dejé que eligiera él y se decidió por la cafetera con molinillo incorporado Sage de Heston Blumenthal.

—Bruce la estuvo mirando el año pasado. Un trasto enorme. Y vale casi seiscientas libras, por lo que recuerdo.

—Más o menos —asintió Clare.

Nina captó mi mirada y puso los ojos bizcos. Yo

intenté mantener la cara inexpresiva, pero en el fondo estaba de acuerdo con ella. ¿Seiscientas libras por una cafetera? Me gusta el café, pero ¿seiscientas libras? Y en una lista de bodas. Sabía que ella no lo hacía con mala intención, pero había algo involuntariamente ofensivo en la suposición casual de Clare de que la gente se podía gastar todo ese dinero. O de que quería gastárselo.

O quizá el que suponía cosas era James.

Aquella idea me dejó mal sabor de boca.

—Bueno —dijo Greg, cuando los árboles se fueron espaciando y dieron paso a un claro tapizado de hierba. En el extremo más alejado se encontraba un murete de piedra para proteger del viento—. Acercaos aquí. El tipo de cartucho que utilizaremos hoy —explicó Greg con el aire de alguien que recitaba unas frases que ya se sabía de memoria— es el 7.5. Es un buen calibre de tipo medio, adecuado para muchos tipos de tiro al plato, ya sea olímpico, *skeet* o foso. Esto —aclaró levantando un cartucho— es un cartucho real de 7.5, con el proyectil propiamente dicho en la punta —explicó mientras daba unos golpecitos en el extremo redondeado—, el taco en el centro y la pólvora y el cebo en el extremo de metal, aquí. Y ahora, antes de seguir, os voy a enseñar el efecto de un cartucho del 7.5 disparado de lleno contra un cuerpo humano.

—¡No hará falta que pidas voluntarios! —se desternilló Flo.

Greg se volvió hacia ella con una mirada impasible.

—Muy amable por dar un paso al frente, joven.

Flo soltó una risita nerviosa. Parecía algo desconcertada, pero también un poco emocionada.

—¡Debería ser la de la despedida de novia, en realidad! —protestó mientras Greg le hacía señas.

De todos modos, se acercó y se puso de pie junto a él, sonrojándose y cubriéndose la cara con fingido terror.

—Bien. Así que Flo se ha ofrecido voluntaria amablemente para ayudar a demostrar los efectos de una descarga de lleno y desde cerca —dijo Greg. Hizo una pausa y luego guiñó un ojo—. Pero no os preocupéis, no la pondré en el punto de mira. Lo que tengo aquí —explicó, y sujetó una hoja grande de papel con una silueta negra dibujada— es un blanco de papel, que se usa habitualmente como blanco de práctica para la pistola.

Buscó en su bolsillo, sacó unas chinchetas y clavó el blanco en un árbol cercano. La corteza estaba llena de ampollas y marcada con muchas heridas, por lo que no era difícil adivinar qué iba a ocurrir a continuación.

—Que todo el mundo se quede atrás, por favor. Ponte los protectores de oído, Flo.

—¡Parezco un DJ! —exclamó Flo sonriendo mientras se ponía los cascos de color fluorescente y se tapaba las orejas.

—Y ahora, voy a cargar el cartucho en el arma —dijo Greg mientras lo introducía en su lugar— y voy a cerrar el arma como hemos aprendido antes en el centro. Flo, ven aquí, delante de mí. Bien, ponte el arma apoyada en el hombro.

Greg se la puso en el lugar adecuado, nivelándola bien. Flo lanzó una risita ligeramente histérica.

—Nuestro Greg está bastante bueno, ¿no? —me susurró Tom al oído—. No me importaría que me corrigiera la postura a mí. Flo, ciertamente, parece que no va a poner ninguna pega.

—Sujétalo con firmeza —dijo Greg—. Y ahora, apoya el dedo en el gatillo. —Le sujetó la mano a Flo, afirmando bien la culata contra el cuerpo de ella—. Aprieta el gatillo suavemente. Sin movimientos bruscos...

Sonó un estampido ensordecedor, Flo lanzó un pequeño chillido y se tambaleó hacia atrás, hacia el pecho de Greg, y el papel que se encontraba ante nosotros estalló en mil pedazos.

—¡Dios mío! —exclamó Tom.

Yo había visto tirar al blanco en las películas estadounidenses: unos agujeritos pequeños y nítidos, cerca de la diana de la figura en silueta. Pero aquello era distinto. El tiro había dado de pleno en el pecho de la figura y toda la parte central del trozo de papel estaba destrozada. Mientras lo mirábamos, la parte de las piernas se soltó y fue cayendo suavemente hacia el suelo lleno de hojas.

—Bien.

Greg le quitó la escopeta a Flo y se acercó a nosotros. La cara de Flo, que venía trotando a su lado, era una mezcla de alarma y emoción, y tenía las mejillas rojas. No estaba segura de si era por el susto de la explosión o porque, como había sugerido Tom, había disfrutado de la atención personal de Greg.

—Como podéis ver —continuó Greg—, un solo disparo de cerca ha hecho bastante daño. Si hubiera sido una persona, dudo que hubiese llegado con vida al centro de recepción, mucho menos al hospital local. Así que la moraleja es: damas y caballeros, mucho respeto hacia vuestra arma. Vale. ¿Alguna pregunta?

Todos negamos con la cabeza, mudos. Solo Flo sonreía. Nina parecía muy enfurruñada. Recordé las heridas de disparo que había curado con MSF y me pregunté qué estaría pensando.

Greg asintió una vez, como si estuviera satisfecho, y todos corrimos silenciosamente tras él para enfrentarnos al lanzaplatos.

18

—¡Qué divertido ha sido! —Flo se derrumbó en el sofá y se quitó las botas de una patada. Llevaba unos calcetines rosas, esponjosos. Se quitó la nieve del pelo, porque había empezado a nevar cuando volvíamos—. ¡Ha sido genial! ¡Tom, eres un fenómeno!

Tom sonrió y se arrellanó en un sillón.

—Tiraba mucho con arco, cuando era pequeño. Supongo que la habilidad que se necesita es parecida.

—¿Tiro con arco? —Nina le miró incrédula—. ¿Como Robin Hood en el bosque de Sherwood? ¿Tenías que llevar mallas?

—Como en el deporte olímpico —dijo Tom. Era obvio que estaba acostumbrado a que le tomaran el pelo y apenas le hacía mella—. No se usa ningún tipo de mallas. También hacía esgrima de competición. Es un deporte excelente. Muy físico. Ahora ya no estoy en tan buena forma.

Flexionó los bíceps y se los miró con lo que se suponía que tenía que ser una expresión compungida, aunque en el fondo parecía bastante satisfecho consigo mismo.

Nina puso una cara comprensiva.

—Ay, sí, debe de ser horrible tener unos pectorales del tamaño de tetas de adolescente, además de una tableta de chocolate. No sé cómo lo puede soportar Bruce.

—¡Ya vale, vosotros dos! —los riñó Flo.

Clare los contemplaba desde el sofá más alejado, y entonces me puse a mirarla. Recordé que le gustaba mucho observar a la gente y arrojar un comentario como quien arroja un guijarro a un estanque, para luego esperar tranquilamente y contemplar las ondas que se formaban cuando la gente se empezaba a pelear. No era una costumbre demasiado simpática, pero tampoco podía condenarla. Lo entendía demasiado bien porque yo también era más feliz contemplando que siendo objeto de contemplación.

Clare volvió la cabeza y me sorprendió mirándola mientras ella miraba a Tom y a Nina peleándose. Me dedicó una pequeña sonrisa cómplice, como diciendo: «Te he visto».

Yo aparté la mirada.

¿Qué esperaba conseguir invitándome allí? Nina lo veía como un intento de acallar la voz de su conciencia a mis expensas, el equivalente de un marido adúltero confesándose a su mujer.

Pero yo no. No creo que a Clare le quitara el sueño haberse liado con James. Y, en cualquier caso, no merecía mi condena. No me debía nada. James y yo habíamos roto hacía muchísimo tiempo.

No. Yo pensaba que quizá... quizá simplemente quisiera mirar. Ver cómo me lo tomaba yo. Quizá por ese mismo motivo había sacado del armario a Nina. Como un niño que ve un hormiguero y, sencillamente, no puede dejar de meter un palito.

Y luego se apartan un paso... y miran.

—¿Y tú qué dices, Lee? —dijo Flo de repente.

Aparté la mirada de Clare, saliendo de repente de mis pensamientos.

—Lo siento, ¿qué?

—Que si te lo has pasado bien.

—Sí... —Me froté el hombro, donde notaba que ya se estaba formando un morado—. Pero todavía me duele el hombro.

—Te ha dado un buen golpe el retroceso de ese primer disparo, ¿verdad?

El golpe del arma me había sorprendido y me había dado un buen golpetazo en el hueso del hombro, con tanta fuerza que me había dejado sin aliento.

—Hay que mantenerse muy firme —dijo Tom—. Tú estabas así, mira —dijo.

Se levantó y cogió la escopeta que estaba encima de la chimenea. Se la llevó al hombro, para demostrarme la postura floja que me había costado una buena contusión.

El cañón del arma apuntaba directamente hacia mí. Me quedé helada.

—¡Eh! —chilló Nina con voz aguda.

—¡Tom! —Clare intentó levantarse de los cojines del sofá, mirándome a mí, luego a Tom, y luego a mí otra vez—. ¡Baja eso!

Tom sonrió. Sabía que era solo una broma, pero a pesar de todo, noté cómo se me tensaban todos los músculos del cuerpo.

—Joder, me siento como Jason Bourne —dijo él—. Literalmente, siento que la fuerza se me sube a la cabeza mientras hablo. Hum... interroguemos a unas cuantas personas. A ver qué os parece para empezar: Nora, ¿por qué en todos los años que hace que conozco a Clare nunca ha mencionado tu nombre?

174

Intenté hablar, pero de repente tenía la boca tan seca que apenas podía tragar saliva.

—¡Tom! —chilló Clare con voz aún más aguda—. Llámame paranoica, pero no deberías ir meneando esa cosa por ahí, después de las sabias palabras de Grig sobre lo mucho que te pueden joder las armas.

—No está cargada —afirmó Flo y bostezó—. Mi tía la usa para asustar a los conejos.

—¡Aun así! —exclamó Clare.

—Era solo una broma —dijo Tom.

Sonrió otra vez enseñando esos dientes suyos de una blancura antinatural y, luego, bajó el cañón y volvió a colocar la escopeta en su soporte.

Me eché hacia atrás en el sofá. La oleada de adrenalina fue remitiendo y, poco a poco, aflojé los dedos y dejé de apretar los puños. Me temblaban las manos.

—Ja, ja —dijo Clare seria. Tenía el ceño fruncido, como alguien que no consigue ver ninguna gracia a lo que está pasando—. La próxima vez que quieras ir apuntando con eso por ahí, procura que ninguna de mis amigas esté en el otro lado, ¿de acuerdo?

Le dirigí una mirada de agradecimiento y ella hizo un gesto de desdén como diciendo «Será gilipollas...».

—Lo siento —se disculpó Tom gentilmente—. Como he dicho era solo una broma, pero pido perdón si he ofendido a alguien —añadió. Luego hizo una reverencia en broma, dirigida a mí.

—Bueno, basta de excusas —cortó Flo con otro bostezo—. Será mejor que empiece a hacer la cena.

—¿Quieres que te eche una mano? —propuso Clare, y a Flo se le iluminó la cara.

Tenía una sonrisa extraordinaria, que le transformaba toda la expresión.

—¿De verdad? Me parece que deberías ser la reina del día.

—No, mujer, vamos. Cortaré cosas o algo.

Se levantó del sofá y salieron las dos. Clare le pasaba el brazo por encima de los hombros a Flo, en un gesto afectuoso. Tom las siguió con la mirada.

—Qué pareja más rara, ¿verdad? —dijo.

—¿Qué quieres decir? —quise saber.

—La Clare que yo conozco no pega nada con Flo. Son tan... distintas.

El comentario parecía que no tenía mucho sentido, dado que eran similares físicamente y ambas vestían casi con un uniforme idéntico: vaqueros grises lavados a la piedra y top de rayas. Pero yo sabía a qué se refería.

Nina se desperezó.

—Pues en realidad tienen un interés común.

—¿Cuál?

—Ambas creen que Clare es el centro del puto universo.

Tom bufó y yo intenté no reír. Nina se limitó a mirar de soslayo con sus ojos oscuros y brillantes, con una sonrisita irónica en la comisura de los labios. Luego se estiró otra vez y se encogió de hombros, todo ello en un solo movimiento fluido.

—Bien. Me gustaría llamar a mi esposa mantecosa. —Sacó el móvil e hizo una mueca—. No tengo cobertura. ¿Y tú, Lee?

Nora. Pero no podía corregir a la gente tantas veces sin parecer controladora y obsesiva.

—Pues no lo sé —dije, y busqué el teléfono en los bolsillos—. Qué raro... no lo tengo. Estoy segura de que lo tenía en el tiro al plato... Recuerdo que he mirado Twitter. A lo mejor me lo he dejado en el coche. Pero no creo que tuviera cobertura aquí tampoco... No he tenido ni una raya desde que llegamos aquí. Tú has conseguido tener un poco de cobertura en nuestra habitación antes, ¿no?

—Sí. —Nina había levantado el auricular del teléfono y toqueteaba la horquilla—. Este sigue sin funcionar. Vale. Pues voy arriba a colgarme del balcón e intentar conseguir al menos una rayita o dos. Quizá pueda enviar un mensaje de texto.

—¿Por qué tanta urgencia? —preguntó Tom.

Nina meneó la cabeza.

—Nada. Es que... bueno, ya sabes. La echo de menos.

—Bien dicho.

Los dos la vimos desaparecer escaleras arriba, subiendo los escalones de dos en dos con sus largas piernas. Tom suspiró y se recostó en el sofá.

—¿No llamas a Bruce? —le pregunté.

Él negó con la cabeza.

—A decir verdad, tuvimos un pequeño... desacuerdo, llamémoslo así. Antes de irme.

—Ah, vale —dije en tono neutro.

Nunca sé qué decir en esas situaciones. Odio que la gente se meta en mis asuntos, así que siempre supongo que los demás sentirán lo mismo. Pero a veces quieren volcarse contigo y entonces puedes parecer un poco fría y rara, apartándote de sus confidencias. Yo intento no juzgar nunca a nadie, no empujarlos a que me cuenten secretos ni repeler confesiones. Y en realidad, aunque no quiero oír sus historias insignificantes de celos y obsesiones extrañas, en parte también quiero incitarlos. Y esa parte mía es la que asiente mientras toma notas y lo va registrando todo. Es como abrir la parte de atrás de la máquina para ver los mecanismos expuestos, funcionando en su interior. Hay una cierta decepción en la banalidad de lo que hace funcionar a la gente, pero al mismo tiempo resulta también fascinante ver las ruedas dentadas y los resortes interiores.

El problema es que al día siguiente, casi invariablemente, están resentidos contigo por haberlos visto desnudos y expuestos. De modo que yo soy deliberadamente reservada y elusiva, intentando no alentarlos demasiado. Pero no me funciona, no sé por qué. A menudo acabo en un rincón, en las fiestas, escuchando el largo relato de cómo fulanito y zutanita la cagaron, y luego él dijo tal y cual, y luego ella cortó con él, y luego su ex hizo lo de más allá...

Lo normal sería que la gente procurara no contarle sus intimidades a una escritora. Lo normal sería que supieran que nosotros somos, fundamentalmente, animales carroñeros, que picoteamos los cadáveres de los asuntos muertos y las peleas olvidadas para reciclarlas en nuestro trabajo: creamos reencarnaciones zombis de su yo anterior, recosidas y convertidas en un macabro *patchwork* de nuestra propia invención.

Tom, al menos, tenía que haberse dado cuenta. Pero no se cortó en absoluto. Hablaba con un deje aburrido en la voz que no disfrazaba en absoluto el hecho de que todavía estaba muy enfadado con su marido...

—Lo que tienes que entender es que Bruce le dio a James su primera gran oportunidad, lo dirigió en *Black Ties, White Lies*, en el año... Dios mío, ¿es posible? Hace siete, ocho años... y quizá, quiero decir, que no lo sé seguro porque nunca le he preguntado qué pasó, pero Bruce no es conocido precisamente por su castidad profesional. Entonces nosotros dos no estábamos juntos. Pero claro, Bruce tiene la sensación de que James le debe algo, y quizá también sea natural que James sienta que no se lo debe. Ya sé que Bruce se enfadó mucho con el asunto de *Coriolano* y con el hecho de que Eamonn se pusiera de parte de James... Y luego hubo muchos rumores sobre él y Richard, y bueno, todo eso solo podía proceder de un sitio. Bruce juraba que él jamás le había enviado aquel mensaje a Clive.

Y siguió sin parar, una avalancha de nombres y lugares que no significaban nada para mí, y de obras que solo habían dejado una debilísima impresión en mi propio paisaje cultural. Los tejemanejes me resbalaban, pero una cosa estaba clara: Bruce estaba enfadado con James y tenía un pasado con él... no sé de qué tipo. Bruce no quería que Tom acudiera a aquella despedida de soltera. Tom había venido.

—Bueno, pues nada, que se joda —dijo Tom al final, despectivo. No estaba segura de si hablaba de Bruce o de James. Se dirigió hacia el aparador, donde se encontraban agrupadas unas cuantas botellas: ginebra, vodka, los patéticos restos del tequila de la noche anterior—. ¿Quieres tomar algo? ¿Un gin-tonic?

—No, gracias. Bueno, a lo mejor sí, una tónica sola.

Tom asintió, se fue a buscar hielo y limas y luego volvió con dos vasos.

—¡Chin, chin! —dijo con la cara llena de arrugas que lo hacían parecer diez años más viejo.

Yo bebí un sorbo y tosí. En el vaso había tónica, sí, pero también ginebra. Habría podido protestar, pero Tom arqueó una ceja con un tempo cómico tan perfecto que solo pude echarme a reír y seguir bebiendo.

—Pues nada, cuéntame —dijo al final, mientras

apuraba su propio vaso e iba a buscar más—, ¿qué tal fue lo tuyo con James? ¿Qué pasó anoche?

Al principio no contesté. Di otro largo sorbo a mi bebida, despacio, pensando qué decirle. Mi instinto era encogerme de hombros y echarme a reír, pero él se lo acabaría sacando a Clare o a Nina más tarde, así que era mejor ser sincera.

—James es... fue... —dije. Empecé a darle vueltas a la bebida en el vaso, haciendo entrechocar los cubitos de hielo, pensando cómo expresarlo—. Mi ex —aclaré al fin. Era verdad, pero estaba tan lejos de ser toda la verdad que lo sentía casi como una mentira—. Estábamos juntos en el instituto.

—¿En el instituto? —se sorprendió Tom. Esta vez arqueó las dos cejas—. Dios mío. La edad oscura. ¿Amores de juventud?

—Sí, supongo que sí.

—¿Pero ahora no sois amigos?

¿Qué podía decir? No, no lo he visto desde el día en que me envió aquel mensaje de texto.

No, no lo he perdonado por lo que dijo, por lo que hizo.

No.

—Pues... no exactamente. Perdimos el contacto.

Hubo un repentino silencio, roto solo por el parloteo de Clare y Flo en la otra habitación, y el susurro de la ducha arriba. Nina debía de haber desistido de intentar comunicarse con Jess.

—¿O sea que os conocisteis en el instituto? —preguntó Tom.

—Pues sí, más o menos. Hicimos una obra juntos... —dije lentamente. Era raro hablar de aquello. De adulto no sueles hablar mucho de ese tema, de cómo te rompieron el corazón por primera vez. Pero Tom era lo más cercano a una persona anónima y desconocida que tenía. Era muy improbable que volviéramos a encontrarnos después de aquel fin de semana y, de alguna manera, contárselo parecía una liberación—. *La gata sobre el tejado de zinc*. Yo era Maggie, y James era Brick. Irónico, en realidad.

—¿Por qué irónico? —dijo Tom sorprendido.

Pero yo no podía responder. Pensaba en las palabras de Maggie en el último acto de la obra, lo de hacer verdad la mentira. Pero estaba segura de que precisamente Tom sabría lo que quería decir si citaba aquella frase, sabría con toda exactitud a qué se refería Maggie.

En cambio, tragué saliva y dije:

—Bueno, sencillamente... irónico.

—Vamos... —insistió él. Sonrió y se le arrugó la bronceada mejilla—. Habrás querido decir algo...

Suspiré. No pensaba decirle la verdad. O al menos, no la verdad en la que estaba pensando. Otra verdad distinta, entonces.

—Bueno, se suponía que yo era la suplente. La que tenía el papel de Maggie era Clare... ella era la protagonista de casi todas las obras que representamos, desde primaria en adelante.

—¿Y qué pasó, entonces?

—Pues que cogió mononucleosis. Se perdió todo un trimestre. Y yo subí al escenario.

Yo siempre era la suplente. Tenía buena memoria verbal y era muy aplicada. Noté que Tom me miraba, intrigado por descubrir dónde estaba la ironía del caso.

—Es irónico que ella fuese la que tenía que hacer

pareja con él y que ahora sea su pareja... ¿Es eso lo que quieres decir?

—No, no exactamente... Es irónico porque yo odio que me miren, que me observen. Y ahí estaba, en el papel principal. Quizá todos los escritores preferimos estar detrás de las páginas que en escena. ¿Qué opinas?

Tom no respondió. Se volvió a mirar afuera, a través del gran ventanal de cristal, hacia el bosque, y supe que estaba pensando en el comentario que él mismo había hecho la noche anterior: en escena. El público. Los que observaban en la noche.

Al cabo de un momento seguí su mirada. Todo tenía un aspecto distinto a la noche anterior: alguien había encendido las luces de seguridad exteriores y se podía ver el césped blanco y vacío que se extendía como una perfecta alfombra nevada, y los pinos vigilantes, con los troncos desnudos y espinosos bajo las copas. Todo aquello tendría que haberme aliviado: ver aquel lienzo blanco, inmaculado, una prueba visual de que estábamos solos, de que quienquiera que hubiera pisado la nieve aquella mañana no había vuelto. Pero de alguna manera, no resultaba tranquilizador. Hacía que me sintiera más en escena que nunca, como bajo los focos que iluminan el escenario y arrojan al público a un abismo negro más allá de su luz dorada, como observadores no vistos en la oscuridad.

Temblé, imaginando la miríada de ojos de la noche: zorros con los ojos amarillos relumbrando a la luz de las lámparas, búhos de alas blancas, musarañas asustadas. Pero las pisadas de aquella mañana no eran de animales. Eran muy, muy humanas.

—Ha dejado de nevar —señaló Tom innecesariamente—. Debo admitirlo, me alegro bastante. No me hacía ninguna gracia quedarme atrapado por la nieve aquí durante días y días.

—¿Atrapado por la nieve? —dije—. ¿En noviembre? ¿Crees que podría pasar de verdad?

—Pues sí. —La voz de Flo nos llegó por detrás y me hizo dar un salto. Llevaba una bandeja llena de patatas fritas y frutos secos y, al ponerla en la mesa con mucho cuidado, se mordió la lengua de una forma bastante graciosa—. Ocurre muchas veces en enero. Es uno de los motivos por los que mi tía en realidad no vive aquí en invierno. El camino es impracticable, si cae una buena. Pero nunca nieva tanto en noviembre, y no creo que pase hoy. No hay previsiones para esta noche. Está bonito, ¿no?

Se desperezó, frotándose la espalda, y todos miramos a través de la ventana los árboles negros y amenazantes y la nieve blanca. No parecía bonito. Parecía lóbrego e implacable. Pero en vez de decirlo, hice la pregunta que me había estado martirizando.

—Flo, quería preguntarte una cosa... esas huellas que iban hasta el garaje, esta mañana, ¿eran tuyas?

—¿Huellas? —preguntó. Parecía desconcertada—. ¿A qué hora?

—Temprano. Las he visto cuando he vuelto de correr, sobre las ocho. O puede que antes, no lo he mirado.

—No, no era yo. ¿Y dónde dices que estaban?

—Entre el garaje y la puerta lateral de la casa.

Flo frunció el ceño.

—No... desde luego, no he sido yo. Qué raro. —Se mordió el labio un momento y luego dijo—: Mira, si no os importa, voy a cerrar ahora... así no nos olvidaremos más tarde.

—¿Qué quieres decir? ¿Crees que podía haber alguien más por aquí? ¿Alguien de fuera?

La alegre cara de Flo pareció incómoda de repente.

—Bueno, mi tía tuvo muchos problemas cuando construyó esta casa... Pusieron muchas pegas a los planos: a la gente de por aquí no le gustaba que fuera una residencia de veraneo, ya para empezar, y hubo algunas quejas sobre el estilo de la construcción y el lugar.

—No me digas —dijo Tom—. Algún antiguo cementerio de nativos americanos, ¿verdad?

Flo le dio con una servilleta de papel y sonrió, aunque seguía preocupada.

—No, nada por el estilo. Lo único que hay enterrado por aquí son ovejas, que yo sepa. Pero sí que es una zona protegida... No estoy segura de si está dentro del parque nacional, pero está tan cerca que en realidad da lo mismo. Consiguió el permiso porque solo se trataba de ampliar una edificación ya existente, una antigua cabaña. Pero la gente decía que esta casa no encajaba con el espíritu de la original... Bueno, para abreviar una historia muy larga, la casa ardió cuando estaba a medio construir y quedó bastante claro que se había tratado de un incendio provocado, aunque no se llegó a probar nada.

—¡Joder! —Tom parecía horrorizado.

Miró por la ventana hacia fuera, como si esperara ver en cualquier momento antorchas llameantes que se acercaban por la colina.

—¡Pero no pasó nada! —nos tranquilizó Flo—. Estaba a medio construir, de modo que no había nadie en la obra, y en realidad a mi tía le fue bien, porque el seguro pagó espléndidamente, de modo que acabó con un edificio mucho mejor. Y según los planos originales, tenía que mantener alguna parte de la cabaña original, pero como se quemó hasta los cimientos, ya no tuvo que preocuparse por eso. En conjunto diría que le hicieron un favor. Pero claro, la relación con los vecinos quedó muy afectada por todo esto.

—¿Pero es que acaso hay algún vecino? —quiso saber Tom.

—Sí. Hay un grupito de casas a un kilómetro y medio atravesando el bosque, por allí. —Señaló en una dirección—. Y una granja abajo en el valle.

—¿Sabes...? —pensé en voz alta—. Lo que de verdad me inquieta no son las huellas... o no como tales, vaya. Es el hecho de que de no haber sido por la nieve, nunca lo habríamos sabido.

Miramos hacia fuera, contemplando la alfombra blanca intacta al otro lado del camino del bosque. Mis propios pasos de aquella mañana habían quedado cubiertos y ahora no se notaba que hubiese pasado por allí ningún pie humano. Durante largo rato nos quedamos en silencio, pensando en aquello, pensando en todas las veces que nos podían haber estado observando, sin que fuéramos conscientes en absoluto.

Flo se dirigió a la ventana para probar el pestillo. Estaba firmemente cerrado.

—¡Bien! —exclamó animada—. Voy a comprobar la puerta de atrás y luego creo que deberíamos dejar de hablar de todas estas cosas siniestras y tomar otra copa.

—Así se habla —dijo Tom muy serio.

Cogió mi vaso vacío y esta vez, cuando me sirvió uno doble, yo no me quejé.

19

Cuando subí a cambiarme para cenar encontré a Nina sentada en la cama, con la cabeza entre las manos. Levantó la vista cuando entré: tenía la cara gris y arrugada, con una expresión tan distinta de su habitual sarcasmo que me pareció muy extraño.

—¿Estás bien?

—Sí. —Se echó hacia atrás el cabello negro y brillante, apartándolo de la cara, y se puso de pie—. Es que... uf, estoy tan harta de estar aquí... Parece que haya vuelto al instituto y me estoy acordando de todo lo que odiaba de mí misma por aquel entonces. Es como si hubiéramos retrocedido diez años, ¿no te parece?

—Pues no lo sé —dije.

Me senté en mi cama y pensé en sus palabras. Aunque yo misma hubiera tenido pensamientos similares la noche anterior, a la luz del día me parecían injustos. La Clare que yo recordaba del instituto no habría aguantado a Flo ni un segundo, a menos que tuviera un buen motivo para ello. Habría sonreído a los comentarios estúpidos de Flo, liándola y engañándola para que dijera algo muy extraño y patético, y en ese momento se habría apartado, señalándola con el dedo y riéndose. Aquel fin de semana no había visto esa crueldad suya. Al contrario, estaba impresionada por su tolerancia. Estaba claro que Flo era una persona con problemas, y me parecía admirable que Clare intentase ayudarla y demostrara tanta compasión. Yo no sabía si habría sido capaz de soportar a Flo diez días, no digamos ya diez años. Estaba claro que Clare era una persona mucho mejor de lo que yo pensaba.

—En realidad, creo que Clare ha cambiado mucho —dije—. Parece más... —me detuve buscando la palabra adecuada. Quizá no existiera—. Sencillamente, parece más amable.

—La gente no cambia —afirmó Nina con amargura—. Simplemente, se vuelven más puntillosos a la hora de ocultar su verdadero yo.

Me mordí el labio, pensando en lo que acababa de oír. ¿Sería verdad? Yo sí que había cambiado... al menos, me decía a mí misma que lo había hecho. Era mucho más confiada, más autosuficiente. Cuando estudiaba, me apoyaba en mis amigos buscando autoestima y ayuda, porque quería ser una más del rebaño, quería encajar. Al final, había aprendido que aquello no era posible y, desde entonces, era mucho más feliz (aunque estaba más sola).

Pero quizá Nina tuviera razón. Quizá fuera simplemente que yo había aprendido a ocultar a la niña rara y desesperada por caer bien que en otros tiempos había sido. Quizá el yo en el que me había convertido no fuera más que una capa fina, que se podía desprender de nuevo, dolorosamente.

—No lo sé —dijo Nina—. Es que... ¿No te parece que la comida ha sido terrible?

La comida había sido terrible. Se habló exclusivamente de la boda: del banquete que se iba a dar, de lo que iba a llevar Clare, de lo que llevarían las damas de honor, de si el salmón ahumado estaba ya pasado de moda como entrante, y de por qué la opción vegetariana siempre lleva queso de cabra. Lo empeoró todo muchísimo darme cuenta de que yo había cruzado una línea invisible y había ido más allá del punto en que podía reconocer que no me habían invitado. Tendría que haber dicho algo desde el principio, haberlo admitido, haber hecho una broma la primera noche. Ahora ya había ido demasiado lejos y no podía hacer otra cosa que fingir; estaba atrapada en una mentira por omisión. Las miradas comprensivas de Clare no ayudaban nada.

—No voy a decir que la novia se ha convertido en Godzilla —continuó Nina— porque en realidad aquí la que se ha puesto en plan Godzilla es más bien la dama de honor... Pero si tengo que oír una palabra más sobre recordatorios y detalles de boda o depilación a la cera o discursos del padrino me da algo... ¿Te puedes imaginar a James en medio de todo eso?

Deliberadamente había evitado pensar en James y la boda, como si fuera una llaga que no soportaba el menor contacto. Pero ahora, al intentarlo, me daba cuenta de que no podía. El James que yo recordaba, con la cabeza afeitada por detrás y el resto del pelo recogido en un moño alto, con la corbata del uniforme escolar rota; el James que se emborrachaba con el whisky de su padre y que se subía al monumento a los caídos del instituto a medianoche para gritar los poemas de Wilfred Owen al cielo estrellado; el James que usó un pintalabios para escribir letras de Pink Floyd en el coche del director del instituto el último día antes de las vacaciones de verano... A ese James no podía imaginármelo con esmoquin, besando a la madre de Clare y riéndose obedientemente con el discurso del padrino.

Todo había sido muy doloroso, hasta el punto de la náusea, empeorado por las miradas de soslayo de Nina. Si hay algo que me duela más que recibir una herida es que alguien vea que me hieren. Siempre he preferido arrastrarme a solas y lamerme las heridas en privado. Pero Nina tenía razón. No era un caso de «godzillamiento». De hecho, Clare había estado anormalmente callada a lo largo de toda la comida. Fue Flo quien llevó la voz cantante, azuzada por Tom. En un momento dado incluso Clare sugirió que cambiaran de tema. No era probable que hubiese perdido su deseo de ser el centro de atención desde que dejó el instituto. Lo más probable es que estuviera pensando en mí.

—Si tuviera más pelotas, habría dicho que no —dijo Nina desanimada—. A la invitación a la boda, quiero decir. Pero Jess me habría matado. A ella le encantan las bodas. Es como un desorden obsesivo-compulsivo que tiene. Ya se ha comprado un tocado nuevo para esta. De verdad. Un puto tocado.

—Te habría perdonado —dije con ligereza—. Pero entonces habrías tenido que pedir su mano, para compensarla.

—Bueno, puede que lo haga... ¿Vendrías?

—Claro —concedí mientras le daba un puñetazo en el brazo—. Incluso iría a tu despedida de soltera. Si la tuvieras.

—A la mierda —dijo Nina—. Y si... repito, «si» me caso alguna vez, saldremos una noche a bailar y ya está. Nada de hacer el idiota en casas de campo en el culo del mundo. —Suspiró y se desperezó—. ¿Sabes lo que nos tiene preparado esta noche Flo?

—¿Qué?

—Pues una puta ouija. Te aseguro que como tenga una ouija de esas con respuestas «sexis» en el tablero, cojo la escopeta que está en la chimenea y se la meto por un sitio muy doloroso... con cartuchos de fogueo y todo.

—Vale —dijo Flo extendiendo unas hojas de papel en la mesita de centro—, esto va a ser muy divertido.

—La Bola 8 Mágica dice que no cuentes con ello —murmuró Nina.

Clare le lanzó una mirada, pero o bien Flo no la había oído, o bien decidió ignorar la pulla. Estaba muy ocupada preparando la mesa y colocando unas velas entre las botellas de vino medio vacías.

—¿Alguien tiene un encendedor?

Nina buscó en el bolsillo de su minifalda vaquera y sacó un Zippo, y Flo encendió las velas con una reverencia ceremonial. A medida que se iba encendiendo cada velita en la mesa, la llama correspondiente se prendía también en la imagen reflejada en la ventana. Flo había apagado las luces de seguridad y el bosque estaba oscuro, aparte de la débil luz de la luna. La habitación estaba poco iluminada, de modo que podíamos ver las formas enormes de los árboles, la pálida nieve y la silueta del dosel boscoso ante el cielo ligeramente iluminado. Parecía como si pequeños fuegos fatuos bailoteasen entre los árboles, llamas frágiles y fantasmales reflejadas dos veces en el doble cristal.

Me dirigí hacia la ventana, eché el aliento en el cristal y coloqué las manos en torno a la cara para ver hacia fuera. Estaba todo perfectamente tranquilo. Pero pensé de nuevo en las pisadas y en la línea telefónica cortada, y no pude evitar comprobar disimuladamente el cierre de las puertas ventana. Estaba bien cerrado.

—A Mel no le habría gustado nada todo esto —dijo Clare, pensativa, mientras yo volvía a la mesa y Flo encendía la última velita—. Estoy segura de que es más cristiana ahora que en la uni.

—Pues no veo que estar en íntima comunión con un amigo imaginario sea distinto a estar en íntima comunión con unos cuantos —remachó Nina.

—Bueno, son sus creencias, ¿vale? No tienes por qué ser ofensiva.

—No soy ofensiva. Por definición, no se puede ofender a alguien que no está. La ofensa se tiene que recibir, no solo dar.

—Si cae un árbol en un bosque solitario, ¿no hace ruido? —dijo Tom con una sonrisita seca. Se arrellanó en el sofá y bebió un largo sorbo de vino—. Jolines, cuántos años desde la última vez que hice esto. Mi tía era muy aficionada a todo eso de contactar con los espíritus. Yo iba mucho a su casa, después de clase, y hacíamos sesiones con la ouija tradicional, ya sabéis, la que tenía letras.

Ya sabía a qué se refería: aquellas eran las ouijas que había visto en las películas. La que estaba preparando Flo era un poco distinta, más bien como un boli con ruedas.

—Es más fácil así —dijo Flo mordiéndose la lengua mientras intentaba colocar el bolígrafo en el soporte—. Lo he probado antes y el problema con el puntero es que si no eres muy rápido, te puedes perder montones de letras. Así queda constancia.

—¿Y has sacado algo? —preguntó Clare—. Cuando lo has intentado antes, quiero decir.

Flo asintió, muy seria.

—Ah, sí. Normalmente tengo algún mensaje. Mi madre dice que tengo una conexión especial con el más allá.

—Ajá... —dijo Nina.

Estaba muy, muy seria, pero me di cuenta de que estaba preparando alguna observación sarcástica.

—¿Y qué decían los mensajes? —pregunté a toda prisa, intentando adelantarme a ella—. La última vez.

—Era sobre mi abuelo —aclaró Flo—. Quería decirle a mi abuela que era feliz, y que ella debía volverse a casar, si quería. Bueno, ya está todo arreglado. ¿Preparados?

—Todo lo que se puede estar —respondió Clare. Se bebió el vino que le quedaba y dejó la copa—. Vale. ¿Qué hacemos ahora?

Flo nos hizo señas de que nos acercáramos.

—Vale... poned los dedos en la *planchette*. Con suavidad... no intentamos guiarla, sino solo ser receptores de cualquier impulso que recibamos del más allá.

Nina suspiró, pero apoyó los dedos en la *planchette*. Tom y yo hicimos lo mismo. Clare fue la última.

—¿Listos? —preguntó Flo.

—Listos —contestó Clare.

Flo cogió aliento y cerró los ojos. Su rostro resplandecía a la luz de las velas, como si estuviera iluminado desde dentro. La vi mover los ojos debajo de los párpados, dirigirlos a un lado y otro, buscando algo que no veía.

—¿Hay aquí algún espíritu que quiera hablar con nosotros? —preguntó.

La *planchette* empezó a dar vueltas inquieta, formando giros y espirales, sin trazar ninguna forma que tuviera sentido. Nadie la empujaba, de eso estoy bastante segura.

—¿Hay algún espíritu aquí esta noche? —repitió Flo muy seria.

Vi que Nina ocultaba una sonrisa. La *planchette* empezó a moverse de una forma más decidida.

S.

—¡Oh, mira! —jadeó Flo. Levantó la cara iluminada—. ¿Habéis visto eso? Era como si la impulsara un imán. ¿Lo habéis notado todos?

Yo había notado algo. Parecía más bien que alguien del círculo la estaba empujando, pero no dije nada.

—¿Y cómo se llama el espíritu? —dijo Flo ansiosa.

La *planchette* empezó a moverse de nuevo.

Te... qui..., larga pausa, te... qui...

—«Qui» significa «quién», en francés —dijo Flo—. A lo mejor tenemos un espíritu guía francés...

L... Tanto Tom como Nina se echaron a reír cuando la última A surgió de debajo de la *planchette*. Hasta Clare ahogó un resoplido, y la *planchette* cambió de dirección hacia el borde del papel y luego cayó al suelo, mientras todos nos echábamos a reír.

Flo miró la página un momento, frunciendo el ceño, sin entender la broma. Luego la vio. Se apartó de la mesa, con los brazos cruzados.

—Vale —dijo. Miró a Clare, a Tom, y luego a mí. Yo intentaba mantener la cara seria—. ¿Quién ha sido? ¡Esto no es una broma! Bueno, sí, es algo divertido, pero no vamos a averiguar nada si seguís haciendo el tonto... ¿Tom?

—Yo no he sido —confesó Tom levantando las manos.

Nina adoptó su expresión más inocente, y yo sospeché que había sido ella.

—Bueno, sea quien sea —dijo Flo con la cara roja y una expresión molesta—. Debería daros vergüenza. Me he tomado muchas molestias, y vosotros estáis estropeando...

—Eh, eh, Flops —advirtió Clare levantando la mano—. Tranquila, ¿vale? Ha sido solo una broma. No lo volverán a hacer. ¿Verdad que no?

Contempló seriamente al círculo de rostros y todos pusimos cara de arrepentimiento.

—Vale —convino Flo enfurruñada—. ¡Pero esta es la última oportunidad! Si volvéis a hacer el tonto, quito esto y nos ponemos a jugar todos... ¡al Trivial Pursuit!

—Uy, qué amenaza —dijo Tom muy serio, aunque le temblaba un poco la comisura de los labios—. Prometo que me portaré como un ángel. No me amenaces con el camembert rosa.

—Vale —dijo Flo.

Cogió aliento con fuerza y esperó a que todos apoyásemos los dedos otra vez en la *planchette*. Esta se movió y vi que a Nina le temblaban los hombros por las risitas que ahogaba, pero se mordió el labio e hizo un gran esfuerzo para calmarse mientras Clare la miraba.

—Sentimos la frivolidad de «algunos» de nuestro círculo —señaló Flo con intención—. ¿Hay aquí algún espíritu que quiera hablar con nosotros?

Esta vez la *planchette* se movió más despacio, como si se estuviera deslizando sola. Pero, inconfundiblemente, formaba otra S, y luego se detuvo.

—¿Eres amigo de alguien que está aquí? —preguntó Flo.

La *planchette* dijo: «?».

Esta vez no me pareció que nadie estuviera empujando... y vi que los demás sentían lo mismo. Habían dejado de reírse. Clare incluso parecía un poco intranquila.

—¿Sabes, Flops?, no estoy segura de que... —dijo.

Tom le dio unas palmaditas en la mano.

—Está bien, cariño. No son espíritus en realidad... es el subconsciente del grupo el que forma las palabras. A veces los resultados resultan bastante instructivos.

—¿Quién está aquí? —preguntó Flo que había cerrado los ojos.

Tenía los dedos muy ligeramente apoyados en la *planchette*. Si alguien la controlaba, desde luego no era ella. La *planchette* se movió de nuevo y escribió con una caligrafía llena de volutas, irregular. Tom leyó las letras en voz alta a medida que iban apareciendo.

—M... ¿Una A?.. ¿O es una N? X... W... E... L... L... Vale, es una palabra. Maxwell. ¿Alguien conoce a un tal Maxwell?

Todos negamos con la cabeza.

—Quizá sea el espíritu de uno de los antiguos campesinos —dijo Nina muy seria—. Que viene a advertirnos para que no pisoteemos los sagrados huesos de sus ovejas.

—Quizá —dijo Flo.

Abrió los ojos, que se le veían muy verdes en la oscuridad. Estaba muy pálida, pues el sonrojo de antes debido al enfado había desaparecido. Cerró los ojos de nuevo y, con un tono apagado y reverencial, dijo:

—¿Hay alguien aquí con quien quieras hablar, Maxwell?

S.

—¿Tienes algún mensaje para alguien del grupo?

S.

—¿Para quién?

F... Fl.. F...

—¿Para mí? —dijo Flo abriendo mucho los ojos. Parecía alterada, casi alarmada. De hecho daba la sensación de que lamentaba ya la idea que había tenido—. ¿Tienes un mensaje para mí?

S.

Flo tragó saliva. Vi que con la mano libre se aferraba al borde de la mesita de centro con tanta fuerza que se le ponían los nudillos blancos.

—Vale —dijo con valentía.

Pero la *planchette* ya se estaba moviendo.

C... O... M... fue trazando lentamente, y luego, de pronto, un garabato precipitado: «Compra café».

Hubo un momento de silencio, y luego Nina lo interrumpió con una risa breve.

—¡Joder! —gritó Flo. Todos dimos un salto, y me di cuenta de que era la primera vez que la oía soltar una palabrota. Flo se levantó de golpe y cogió la *planchette* y la mandó volando por encima de la mesa. Copas de vino y velas cayeron al suelo, derramando cera en la alfombra—. ¿Quién ha sido? ¡Esto no es una broma, chicos! Estoy harta. ¿Nina? ¿Tom?

—¡Yo no he sido! —decía Nina, pero se reía tan fuerte que tenía los ojos llenos de lágrimas.

Tom intentaba contener las carcajadas, pero también se reía tapándose la boca con la mano.

—Lo siento —se disculpó intentando sin éxito ponerse serio—. Lo siento. No es jus... —pero no pudo completar la frase.

Flo se volvió hacia mí con una mirada acusadora. Yo estaba intentando limpiar el vino de la alfombra.

—Estás muy tranquila, Lee, ahí sentada, fingiendo que no ha pasado nada.

—¿Cómo? —pregunté. Levanté la vista, sorprendida de verdad—. ¿Perdona?

—¡Ya me has oído! Estoy harta de que te quedes ahí callada como un ratoncillo, riéndote de mí a mis espaldas.

—No es verdad —respondí incómoda, recordando que no había podido evitar reírme con las bromas de Nina la tarde que llegamos—. Quiero decir que... yo no quería...

—Todos os creéis perfectos —afirmó Flo. Respiraba pesadamente, con fuertes hipidos. Pensé que estaba a punto de estallar en lágrimas—. Todos os creéis estupendos, con vuestros títulos y vuestros trabajos y vuestros pisos en Londres.

—Flo... —dijo Clare.

Puso de nuevo la mano en el brazo de Flo, pero esta se la apartó de un golpe.

—Vamos —dijo Tom en tono tranquilizador—. Mira, no sé quién lo ha hecho, pero te juro que es la última vez que alguien hace el tonto, ¿vale? —Miró a todo el grupo—. ¿Estamos de acuerdo todos? Te lo prometemos. Esta vez será la buena.

Tom intentaba ayudar, pero yo notaba que se me revolvía el estómago incómodamente. Tendríamos que haber concluido el juego cuando Flo estalló la primera vez, porque insistir de aquella manera era buscar problemas, dado lo alterada que estaba.

—¿No cr-crees que...? —dije nerviosa.

—Cr-creo que deberías callarte —contestó Flo furiosa, imitando mi tartamudeo con una precisión asombrosa.

Me quedé tan sorprendida que no dije nada y me limité a seguir allí sentada con la boca abierta, mirándola. Era como si un Teletubby me hubiera escupido en la cara.

—Venga, vamos —dijo Clare—. Una oportunidad más, ¿vale, Flops? Te prometo que esta vez todo el mundo se lo tomará totalmente en serio. Si no, se las verán conmigo.

Flo dejó su copa de vino con la mano temblorosa. Luego se sentó pesadamente junto a la mesa y puso la mano en la *planchette*.

—La última oportunidad —dijo ceñuda.

Todo el mundo asintió y yo, de mala gana, volví a poner los dedos en el tablero.

—Hagámosle una pregunta esta vez —propuso Tom intentando aplacar los ánimos—. Así lo ayudamos a entrar en materia. ¿Qué os parece esta: tendrán Clare y James una vida larga y feliz?

—¡No! —exclamó Clare en voz alta. Todos nos volvimos, perplejos por la vehemencia de la respuesta—. No, mira... yo es que... no quiero meter a James en esto, ¿vale? No me parece bien. Es solo una diversión, pero no quiero que ningún boli me diga que me voy a divorciar antes de los treinta años.

—Vale —dijo Tom conciliador, pero noté que estaba sorprendido—. Entonces algo mío. ¿Cuántos aniversarios de boda celebraremos Bruce y yo?

Todos apoyamos las yemas de los dedos en el tablero y, muy despacio, noté que empezaba a moverse.

Esta vez fue distinta a las otras veces. No noté un empujón tembloroso ni un tirón, sino una escritura suave y lánguida que formaba giros y espirales en la página.

—P... a... p... a... —dijo Flo—. ¿Papa? ¿Qué significa eso? No es un aniversario de boda.

—¿Papel, quizá? —sugirió Tom, que contemplaba la hoja con el ceño fruncido—. Eso no tiene sentido... las bodas de papel son a los dos años, o algo así. Las celebramos el año pasado. Quizá quiera decir «ópalo». Esa primera P podría ser una O.

—A lo mejor nos está diciendo su nombre —sugirió Flo sin aliento. Su rabia anterior había desaparecido y parecía emocionada, casi acelerada con todo aquello. Se volvió a llenar la copa y la vació de tres largos sorbos; luego la dejó precariamente en el suelo. Vi que el top plateado que llevaba, idéntico al de Clare, tenía una mancha de vino tinto en una manga—. No siempre responden en el orden que quieres. Preguntémosle. ¿Cómo te llamas, espíritu?

El bolígrafo empezó de nuevo a moverse velozmente por la página, formando letras grandes que enseguida se comieron todo el espacio, escribiendo encima de las palabras anteriores.

Vi «Pa» y luego «by» más abajo, en la página. Luego se detuvo y Flo estiró el cuello para ver el texto.

—Papa Begby. Guau. ¿Quién narices será ese?

Nos miró, pero todos nos encogimos de hombros y negamos con la cabeza.

—¿Nora? —dijo Flo de repente—. ¿Sabes quién es?

—¡Joder, no! —exclamé algo abstraída.

A decir verdad, estaba bastante acojonada. Las otras cosas eran bromas, resultaba obvio. Esto parecía muy extraño. Los demás parecían tan preocupados como yo. Clare se mordía un mechón de pelo.

Nina parecía despreocupada, pero yo la veía juguetear con el encendedor que tenía en el bolsillo, retorcerlo nerviosamente por debajo de la ropa con los dedos. Tom parecía asustado, con la cara pálida, a pesar de la poca luz. Solo Flo estaba emocionada de verdad.

—Uf —respiró—. Un espíritu de verdad. Papa Begby. ¿No sería el propietario de la antigua cabaña? Papa Begby —dijo hablando respetuosamente al espacio que teníamos encima de la cabeza—, Papa Begby, ¿tienes un mensaje para nosotros esta noche?

El bolígrafo empezó a moverse de nuevo, esta vez más entrecortadamente.

As... leí. Me dio un vuelco el corazón. No más bromas sobre el café ni sobre otra cosa.

As... as... as...

La escritura era cada vez más rápida, y luego se oyó un súbito crujido y la *planchette* fue chirriando hasta quedar detenida. Clare la levantó y se llevó la mano a la boca.

—Oh, Flops, lo siento mucho...

Miré la mesa. El bolígrafo había atravesado la hoja y había escrito en la madera pulida de debajo.

—Tu tía...

—Bah, no importa —dijo Flo impaciente. Apartó la *planchette* y levantó la hoja—. ¿Qué dice?

Todos nos quedamos mirando, leyendo por encima de su hombro mientras ella giraba la hoja lentamente hacia un lado y hacia otro, leyendo los trazos curvos de la escritura.

«Asesinaaaaaaaaaaaaa... oooo...».

—¡Ay, Dios mío! —gritó Tom al tiempo que se llevaba la mano a la boca.

—No tiene gracia —se quejó Nina. Tenía la cara pálida. Retrocedió un paso, apartándose del grupo, y examinó nuestras caras—. ¿Quién ha escrito eso?

—Eh —dijo Tom—, lo confieso, yo he hecho lo del café. Pero esto no... ¡no he sido yo!

Nos miramos unos a otros, buscando la culpabilidad en los ojos de los demás.

—A lo mejor los tiros no van por ahí —dijo Flo. Se había vuelto a sonrojar, pero esta vez me pareció que era por una sensación de triunfo, más que de ira—. Quizá haya sido un mensaje real. Después de todo, yo sé algunas cosas de vosotros, de todos vosotros...

—¿Qué quieres decir? —preguntó Tom en tono cauteloso—. Clare, ¿a qué se refiere?

Clare no dijo nada, solo negó con la cabeza. Tenía la cara bastante blanca y los labios sin sangre, solo cubiertos por el brillo. De repente, empecé a respirar muy rápido y con dificultad, casi hiperventilando.

—Eh —dijo Nina de pronto. Su voz tenía algo extraño, lejano—. Eh, Nora, ¿estás bien?

—Estoy bien —contesté, o intenté contestar, mejor dicho. No estoy segura de que me salieran las palabras. La sala parecía haber disminuido, mientras la enorme cristalera se abría como una boca con dientes afilados de pino que parecía querer tragarnos. Noté que unas manos me cogían los brazos y me empujaban hasta sentarme en el sofá, con la cabeza entre las rodillas.

—Estás bien —oí la firme voz de Nina y, de repente, me resultó fácil recordar que era médica, que era una profesional, y no solo una amiga con la que salía a tomar unas copas cada pocos meses—. No pasa nada. Que alguien traiga una bolsa de papel.

—Ya está la teatrera —opinó Flo con un susurro

airado, para después salir de la habitación hecha una furia.

—Estoy bien —dije. Traté de incorporarme y apartar las manos de Nina—. No necesito una bolsa de papel. Estoy bien.

—¿Seguro?

Nina me miró a la cara con expresión interrogante. Yo asentí, intentando sonar convincente.

—Estoy perfectamente. Lo siento, no sé por qué me he puesto así. Demasiado vino. Pero estoy bien, de verdad.

—Demasiado melodrama —dijo Tom bajito, pero lo dijo muy serio, y supe que no quería molestarme.

—Yo... me parece que voy a salir a que me dé el aire fresco. Aquí hace demasiado calor.

Sí, tenía mucho calor, la estufa desprendía aire caliente como un horno. Nina asintió.

—Te acompaño.

—¡No! —exclamé con más violencia de la que hubiera deseado. Y enseguida, más tranquila—: De verdad, preferiría ir sola. Solo quiero tomar un poco el aire. ¿Vale?

Fuera, me quedé con la espalda apoyada contra las puertas correderas de cristal de la cocina. El cielo por encima era como de terciopelo azul oscuro, y la luna estaba asombrosamente blanca, rodeada por un halo pálido de escarcha. Noté que el aire frío de la noche me envolvía, me refrescaba la cara caliente y las manos sudorosas. Me quedé de pie, escuchando el fuerte latido de mi propio corazón, intentando aminorarlo, intentando calmarme.

Era absurdo que me hubiera entrado un pánico tan ridículo. No había nada en el mensaje que indicara que era para mí. Sin embargo, ¿no había dicho algo Flo, al final?

«Sé algunas cosas de vosotros...».

¿A qué se refería? ¿De quién de nosotros estaba hablando?

Si era de mí, solo había una cosa a la que se podía referir. Y Clare era la única persona que sabía lo que había ocurrido. ¿Se lo habría contado a Flo?

No estaba segura. Quería pensar que no era así. Intenté recordar todos los secretos que le había confiado a Clare a lo largo de los años, secretos que ella había conservado fielmente.

Pero recordaba también el día que volví al instituto para presentarme al examen de francés. Una de las chicas de la cola me puso una mano en el brazo. «Lo siento mucho —me dijo—, eres muy valiente». Había auténtica compasión en su rostro, pero también un cierto regocijo, de ese que ves a veces cuando entrevistan a algún adolescente preguntándole por la trágica muerte de un amigo. No es que no sientan tristeza, claro, su dolor es auténtico, pero también hay una emoción subyacente debido al drama que supone todo aquello, a lo «real» que es.

Entonces no supe con toda claridad a qué se refería: quizá a que James y yo hubiésemos roto. Pero su reacción parecía demasiado intensa para ese hecho, así que empecé a preguntarme si Clare le habría contado a alguien lo que pasó. Me pasé todo el examen preocupada, cada vez más preocupada. Y cuando acabaron las dos horas, comprendí lo que debía hacer. La duda no me dejaría vivir en paz.

Así que no volvería allí nunca.

Ahora, cerrando los ojos, notaba el frío en la cara, y la nieve que empapaba mis finos calcetines, y oía los leves sonidos de la noche, los crujidos y susurros de las ramas cargadas de nieve que se rompían bajo su peso, el ululato de un búho, el extraño chillido de un zorro.

Nunca he vivido en el campo. Me crie en las afueras de Reading, y luego me trasladé a Londres en cuanto cumplí los dieciocho. He vivido allí desde entonces.

Pero me podía imaginar cómo sería vivir allí, en medio de aquel silencio y de aquella soledad, viendo solo a las personas que querías ver. Sin embargo, nunca se me ocurriría vivir en una enorme campana de cristal. Preferiría vivir en un edificio pequeño, que pasara inadvertido y que formara parte del paisaje.

Pensé en la cabaña que en tiempos se alzaba allí y que luego se había quemado hasta los cimientos. Imaginé un edificio largo y bajo, con una silueta como de animal que intenta reptar por el suelo, como una liebre aplastando su figura entre las hierbas. Supongo que yo habría podido vivir allí.

Cuando abrí los ojos, la luz deslumbrante que procedía desde la casa y que incidía en la nieve me hirió las retinas. Era tan descarada, tan derrochadora, como un faro dorado que ilumina la oscuridad con su presencia. Solo que un faro sirve para decir a los barcos que se alejen. Aquel edificio más bien parecía una baliza, un farol que atrae a las mariposillas.

Me puse a temblar. Tenía que dejar de ser tan supersticiosa. Aquella casa era preciosa. Teníamos suerte de poder alojarnos allí, aunque fuese solo durante unos pocos días. Pero no me gustaba, no confiaba en Flo, y no podía esperar a que llegase la mañana siguiente. Me pregunté a qué hora podría marcharme sin quedar demasiado mal. Nina y yo teníamos billetes para el tren de las cinco de la tarde, pero el mío era flexible.

—¿Estás bien? —preguntó una voz detrás de mí, seguida por una larga exhalación de humo de tabaco. Al volverme vi a Nina allí de pie, con un cigarrillo en una mano y el otro brazo envuelto en torno al cuerpo, para protegerse del frío—. Lo siento. Sé que has dicho que querías estar sola. Es que... necesitaba un pitillo. Tenía que salir. ¡Uf, esa Flo...! Me pone de los nervios. ¿Qué era todo ese rollo de que sabía secretos nuestros?

—No lo sé —dije incómoda.

—Seguro que no son más que bobadas —sentenció Nina mientras daba una calada al cigarrillo—. Pero tengo que admitir que estaba ahí dentro dándole vueltas a todas las cosas que le he contado a Clare a lo largo de los años y la verdad es que no me sentía demasiado cómoda, pensando que se lo podía haber contado todo a Flo. Y Tom parecía muy afectado, ¿no? ¿Qué esqueleto tendrá en el armario?

—No lo sé —repetí. El frío se me empezaba a meter en los huesos y me estremecí.

—Creo que Melanie tenía razón —dijo Nina al final—. Flo no es normal. Y toda esa relación extraña con Clare... decir que «no es sana» es quedarse muy corta. Y lo de copiarle la ropa a Clare... Es un poco *Mujer blanca soltera busca*, ¿no? Me da la sensación de que solo está a un par de Xanax de revivir la escena de la ducha de *Psicosis*...

—¡Por el amor de Dios! —salté yo. Flo era rara, pero aquello no era justo—. No es ninguna psicópata, solo que no tiene demasiada confianza. Yo sé lo que es eso, porque siempre me he sentido la segundona. Clare no siempre es una persona fácil para tenerla como amiga.

—No. No intentes buscarle excusas, Nora. La ropa y todo lo demás... quiero decir que es raro, pero si Clare quiere aguantarlo, es su rollo. Pero la exhibición de esta noche iba dirigida a nosotras y no lo pienso tolerar. Mira, estaba pensando que mañana, ya sé que hemos reservado para las cinco de la tarde, pero...

—¿Podemos irnos antes? Yo estaba pensando exactamente lo mismo.

—Ya he tenido bastante de todo esto, para serte sincera. Si estuviera sobria me iría esta misma noche, pero no me encuentro en situación de conducir. ¿Qué calculas...? ¿Justo después de desayunar?

—A Flo le dará algo —dije brevemente.

Había más actividades planeadas para el día siguiente; no estaba segura de lo que era, pero las instrucciones eran claras: nos iríamos a las dos del mediodía, no antes.

—Ya lo sé. En realidad pensaba... —dijo Nina dando una larga chupada—. Pensaba que podíamos escaparnos sin decir nada. ¿Sería muy cobarde?

—Sí —afirmé con decisión—. Mucho.

—Bueeeno, vale. —Suspiró, exhalando una nube de humo, blanca a la luz de la luna—. Quizá podamos inventarnos alguna crisis hospitalaria o algo. Ya pensaré una excusa esta noche.

—¿Y cómo te habrías enterado? —quise saber—. No tenemos cobertura en el móvil, ni teléfono.

—Bueno, ese es otro tema también, maldita sea. Supongamos que los locos del pueblo suben la colina, tocando el banjo y con antorchas encendidas,

¿qué demonios íbamos a hacer? ¿Tirarles bolas de nieve?

—No te pongas tan melodramática. No hay locos en este pueblo. La tía de Flo probablemente le pegó fuego ella misma a la obra para cobrar el seguro, y luego le echó la culpa a los granjeros.

—Espero que tengas razón. He visto *Defensa*.

—Pues me alegro por ti, pero volviendo al problema que tenemos entre manos...

—Ah, pues diré que un mensaje de texto suelto se ha colado esta noche. De todos modos, aunque Flo no me crea, ¿qué va a decir?

Mucho, suponía yo, pero a menos que cerrara la puerta con llave, no creo que pudiera hacer nada para evitar que Nina saliera.

Hubo un largo silencio: Nina formaba anillos de humo y los lanzaba hacia el aire nocturno, mientras yo soltaba nubecillas de aliento.

—¿Qué ha ocurrido ahí dentro? —me preguntó Nina al fin—. Ese pequeño ataque de pánico, quiero decir. ¿Ha sido el mensaje?

—Pues sí.

—Pero no creerías que iba por ti, ¿verdad? —dijo. Me miró de soslayo, con curiosidad, e hizo otro anillo de humo—. Quiero decir que... ¿qué podrías haber hecho tú para matar a alguien?

Me encogí de hombros.

—No, en realidad no. Podía ser «asesina» o «asesinato». Había tantas vocales repetidas que no estoy segura de cuál era la palabra.

—¿Quieres decir que igual era una advertencia? —preguntó Nina—. Así que volvemos a los locos del pueblo...

Me encogí de hombros.

—Pues yo no pienso mentir —dijo expulsando otro anillo de humo—, he pensado que se refería a mí, directamente. O sea... no he matado nunca a nadie a propósito, pero hay gente que ha muerto por errores que he cometido yo, eso seguro.

—¿Cómo...? ¿Has pensado que era un mensaje de verdad?

—Bah, no. —Dio otra chupada—. No creo en esas cosas. Es solo que... he pensado que alguien daba palos de ciego, intentando culpabilizarme. Desde luego, era Flo, no hay duda alguna. Creo que estaba cabreada porque hemos hecho bromas al principio, y ha decidido castigarnos. Yo he escrito el mensaje del tequila, probablemente ella se ha dado cuenta.

—¿Tú crees? —Miré hacia arriba, al cielo sereno. No era negro, sino de un azul marino oscuro, un color tan puro que me dolían los ojos. Lejos, un satélite viajaba hacia la luna. Intenté recordar qué cara había puesto Flo al leer la palabra, con los ojos cerrados y una expresión extasiada—. No lo sé. Estaba aquí fuera intentando averiguarlo, pero no estoy segura de que haya sido ella. Parecía conmocionada de verdad. Y es la única persona que cree en todo el asunto. No la veo capaz de desafiar a la suerte metiéndose con los espíritus.

—Entonces ¿crees que ha sido real? —preguntó Nina en tono escéptico. Negué con la cabeza.

—No, no quería decir eso. Creo que alguien ha desafiado a la suerte. Pero no estoy segura de que fuera ella.

—Entonces... ¿eso nos deja a Tom y Clare? —dijo Nina. Tiró la colilla del cigarrillo y esta se hundió en la nieve con un susurro—. ¿De verdad?

—Ya lo sé. En parte, eso precisamente es lo que me preocupa. Creo que ha sido... —callé intentando desentrañar la intranquilidad que me producía todo el asunto—. No ha sido el mensaje, sino la rabia. Quienquiera que lo haya hecho, sea humano o no, ha dicho algo horrible. Alguien en esa habitación quería volvernos locos.

—Y lo ha conseguido.

Las dos nos volvimos a mirar hacia la casa. A través de la ventana vi a Clare yendo de un lado para otro del salón, recogiendo copas y frutos secos de la alfombra. Tom no estaba a la vista, supongo que se había ido al piso de arriba. Flo estaba cargando el lavaplatos en la cocina con una energía nerviosa, salvaje, dejando caer los vasos con tanta fuerza que me sorprendía que no se rompieran.

No quería volver a entrar. Durante un segundo, a pesar de la nieve, a pesar de las temperaturas bajo cero que ya me estaban haciendo tiritar, me sentí seriamente tentada de coger las llaves de Nina y dormir en el coche.

—Vamos —dijo Nina al final—. No podemos quedarnos aquí fuera toda la noche. Volvamos adentro, demos las buenas noches y derechitas arriba. Y mañana a primera hora nos vamos de aquí. ¿De acuerdo?

—De acuerdo.

La seguí. Entramos las dos por la puerta de la cocina y cerramos detrás de nosotras.

—Pasad la llave, por favor —dijo Flo cortante.

Levantó la vista desde el lavavajillas. Tenía la cara manchada por las lágrimas, con el rímel medio corrido en las mejillas y el pelo caído por encima de la cara.

—Flo, deja eso —pidió Nina—. Por favor. Prometo que te ayudaremos mañana por la mañana.

—No, no importa —dijo Flo muy tensa—. No necesito ayuda.

—¡Vale! —se rindió Nina levantando las manos—. Lo que tú quieras. Nos vemos a la hora del desayuno. —Se volvió y, cuando ya salía de la cocina, murmuró—: Maldita mártir.

20

Nina se durmió casi al instante, despatarrada en la cama como una araña muy morena, y se puso a roncar.

Yo me quedé echada, despierta, intentando dormir, pero en lugar de hacerlo pensaba en la velada y en el extraño grupito que había reunido Clare aquel fin de semana. Deseaba irme con tanta intensidad que casi me dolía: quería volver a casa, estar en mi propia cama, con mis cosas, en la deliciosa paz y tranquilidad de mi hogar. Ahora contaba las horas, oyendo los suaves ronquidos de Nina y, de fondo, el silencio de la casa y del bosque.

El silencio, sin embargo, no era total. Cuando ya me dormía, oí un crujido ligero y luego un golpe, no muy fuerte, como si una puerta golpeara con el viento.

Casi me estaba durmiendo otra vez cuando se repitió, un largo y lento creeeeec y luego un ¡pam! repentino.

Lo extraño es que parecía sonar dentro de la casa.

Me incorporé conteniendo el aliento, intentando diferenciar el ruido de los ronquidos de Nina.

Creeeeec... ¡pam!

Esta vez no había duda alguna. El sonido, ciertamente, no procedía de fuera, sino que subía por el hueco de la escalera. Me levanté, cogí la bata y me dirigí hacia la puerta de puntillas.

Cuando la abrí, a punto estuve de soltar un grito: una figura fantasmal estaba erguida en el descansillo, inclinada hacia la barandilla.

No grité. Pero debí de dar un respingo, porque la figura se volvió y se puso el dedo en los labios. Era Flo. Vestía un camisón blanco con estampado de flores rosas que, a la luz de la luna, se veían muy pálidas.

—¿Tú también lo has oído? —susurré.

Ella asintió.

—Sí, pensaba que era una cancela del jardín, pero no, es «dentro» de la casa.

Sonó un crujido detrás de nosotras. Nos volvimos y vimos a Clare que salía del dormitorio, frotándose los ojos.

—¿Qué pasa?

—Chist —susurró Flo—. Hay algo abajo. Escucha.

Todas guardamos silencio.

Creeeeec... ¡pam!

—Es solo una puerta que suena con el viento —dijo Clare bostezando.

Flo negó con la cabeza en un gesto vehemente.

—Es dentro de casa. ¿Qué viento podría haber dentro de casa? Alguien tiene que haberse dejado una puerta abierta.

—Imposible —dijo Clare—. Las he comprobado todas.

Flo se llevó las manos a la garganta y de repente pareció asustada.

—Tenemos que bajar, ¿no?

—Vamos a despertar a Tom —dijo—. Es alto y parece amenazador.

Entró de puntillas en la habitación de él y la oí susurrar.

—¡Tom! ¡Tom! Hay ruido en casa...

Él salió, pálido y con los ojos somnolientos, y bajamos todos muy despacio por la escalera.

Había una puerta abierta, se notó en cuanto alcanzamos el piso de abajo. Hacía un frío polar, y soplaba la brisa por todo el salón, procedente de la cocina. Flo se había puesto muy blanca.

—Voy a coger la escopeta —susurró con una voz tan fina que apenas se podía oír.

—Pensaba que habías dicho que estaba cargada con cartuchos de fogueo... —dijo Clare.

—Sí —susurró Flo enfadada—, pero «ellos» no lo saben, ¿verdad? —dijo. Luego señaló la puerta del salón con un movimiento de cabeza—. Tú primero, Tom.

—¿Yo? —exclamó Tom con un susurro horrorizado, pero suspiró y se dirigió muy despacio hacia la puerta.

Luego hizo señas en silencio y las demás lo seguimos, precipitadamente, con alivio. La habitación estaba vacía y la luz de la luna bañaba la alfombra clara. Flo se dirigió a la repisa de la chimenea y cogió la escopeta. Tenía la cara blanca, pero estaba decidida.

—¿Estás segura de los cartuchos de fogueo? —preguntó Clare de nuevo.

—Completamente segura. Pero si hay alguien, le daremos un buen susto.

—Si tú llevas la escopeta, yo voy detrás —susurró Tom—, con fogueo o sin fogueo.

—Vale.

Por muy mala que fuera la opinión que yo tuviera de Flo, no se le podía reprochar que no tuviera valor. Se quedó de pie un momento en la entrada y vi que le temblaban las manos. Luego respiró hondo y abrió la puerta de la cocina de par en par hasta que golpeó contra la pared de baldosas.

No había nadie allí. Pero las puertas de cristal de la cocina estaban abiertas bajo la luz de la luna y una luminosa ráfaga de nieve sopló por encima del suelo de baldosas.

Clare atravesó la habitación en un momento, y sus pies descalzos hicieron un ruido leve sobre las frías baldosas.

—Mira, hay pisadas —dijo.

Señaló hacia el césped: eran unas huellas grandes e informes, como las que podrían hacer unas botas de agua o unos descansos.

—Mierda —dijo Tom que estaba muy pálido—. ¿Qué ha pasado? —Se volvió hacia mí—. Tú has sido la última que ha salido por esa puerta. ¿No la has cerrado?

—Yo... claro que sí —respondí intentando recordar. Nina que se ofrecía a ayudar; Flo cargando el lavavajillas, enfadada. Tenía un recuerdo claro de mi mano en la cerradura—. Lo he hecho. Estoy segura de haberla cerrado.

—¡Bueno, pues no lo has hecho bien! —me atacó Flo. A la luz de la luna parecía una estatua, con la cara tan dura e inflexible como el mármol.

—La he cerrado —dije. Empezaba a enfadarme—. Y de todos modos, Clare ha dicho que lo había comprobado...

—Solo he empujado todas las puertas —dijo Clare. Tenía los ojos enormes, con sombras como moretones bajo las cuencas—. No he comprobado las cerraduras. Como no se abrían, he supuesto que estaban cerradas.

—Yo la he cerrado —insistí. Flo emitió un sonido furioso, casi como un gruñido. Luego se metió la escopeta debajo del brazo y miró hacia el piso de arriba.

—Que la he cerrado —volví a repetir mirando a Clare y a Tom—. ¿No me creéis?

—Mira —dijo Clare—, no es culpa de nadie. —Se dirigió hacia la puerta, la cerró de golpe y luego giró la llave—. Ahora sí que está bien cerrada. Vámonos todos a la cama.

Volvimos a subir la escalera, notando que la adrenalina inútil que corría por nuestro organismo se iba desvaneciendo y quedaban solo unos residuos nerviosos y ácidos. Nina estaba en el rellano cuando yo llegué, frotándose los ojos, confusa.

—¿Qué ha pasado? —preguntó cuando llegamos a su nivel—. ¿Por qué he visto a Flo pasar corriendo con esa maldita escopeta?

—Hemos pasado un buen susto —dijo Tom a modo de resumen mientras salía de detrás de mí—. Alguien —apuntó lanzándome una mirada— se había dejado la puerta de la cocina abierta.

—Yo no he sido —insistí tozuda.

—Bueno, es igual. Estaba abierta. Hemos oído que daba golpes. Había pisadas fuera.

—Maldita sea —dijo Nina, ya tan despierta como los demás. Se pasó una mano por la cara, acabando de quitarse el sueño de los ojos—. Pero ¿se habían ido? ¿Faltaba algo?

—Nada, que yo sepa —respondió Tom al tiempo que nos miraba a mí y a Clare—. ¿Se os ocurre algo? La tele seguía ahí. Todas las cosas grandes. ¿Alguien se ha dejado la cartera por ahí encima? Yo tengo la mía en mi habitación.

—Yo también —dijo Clare. Se volvió y miró hacia la entrada—. Y los coches también están todos.

—Yo tengo el bolso en mi habitación, creo —dije. Metí la cabeza en la habitación para comprobarlo—. Sí. Sigue ahí.

—Bueno... parece que lo que se proponían no era robar —comentó Tom intranquilo—. Si no fuera por las pisadas, se podría pensar que solo ha sido una cerradura algo defectuosa.

Pero había pisadas... Indudablemente estaban ahí.

—¿Crees que deberíamos llamar a la policía? —preguntó.

—No podemos, ¿no? —dijo Nina agriamente—. No hay línea en el fijo, y tampoco tenemos cobertura.

—Ayer tenías un par de rayas... —le recordé, pero ella negó con la cabeza.

—Debió de ser algo pasajero. Desde entonces, nada. Bueno, miradlo por el lado bueno: no huele a gasolina, así que con un poco de suerte no son los locos del pueblo que vienen con sus bidones para quemar esto otra vez.

Se hizo el silencio. Nadie se rio.

—Deberíamos volver a la cama e intentar dormir —sugirió Clare al final.

Todos asentimos.

—¿Quieres traerte el colchón y venirte con nosotras? —le dijo Nina a Tom inesperadamente—. Yo no estaría muy a gusto sola.

—Gracias —repuso Tom—. Es... muy amable por tu parte. Pero estaré bien. Cerraré la puerta con llave, por si alguien quiere mi virtud. Aunque la verdad, no me queda mucha...

—Ha sido bonito —le dije a Nina cuando nos hubimos despedido de Tom y Clare y nos hubimos acurrucado en nuestras camas—. Lo que le has dicho a Tom, quiero decir.

—Es que soy muy maja. Me daba pena el pobre. Además, parece que puede tener un buen gancho de derecha, si entra alguien en la habitación. —Suspiró y se dio la vuelta—. ¿Quieres que deje la luz encendida?

—No, es igual. Ahora la puerta está bien cerrada... eso es lo principal.

—Bien —convino. Apagó la luz y vi el resplandor de su teléfono—. Pasan de las dos. Maldita sea. Y ni una rayita de cobertura. ¿Y tú? ¿Tienes algo?

Busqué mi teléfono.

Pero no estaba.

—Espera, tengo que encender la luz. No lo encuentro.

Le di al interruptor y busqué por allí, debajo de la cama, debajo de la mesita de noche, luego dentro del bolso. No había teléfono. No estaba en ninguna parte, de hecho, solo quedaba el cargador desconectado, arrastrando por el suelo. Intenté recordar dónde lo había visto por última vez. ¿En el coche, quizá? Recordaba haberlo usado a la hora de comer. Pero después... la verdad es que no estaba segura. Allí había perdido la costumbre de comprobarlo todo el rato. Como no había cobertura, se me antojaba absurdo. Me pareció recordar haberlo subido a la habitación antes de cenar, para cargarlo, pero a lo mejor había sido el viernes. Lo más probable es que se me hubiera caído del bolsillo en el coche.

—No está —dije—. Creo que me lo he dejado en el coche.

—No importa —dijo Nina. Bostezó—. Pero acuérdate de buscarlo mañana antes de irnos, ¿eh?

—Vale. Buenas noches.

—Buenas noches.

Se oyó el roce del edredón cuando se metió debajo. Yo cerré los ojos. Intenté dormir.

¿Qué ocurrió después...?

Ay, Dios mío. Lo que ocurrió después. No estoy segura de poder...

Estoy aquí sentada todavía, intentando poner en orden mis confusas ideas, cuando se abre la puerta de par en par y la enfermera entra empujando un carrito.

—El médico quiere echar un vistazo a sus escáneres pero dice que después podrá darse un baño. Y le hemos traído algo para desayunar.

—Escuche —digo. Intento sentarme apoyándome en las almohadas, que se resbalan—. Escuche, los policías que están sentados ahí fuera... ¿están aquí por mí?

Parece incómoda y desvía brevemente la mirada hacia el cuadradito de cristal, mientras coloca una caja pequeña de Rice Krispies, una jarrita de leche y una mandarina.

—Están investigando el accidente —dice al final—. Estoy segura de que querrán hablar con usted, pero el médico tiene que darle el alta primero. Les he dicho que no pueden entrar en una sala de hospital a estas horas. Tendrán que esperar.

—He oído... —empiezo, y trago saliva con fuerza. La garganta me duele como si algo intentase escapar de ella, un sollozo o un grito—, les he oído decir algo de una muerte...

—¡Uf! —Parece molesta, y golpea el cajón de la taquilla con una fuerza innecesaria—. No tendrían que preocuparla ahora, pobrecilla, con la cabeza como la tiene.

—Pero ¿es cierto? ¿Ha muerto alguien?

—No puedo hablar de eso. No puedo hablar de otros pacientes.

—¿Es verdad?

—Tengo que pedirle que se calme —dice, y extiende las manos con un gesto profesional y tranquilizador que hace que me entren ganas de chillar—. No es bueno para su cabeza preocuparse de esa manera.

—¿Preocuparme? Uno de mis amigos probablemente haya muerto, ¿y usted me dice que no me preocupe? ¿Quién? Por el amor de Dios, ¿quién? ¿Y por qué no me acuerdo de nada? ¿Por qué no me acuerdo de lo que ocurrió antes del accidente?

—Es bastante normal —explica con esa cadencia tranquilizadora en la voz, como si hablase con un niño pequeño o alguien duro de mollera—. Después de una herida en la cabeza. Por la forma en que el cerebro transfiere la memoria de corto plazo a largo plazo. Si algo interrumpe el proceso, se pueden olvidar algunas cosas.

Dios mío, tengo que recordar. Debo recordar lo ocurrido porque alguien ha muerto, y la policía está fuera, y van a venir a preguntarme, y ¿cómo puedo saber, cómo puedo saber lo que estoy diciendo, lo que estoy revelando, si no sé lo que ha ocurrido?

Me veo corriendo, corriendo por el bosque, con sangre en las manos y en la cara y en la ropa...

—Por favor... —pido. Noto que se me va a romper la voz, casi suplico, y me odio por ser tan débil y tan dependiente—. Por favor, dígame, por favor, ayúdeme, ¿qué ha pasado? ¿Qué les ha pasado a mis amigos? ¿Por qué tenía tanta sangre? La herida de la cabeza no era tan grave. ¿De dónde venía toda esa sangre?

—No lo sé —contesta bajito y, esta vez, detecto compasión en su voz—. No lo sé, cariño. Déjeme que traiga al doctor, y quizá le pueda decir algo más. Mientras tanto, coma algo para desayunar, porque tiene que recuperar fuerzas, y el doctor querrá ver que tiene apetito.

Y sale por la puerta de espaldas, con el carrito delante de ella. La puerta se cierra, y me quedo sola con mi cuenco de plástico de Rice Krispies que crujen y chasquean mientras se van empapando en el líquido azucarado.

Tengo que levantarme. Tengo que obligar a mis débiles miembros a cumplir con su deber, hacerlos bajar de la cama y caminar hasta el pasillo y exigir respuestas a esos oficiales de policía que están fuera. Pero no puedo. Me quedo sentada y las lágrimas me resbalan por las mejillas y la barbilla y caen en los Rice Krispies, y el olor de la mandarina se me sube a la cabeza, maduro, recordándome algo que no puedo recordar pero que tampoco puedo olvidar.

«Por favor —pienso—. Por favor. Recupérate, idiota. Levántate. Averigua lo que ha pasado. Averigua quién ha muerto».

Pero no me muevo. Y no porque me duela la cabeza, ni porque me duelan las piernas, ni porque note los músculos como papel mojado.

No me muevo porque tengo miedo. Porque no quiero oír el nombre que me van a decir los policías.

Y porque temo que estén aquí por mí.

21

El cerebro no recuerda bien. Te cuenta historias. Llena los huecos, e implanta esas fantasías como recuerdos.

Tengo que intentar llegar a los hechos.

Pero no sé si recordaré lo que ocurrió o lo que «quiero» que haya ocurrido. Soy escritora. Soy mentirosa profesional. Es difícil saber cuándo parar, ¿sabéis? Ves un hueco en la narración y quieres rellenarlo con una razón, un motivo, una explicación verosímil.

Y cuanto más lo intento, más se disuelven los hechos entre mis dedos...

Sé que me desperté de repente. No sé qué hora era, pero sí que era todavía de noche. Junto a mí, Nina estaba sentada en la cama, con los ojos muy abiertos y brillantes.

—¿Has oído eso? —me susurró.

Asentí. Pasos en el rellano. Una puerta que se abría muy despacio.

Noté el corazón en la garganta al apartar el edredón y coger la bata. Recordé la puerta abierta de la cocina, los pasos en la nieve.

«Tendríamos que haber registrado el resto de la casa».

Me quedé junto a la puerta escuchando un segundo, y luego la abrí con infinitas precauciones. Clare y Flo estaban fuera, de pie, con los ojos muy abiertos, las caras blancas de miedo. Flo llevaba la escopeta.

—¿Habéis oído algo? —susurré lo más bajo que pude.

Clare asintió una sola vez y señaló hacia la escalera, hacia abajo. Escuché detenidamente, intentando tranquilizar mi respiración agitada y mi corazón desbocado. Se oyó una especie de roce y luego un «clac» definido y claro, como el de una puerta que se cierra con suavidad. Había alguien abajo.

—¿Tom? —pronuncié solo con los labios. Pero mientras lo hacía se abrió una rendija en su puerta y asomó la cara.

—¿Habéis oído... ese ruido? —susurró.

Clare asintió muy seria. Esta vez no era ninguna puerta que se abría. No era el viento. Esta vez, todos pudimos oírlo: unos pasos muy claros mientras alguien iba andando por la cocina embaldosada, luego por el suelo de parqué del salón y, luego, el decidido y suave crujido de un pie en el primer escalón.

No sé cómo, nos habíamos agrupado todos. Noté que la mano de alguien rozaba la mía. Flo estaba en el centro, con la escopeta levantada, aunque el cañón temblaba muchísimo. Acerqué la mano libre para estabilizarlo.

Se oyó otro crujido en la escalera y todos dimos un respingo. Y entonces una figura, silueteada ante la ventana de cristal que daba al bosque, dio la vuelta al poste de arranque, a mitad de camino.

Era un hombre... un hombre alto. Iba vestido con una prenda con capucha oscura y no se le veía la cara.

Miraba el teléfono, cuya pantalla brillaba con un blanco fantasmal en la oscuridad.

—¡Largo y déjanos en paz! —chilló Flo, y la escopeta se disparó.

Resonó una explosión ensordecedora, tremenda. Se oyó el estallido de un cristal hecho añicos y la escopeta retrocedió brutalmente, coceando como un caballo. Recuerdo eso... y recuerdo que todos caímos al suelo.

Recuerdo que me levanté para mirar: no tenía sentido nada de todo aquello, la enorme cristalera hecha añicos, los cristales esparcidos por la nieve, repiqueteando al caer por las escaleras de madera.

Recuerdo que el hombre que subía lanzó una exclamación ahogada, más de sorpresa que de dolor, y luego cayó, derrumbado, dando tumbos por las escaleras como un especialista de cine.

No sé quién encendió la luz, pero inundó el enorme salón con un brillo que me hizo guiñar los ojos y cubrírmelos... y entonces lo vi.

Vi los escalones de cristal esmerilado salpicados de sangre, y la ventana destrozada, y el largo manchurrón de sangre que había dejado el cuerpo del hombre al resbalar hasta el suelo.

—¡Dios mío! —gimió Flo—. ¡La escopeta... la escopeta estaba cargada!

Cuando vuelve la enfermera, estoy llorando.

—¿Qué ha pasado? —consigo decirle—. Alguien ha muerto... ¡por favor, dígamelo, dígame quién ha muerto!

—No puedo decírselo, cariño —responde, y parece sentirlo de verdad—. Ojalá pudiera, pero no puedo.

Pero he traído al doctor Miller para que le eche un vistazo.

—Buenos días, Leonora —saluda él, acercándose a la cama. Su voz es suave, compasiva. Me dan ganas de atizarle a él y a su puñetera compasión—. Siento que hoy esté un poco llorosa.

—Alguien ha muerto —digo claramente, intentando mantener la respiración tranquila, evitar los sollozos—. Alguien ha muerto, y nadie quiere decirme quién. Y hay policías sentados fuera. ¿Por qué?

—No se preocupe por el momento...

—¡Estoy preocupada! —grito.

Las cabezas se vuelven en el pasillo.

El médico alarga una mano tranquilizadora y me da palmaditas en la pierna, por encima de la manta, de una manera que me hace temblar. Estoy muy magullada. Estoy herida. Llevo un camisón de hospital abierto por la espalda, y he perdido mi dignidad, junto con todo lo demás. Joder, no me toques, gilipollas condescendiente. Quiero irme a mi casa.

—Mire —me dice—, comprendo que esté preocupada y espero que la policía pueda ofrecerle algunas respuestas, pero me gustaría examinarla, asegurarme de que está lo bastante bien para hablar con ellos, y solo puedo hacerlo si se calma. ¿Lo comprende, Leonora?

Asiento con la cabeza, muda, y luego me vuelvo de cara a la pared mientras él examina el vendaje que llevo en la cabeza, comprueba mi pulso y mi presión sanguínea comparándolos con las lecturas de la máquina. Cierro los ojos y dejo que las humillaciones se desvanezcan. Respondo a sus preguntas.

Me llamo Leonora Shaw.

Tengo veintiséis años.

Hoy es... Aquí tienen que ayudarme, pero la enfermera me apunta: es domingo. No llevo aquí ni doce horas. O sea, que es 16 de noviembre. Creo que esto cuenta como desorientación, más que como pérdida de memoria. No, no tengo náuseas. Veo bien, gracias.

Sí, tengo problemas para recordar algunas cosas. Hay algunas cosas que uno no tendría que recordar.

—Bueno, creo que está muy bien, la verdad —dice el doctor Miller al final. Se cuelga el fonendoscopio en torno al cuello y se vuelve a meter la linternita en el bolsillo del pecho—. Todas las observaciones de la noche han ido bien y el escáner es muy tranquilizador. El problema de la memoria me preocupa un poco... es bastante típico olvidarse de los minutos anteriores a un impacto, pero parece que usted no recuerda tampoco lo que ocurrió antes, ¿verdad?

Asiento de mala gana, pensando en las ráfagas de imágenes fragmentarias, sincopadas, que han ido invadiendo mi cabeza a lo largo de la noche: los árboles, la sangre, los faros que oscilaban.

—Bueno, ya verá como pronto empieza a recordarlo todo. No todo lo que causa problemas de memoria —explica. Me doy cuenta de que evita la palabra amnesia— se debe a traumas físicos. A veces está más relacionado con... problemas de estrés.

Por primera vez desde hace un rato levanto la vista y lo miro directamente a los ojos.

—¿Qué quiere decir?

—Bueno, como comprenderá no es mi especialidad... Yo trabajo con los traumas físicos craneales. Pero en ocasiones... a veces el cerebro suprime hechos que no está preparado para aceptar. Supongo que es... un mecanismo de defensa, si quiere llamarlo así.

—¿Qué tipo de hechos? —pregunto con dureza.

Él sonríe. Vuelve a ponerme la mano en la pierna. Resisto la urgencia de retirarla.

—Ha pasado unos momentos difíciles, Leonora. Ahora bien: ¿quiere que llamemos a alguien? ¿Alguien que quiera que esté con usted? Creo que han informado a su madre, pero está en Australia, ¿verdad?

—Sí.

—¿Otros parientes? ¿Novio? ¿Pareja?

—No. Por favor... —Trago saliva, pero no tiene sentido aplazarlo más tiempo. La agonía de no saber se está volviendo más dolorosa aún—. Por favor, me gustaría ver a la policía ahora.

—Hum... —murmura el doctor. Se pone de pie, mira su gráfico—. No estoy convencido de que esté preparada, Leonora. Ya les hemos dicho que no está lo bastante bien para responder preguntas.

—Me gustaría ver a la policía.

Son los únicos que me darán respuestas. Tengo que verlos. Lo miro mientras él finge estudiar la historia médica que tiene delante, intentando decidirse.

Al final suspira, un suspiro largo y algo frustrado, y mete la historia médica en el soporte que está a los pies de la cama.

—Muy bien. Solo media hora, como máximo, enfermera, y no quiero que sea nada demasiado estresante. Si la señorita Shaw empieza a encontrar difícil la entrevista...

—Comprendido —dice la enfermera bruscamente.

El doctor Miller me tiende la mano y se la estrecho, intentando no mirar los arañazos y la sangre que tengo en el brazo.

Él se vuelve para irse.

—Ah, espere, lo siento —farfullo cuando el doctor llega a la puerta—. ¿Puedo tomar una ducha primero? —pregunto.

Quiero ver a la policía, pero no quiero enfrentarme a ellos de esta guisa.

—Un baño —dice el doctor Miller, y asiente, conciso—. Tiene un vendaje en la frente, de modo que prefiero que no se lo moje. Si mantiene la cabeza fuera del agua, sí, puede tomar un baño.

Y se da la vuelta y se va.

Cuesta mucho desenchufarlo todo de la máquina. Hay sensores, agujas y la gruesa compresa para la incontinencia. Hace tanto bulto entre las piernas que me pongo roja de vergüenza cuando bajo los pies al suelo. ¿Me habré mojado por la noche? No noto el ácido olor de la orina, pero no estoy segura del todo.

La enfermera me ofrece el brazo cuando me pongo de pie, y aunque quiero apartarla, me siento patéticamente agradecida, y me inclino hacia ella más de lo que me gustaría admitir, mientras voy cojeando dolorida hacia el cuarto de baño.

Dentro, la luz se enciende automáticamente y la enfermera me prepara un baño y luego me ayuda a desatarme las cintas del camisón.

—El resto ya puedo hacerlo sola —digo avergonzándome ante la idea de desnudarme ante una desconocida, aunque sea profesional, pero ella niega con la cabeza.

—No voy a dejarla que se meta sola en la bañera sin ayuda, lo siento. Si se resbalara...

No termina la frase, pero comprendo lo que me

dice: otro golpe además de lo que ya ha sufrido mi cabeza.

Asiento, me quito el espantoso pañal para adultos (la enfermera lo aparta antes de que pueda preocuparme por si está sucio o no) y luego dejo caer el camisón al suelo, temblando por la simple desnudez, aunque en la habitación hace un calor asfixiante.

Huelo mal, me doy cuenta, para mi vergüenza. Huelo a miedo, a sudor y a sangre.

La enfermera me da la mano cuando entro en la bañera con paso vacilante, agarrándome a las asas, y me sumerjo en el agua caliente.

—¿Demasiado caliente? —me pregunta la enfermera enseguida, ya que dejo escapar un pequeño gemido, pero yo niego con la cabeza.

No está demasiado caliente. Nada podría estar demasiado caliente. Si pudiera esterilizarme entera con agua hirviendo, lo haría.

Al final me recuesto un poco dentro del agua, temblando por el esfuerzo.

—Puedo... me gustaría quedarme un momento sola, por favor —digo con torpeza. La enfermera aspira aire con fuerza y veo que está a punto de negarse, pero de repente no puedo soportarlo más, no puedo soportar su escrutinio, su amabilidad y su vigilancia constante—. Por favor —digo con más rudeza de lo que había pensado—. Por el amor de Dios, no me voy a ahogar en un palmo de agua.

—Está bien —accede ella, aunque a regañadientes—. Pero ni se le ocurra intentar salir sola... tiene que tirar del cordón y vendré a ayudarla.

—Sí, bien.

No quiero admitir la derrota, pero sé en lo más profundo de mi ser que no sería capaz de salir de ese baño sana y salva, yo sola.

La enfermera se va, dejando la puerta entornada, y cierro los ojos y me hundo en el agua humeante, dejando su presencia vigilante al otro lado de la puerta y dejando también los olores y sonidos y el zumbido de la luz fluorescente.

Echada allí en la bañera me paso las manos por los cortes, arañazos y moretones, notando cómo los pequeños coágulos y costras se van suavizando y se disuelven bajo mis palmas, e intento recordar qué es lo que me impulsó a correr entre los bosques con las manos ensangrentadas. Intento recordar. Pero no estoy segura de poder soportar la verdad.

Una vez que la enfermera me ha ayudado a salir, me seco suavemente con la toalla, mirando mi conocido cuerpo con sus desconocidos rastros de cortes y puntos de sutura. Tengo cortes en las espinillas. Son unos arañazos profundos y zigzagueantes justo delante del hueso, como si hubiera corrido entre zarzas o entre alambre de espino. También tengo cortes en manos y pies, después de haber corrido descalza por encima de cristales, de haberme protegido la cara de los fragmentos que volaban.

Finalmente, me acerco al espejo, limpio el vapor y me veo por primera vez desde el accidente.

Nunca he sido de esas chicas que hacen volver la cabeza a la gente. No soy como Clare, cuya belleza es difícil de ignorar, o como Nina, que es espectacular con ese cuerpo tan esbelto, como de amazona, aunque tampoco soy fea. Pero al contemplarme ahora en el espejo lleno de condensación del vapor, me doy cuenta de que si me viera a mí misma por la calle apartaría la mirada, por compasión o por puro horror.

El vendaje que llevo en la línea del nacimiento del pelo no ayuda demasiado (parece como si apenas pudiera mantener el cerebro en su sitio) ni tampoco los pequeños cortes y arañazos que me salpican los pómulos y la frente, pero eso no es lo peor. Lo peor son los ojos morados, oscuros, color de bronce, que me surgen desde el puente de la nariz, irradiando en círculos negruzcos por debajo de los párpados inferiores y desdibujándose hasta el amarillo en los pómulos.

El derecho es espectacular, el izquierdo un poco menos. Parece que me han dado de puñetazos en la cara, repetidamente. Pero estoy viva, y hay otra persona que no lo está.

Esa idea es lo que hace que me ponga el camisón hospitalario, me ate las lazadas y me dirija a enfrentarme al mundo, arrastrando los pies.

—¿Admirando sus ojos morados? —pregunta la enfermera al tiempo que suelta una risa agradable—. No se preocupe, le han hecho todo tipo de escáneres y no tiene fractura basilar. Simplemente, se ha dado un golpe en la cara. O dos.

—¿Basilar...?

—Es un tipo de fractura de cráneo que puede ser bastante desagradable. Pero lo han descartado, así que no tema. Los ojos morados son bastante corrientes después de un accidente, pero desaparecen al cabo de unos días.

—Estoy preparada —digo—. Para la policía.

—¿Está segura de que quiere hacerlo ahora, cariño? No tiene por qué...

—Sí, estoy preparada —insisto con firmeza.

He vuelto a la cama y estoy sentada tomándome una taza de lo que la enfermera asegura que es café, pero que, a menos que el trauma haya dañado mi percepción gustativa, no lo es, cuando dan unos golpecitos en la puerta.

Levanto la vista de repente y el corazón me da un vuelco. Fuera, sonriendo a través de la ventanilla reforzada con alambre de la puerta, se encuentra una mujer policía. Tiene unos cuarenta y tantos años y es increíblemente guapa, con ese tipo de belleza escultural que solo se ve en una pasarela. Me parece muy incongruente, pero no sé por qué. ¿Por qué una oficial de policía no puede tener la misma cara que la mujer de David Bowie?

—Ad-delante.

Joder, no tartamudees.

—Hola —saluda.

Abre la puerta y entra, sonriendo todavía. Tiene el cuerpo esbelto, como de galgo, de corredora de larga distancia.

—Soy la detective Lamarr —se presenta. Su voz es cálida y sus vocales, de color ciruela—. ¿Qué tal se encuentra hoy?

—Mejor, gracias.

¿Mejor? ¿Mejor que qué? Estoy en un hospital, con un camisón sin espalda y los ojos morados. No estoy segura de si podría estar peor.

Entonces me corrijo: me han desconectado de la

231

máquina y ya no llevo pañales. Parece que se puede confiar en que no me mee encima. Y eso es estar mejor, efectivamente.

—He hablado con sus médicos y me dicen que puedo hacerle unas preguntas, pero si es demasiado podemos parar, solo tiene que decirlo. ¿De acuerdo?

Asiento y ella dice:

—Anoche... ¿Puede contarme lo que recuerda?

—Nada. No recuerdo nada —digo con más dureza y sequedad de lo que pretendía.

Para mi horror noto un nudo en la garganta, e intento tragar con desesperación. ¡No quiero llorar! Soy una mujer adulta, por el amor de Dios, no una niña que se ha rascado la rodilla en el patio de juegos, y que pregunta por su papá, gimoteando.

—Bueno, eso no es verdad —replica ella, pero sin acusarme. Su voz tiene el tono amablemente alentador de una maestra, de una hermana mayor—. El doctor Miller me ha dicho que tiene bastante claros los acontecimientos que condujeron al accidente. ¿Por qué no empieza desde el principio?

—¿Desde el principio? No querrá que le cuente mis traumas de niñez y todo ese rollo, ¿no?

—Quizá —dice la oficial. Se sienta a los pies de la cama, desafiando las normas del hospital—. Si fueran relevantes para lo que ha ocurrido. Le diré lo que vamos a hacer: ¿por qué no empezamos con unas preguntitas fáciles, solo para calentar? ¿Cómo se llama, por ejemplo?

Me río, pero no por los motivos que ella piensa. ¿Que cómo me llamo? Pensaba que sabía quién era y en quién me había convertido. Pero después de este fin de semana, ya no estoy tan segura.

—Leonora Shaw —digo—. Pero respondo por Nora.

—Muy bien entonces, Nora. ¿Y qué edad tiene?

Estoy convencida de que todo eso ya lo sabe. Quizá es una especie de prueba, para ver hasta qué punto he perdido la memoria.

—Veintiséis.

—Y ahora dígame, ¿cómo ha acabado aquí?

—¿En el hospital?

—En el hospital, aquí en Northumberland, en general.

—No tiene usted acento del norte —digo absurdamente.

—Porque nací en Surrey —dice ella.

Me dedica una pequeña sonrisa cómplice, como reconociendo que ese no es el procedimiento habitual, que es ella la que hace las preguntas, y no la que responde. Pero es como una prenda, no sé muy bien de qué tipo. Un intercambio: ella da algo, yo doy algo.

Lo único que pasa es que hace que yo parezca derrotada.

—Bueno —resume—, ¿cómo acabó aquí?

—Pues fue... —digo. Me llevo la mano a la frente. Quiero frotármela, pero la venda se interpone y tengo miedo de quitármela sin querer. Noto la piel de debajo caliente e irritada—. Habíamos venido de fin de semana a una despedida de soltera, porque ella había ido a la universidad aquí. Clare, quiero decir. La novia. Escuche, ¿puedo preguntarle una cosa? ¿Soy sospechosa de algo?

—¿Sospechosa? —pregunta. Su bonita y aterciopelada voz consigue que la palabra tenga una cierta cadencia. De alguna manera, convierte ese vocablo frío y contundente en un ejercicio musical. Luego niega con la cabeza—. En este punto de la investigación, no. Todavía estamos recopilando información, pero no descartamos nada.

Traducción: no, no eres sospechosa... todavía.

—Bueno, dígame entonces, ¿qué recuerda de la última noche?

Vuelve al tema como un gato muy bonito y bien educado que rodea el agujero donde se esconde un ratón. Quiero irme a mi casa.

La costra que está debajo del vendaje me pica y me molesta. No puedo concentrarme. De repente, por el rabillo del ojo, veo la mandarina intacta, colocada encima de la taquilla, y tengo que apartar la vista.

—Recuerdo... —empiezo a decir. Parpadeo y, para mi horror, noto los ojos llenos de lágrimas—. Recuerdo... —Trago saliva con desesperación y me clavo las uñas en las desgarradas y ensangrentadas palmas de las manos, dejando que el dolor expulse el recuerdo de él tendido en el parqué color miel, desangrándose entre mis brazos—. Por favor, por favor, dígame... ¿quién...? —digo, pero me detengo. No puedo.

Lo intento otra vez.

—¿Está...?

La palabra se me atraviesa en la garganta. Cierro los ojos, cuento hasta diez, me clavo las uñas en los cortes de la palma, hasta que todo el brazo me tiembla de dolor.

Oigo una exhalación procedente de la detective Lamarr, y cuando abro los ojos ella parece, por primera vez, preocupada.

—Queríamos oír su versión de la historia antes de enredar las cosas —dice al fin, pero parece preocupada, y sé que hay algo que no le está permitido decir.

—Bien —consigo decir. Algo se rompe en mi interior—. No tiene que decírmelo. Dios mío...

Y ya no puedo hablar. Las lágrimas llegan y no paran de llegar. Es lo que yo temía. Es lo que sabía.

—Nora... —Oigo la voz de Lamarr y niego con la cabeza.

Tengo los ojos cerrados con fuerza, pero noto que las lágrimas me bajan por la nariz y me escuecen en los cortes que tengo en la cara. Ella emite un sonido breve de compasión, sin palabras, y luego se pone de pie.

—La dejo un momento —dice.

Y oigo que la puerta de la habitación se abre y luego se vuelve a cerrar, girando sobre sus goznes. Estoy sola. Lloro y lloro hasta que ya no me quedan más lágrimas.

22

Bajé corriendo los escalones con toda la rapidez que pude, intentando no cortarme los pies con los cristales y agarrándome a la barandilla para no resbalar con la sangre del hombre, que estaba acurrucado formando un bulto patético en la parte baja de las escaleras.

Estaba vivo. Lo oí gemir en voz baja, luchar por respirar.

—¡Nina! —aullé—. ¡Nina, baja aquí! ¡Está vivo! ¡Que alguien llame al 999!

—¡No hay línea, maldita sea! —gritó a su vez Nina bajando la escalera.

—Leo —susurró el hombre, y el corazón me dio un vuelco.

Y luego él levantó la cara, contraída en un gesto de dolor, y lo supe. Lo supe. Lo supe. Recuerdo aquel momento con una claridad absoluta, de infarto.

—¿James? —fue Nina la primera que habló, no yo. Bajó deslizándose más que andando los últimos peldaños, y aterrizó junto a nosotros en el suelo. La voz se le quebró mientras le buscaba el pulso con suavidad—. ¿James? ¿Qué mierda haces tú aquí? ¡Dios mío!

Casi lloraba, pero sus manos ejecutaban automáticamente su trabajo, comprobando de dónde venía la sangre y tomándole el pulso.

—James, háblame —decía—. Nora, haz que hable. ¡Mantenlo despierto!

—James... —empecé, pero no sabía qué decir. No habíamos hablado desde hacía diez años, y ahora...—. James, Dios mío, James... ¿Por qué, cómo...?

—Me... —dijo, y tosió, y le brotó sangre entre los labios—. ¿Leo?

Parecía una pregunta, pero no sabía lo que quería decir. ¿Me muero, Leo? Negué con la cabeza. Cuánta sangre había.

Nina le bajó la capucha. Había encontrado unas tijeras no sé dónde y le estaba cortando la camiseta. Casi cierro los ojos al ver su cuerpo, aquella piel que yo había besado y tocado, cada centímetro, salpicada de sangre y heridas de escopeta.

—¡Joder! —exclamaba Nina—, necesitamos una ambulancia...

—Ella... —James estaba intentando hablar, a pesar de la sangre que le hacía burbujas entre sus labios—. ¿Ella... te lo ha dicho?

¿Lo de la boda?

—Tiene el pulmón perforado. Probablemente con hemorragias internas. Aprieta aquí.

Nina me guio la mano hacia un lío de tela hecho con la camiseta rota, y apreté contra el muslo de James, de donde salía la sangre a una velocidad horripilante.

—¿Qué podemos hacer? —pregunté procurando no llorar.

—¿Ahora mismo? Intentar parar la hemorragia. Si esa arteria sigue sangrando así, está muerto. Aprieta más fuerte, todavía sangra. Trataré de hacerle un torniquete, pero...

—¡Ay, Dios mío! —exclamó una voz. Era Flo. Parecía un fantasma allí de pie, con las manos en la cara—. Ay, Dios mío... Lo siento... lo siento mucho... No puedo... no puedo ver sangre...

Soltó un leve suspiro y se desmayó, y oí que Nina juraba entre dientes, largo y tendido.

—¡Tom! —aulló—. ¡Saca a Flo de aquí! Se ha desmayado. Llévala a su habitación —dijo al tiempo que se apartaba el pelo de la cara. Tenía sangre en los pómulos y en la frente.

—Clare... —dijo James. Se humedeció los labios.

Tenía los ojos clavados en los míos, como si estuviera intentando decirme algo. Yo le apreté la mano, tratando de mantenerme firme.

—Ya viene. —¿Dónde demonios estaba?—. ¡Clare! —grité.

No hubo respuesta.

—No... —consiguió decir James—. El mensaje... Clare... ¿Te lo ha dicho?

Su voz sonaba tan débil que me costó mucho entender lo que pretendía decirme.

—¿Cómo?

Había cerrado los ojos. Relajó la mano que yo le sujetaba.

—Se está muriendo —le dije a Nina notando la histeria en aumento en mi propia voz—. Nina, haz algo...

—¿Qué coño te crees que estoy haciendo? ¿Jugando a las muñecas? Dame una toalla. No, espera... no sueltes la tela en el muslo. Yo la cogeré. ¿Dónde narices está Clare?

Se levantó y fue corriendo a la cocina, y la oí buscar en diversos cajones y darles golpes.

James estaba muy quieto.

—¡¿James?! —exclamé invadida de repente por el pánico—. ¡James, no te vayas!

Él abrió los ojos con gran esfuerzo, y se me quedó mirando, con los ojos brillantes y oscuros a la luz suave del salón. Tenía la camiseta abierta como un fruto pelado, y su pecho y vientre manchados de sangre estaban desnudos y expuestos al frío. Quise acariciarlo, besarlo, decirle que todo iba bien, pero no pude. Porque era mentira.

Rechiné los dientes y apreté más fuerte el lío de tela en su muslo, deseando que la sangre dejara de encharcarse sin parar.

—Lo siento... mucho... —dijo él muy bajito, tanto que pensé que lo había oído mal.

—¿Cómo? —dije.

Me acerqué mucho más, intentando oírlo.

—Lo siento...

Me apretó la mano y luego, para mi asombro, levantó la suya, temblando por el esfuerzo, y me tocó la mejilla. La respiración le vibraba en la garganta y un diminuto hilillo de sangre le caía desde la comisura de los labios.

Yo cerré los ojos con mucha fuerza, intentando no llorar.

—No seas tonto —dije—. Eso fue hace mucho tiempo. Ahora todo es distinto.

—Clare...

Joder, ¿dónde estaba?

Una lágrima me cayó desde la nariz a su pecho, y él levantó de nuevo el brazo e intentó secármela. Pero estaba demasiado débil y lo dejó caer otra vez.

—No... llores...

—Ay, James... —fue lo único que pude decir, una especie de hipido que intentaba decir todo lo que yo no podía: James, no te mueras, por favor, no te mueras.

—Leo... —dijo él muy bajito, y luego cerró los ojos.

Solo James me llamaba así. Solo él. Siempre él.

Todavía estoy llorando cuando se oye un golpecito en la puerta e intento incorporarme en las almohadas, sin acordarme del botón eléctrico que levanta la cama automáticamente.

La cama me incorpora y me deja sentada, respiro hondo, temblorosa, y me seco los ojos.

—Adelante.

Se abre la puerta y aparece Lamarr. Sé que debo de tener los ojos rojos y húmedos y la garganta rasposa, pero no podría importarme menos.

—Dígame la verdad —digo, antes de que ella pueda decir nada, antes incluso de que se siente—. Por favor. Le contaré todo lo que recuerdo, pero tengo que saberlo. ¿Él ha muerto?

—Lo siento —dice ella.

Y en ese momento lo sé. Trato de hablar, pero no puedo. Me quedo sentada, negando con la cabeza e intentando que lleguen las palabras, pero no llegan.

Lamarr se queda en silencio, sentada allí, mientras yo me obligo a controlarme y al final, cuando consigo volver a respirar con calma, me tiende la bandeja de cartón que traía.

—¿Café? —me pregunta amablemente.

No debería ni pensarlo. James ha muerto. ¿A quién le importa el maldito café?

Pero digo que sí, medio de mala gana, y cuando ella

me lo ofrece, bebo un largo sorbo. Está caliente y es de sabor fuerte. Es tan distinto del brebaje aguado del hospital como el yeso del gorgonzola, y noto que me despierta y revitaliza hasta la última célula de mi cuerpo. Resulta imposible creer que yo esté viva y que James esté muerto.

Cuando dejo la taza, noto la cara rígida y me duele la cabeza.

—Gracias —consigo decir con voz ronca.

Lamarr se inclina, salvando el espacio que queda entre las dos, y me aprieta la mano.

—Era lo mínimo que podía hacer. Lo siento. No quería que se enterara así, pero me pidieron... —se interrumpe y lo plantea de otra manera—. Se consideró que era aconsejable no decirle más de lo que supiera ya. Queríamos que nos diera su propia versión. Sin influencias.

No digo nada, solo asiento con la cabeza. He escrito acerca de estas cosas, de este tipo de interrogatorios, toda mi vida adulta, pero nunca me imaginé, ni por un solo momento, que me encontraría en esta situación.

—Sé que es muy doloroso —dice al final, cuando el silencio se prolonga—, pero por favor, ¿podría volver a lo que ocurrió anoche? ¿Qué recuerda?

—Recuerdo hasta el... el disparo —explico—. Recuerdo haber corrido escalera abajo, y verlo... verlo ahí tirado... —digo. Rechino los dientes y hago una pausa, un momento, con el aliento sibilante entre los dientes. En lugar de volver a llorar, bebo un poquito más de café, sin importar que me escalde al tragarlo—. ¿Quiere saber lo del disparo? —digo al fin—. ¿Se lo han contado los demás? ¿Nina, Clare y todo el mundo?

241

—Tenemos distintos relatos —explica ella en un tono algo evasivo—. Pero intentamos conseguir todas las perspectivas.

—Teníamos miedo —digo tratando de recordar. Tengo la sensación de que han transcurrido cien años: nos recuerdo a todos envueltos en una niebla de adrenalina recorriendo la casa, medio histéricos, con una mezcla de excitación provocada por la borrachera y el terror más puro—. Hubo un mensaje en la ouija... sobre un asesinato. —Al decirlo en voz alta, todo me parece absurdamente irónico—. No nos lo creíamos... bueno, la mayoría no, pero supongo que nos pusimos algo nerviosos. Y luego estaban las huellas en la nieve, fuera. Y cuando nos despertamos, la primera vez, quiero decir, la puerta de la cocina estaba abierta.

—¿Cómo?

—No lo sé. Alguien la había cerrado... o decía que la había cerrado. Creo que fue Flo. ¿O quizá Clare? Alguien lo había comprobado. Pero se abrió de par en par, y nos puso a todos mucho más nerviosos, nos asustó aún más. Entonces, cuando oímos los pasos...

—¿De quién fue la idea de coger la escopeta?

—No lo sé. Flo ya la llevaba de antes, creo. De cuando se había abierto la puerta con el viento. Pero no debía estar cargada. Se suponía que tenía cartuchos de fogueo.

—Y usted la empuñaba, ¿verdad?

—¿Yo? —La miro conmocionada de verdad—. ¡No! Creo que era Flo. Sí, era ella, desde luego.

—Pero sus huellas estaban en el cañón.

¿Habían cogido las huellas de la escopeta? Me la quedo mirando. Entonces me doy cuenta de que espera una respuesta.

—Sí, en el c-cañón. —Mierda, no tartamudees—. Pero no en el... otro lado. En la culata. Mire, ella la llevaba y le temblaba mucho, peligrosamente. Así que yo intentaba apartarla de nosotros.

—¿Por qué, si pensaba que no estaba cargada?

La pregunta me deja desconcertada. De repente, a pesar del sol, noto frío en la habitación. Quiero preguntarle de nuevo si soy sospechosa, pero ella me ha dicho que no, así que sería raro seguir preguntándole.

—P-porque no me gusta que me apunten con un arma, esté cargada o no. ¿Vale?

—Vale —dice ella gentilmente, y anota algo en su libreta. Pasa una hoja y luego vuelve atrás—. Retrocedamos un poco. James... ¿de qué lo conocía?

Cierro los ojos. Me muerdo el interior de la mejilla para no llorar. Hay muchas opciones abiertas ante mí: fuimos al instituto juntos. Éramos amigos. Es el prometido de Clare. «Era», me corrijo a mí misma silenciosamente. Es imposible creer que haya muerto. Y me doy cuenta, de repente, del egoísmo de mi dolor. Yo solo pensaba en James. Pero Clare... Clare lo ha perdido todo.

El día anterior estaba a punto de convertirse en su esposa. Hoy es... ¿qué? No hay palabra siquiera para lo que es ella. No es su viuda... solo es alguien que ha perdido a su pareja.

—Nosotros... salíamos juntos —digo al final.

Es mejor ser sincera, ¿no? O al menos, lo más sincera posible.

—¿Cuándo rompieron?

—Hace muchísimo tiempo... teníamos... eh... dieciséis o diecisiete años.

Ese «eh» ha sido un poco deshonesto. Parece que lo

haya estimado a ojo. De hecho, sé cuándo rompimos, hasta el minuto. Yo tenía dieciséis años y dos meses. A James le faltaban unos pocos meses para cumplir los diecisiete.

—¿Amistosamente?

—Por aquel entonces, no.

—Pero desde entonces ¿se habían reconciliado? Quiero decir que usted estaba en la despedida de soltera de Clare... —dice.

Lo deja ahí, invitándome a soltar una serie de tópicos sobre aquello de que el tiempo lo cura todo, que las cosas terribles de los dieciséis años son algo de lo que te ríes a los veintiséis.

Pero no lo hago. ¿Qué debo decir entonces? ¿La verdad?

El frío me envuelve el corazón sigilosamente, un frío terrible, a pesar del calor del hospital y la calidez del sol poniente.

No me gustan nada estas preguntas.

La muerte de James fue un accidente: una escopeta que no debía estar cargada, que se dispara por error. ¿Por qué está entonces aquí esta oficial de policía, preguntándome por rupturas de hace muchos años?

—¿Qué relevancia tiene todo esto para la muerte de James? —digo abruptamente.

Demasiado abruptamente. Ella levanta la vista del bloc de notas y sus labios de color ciruela forman un silencioso «oh» de sorpresa. Maldita, maldita, maldita sea.

—Simplemente, intentamos tener una imagen completa —dice conciliadora.

Noto que un escalofrío me recorre la espalda.

James recibió un disparo de un arma que se suponía

que estaba descargada. ¿Quién la había cargado, por tanto?

La sangre abandona mis mejillas, y lo noto. Estoy deseando hacer la misma pregunta que he hecho antes: ¿soy sospechosa?

Pero no puedo. No puedo preguntarlo, porque preguntarlo sería sospechoso. Y de repente, deseo muchísimo no ser sospechosa.

—Fue hace mucho tiempo —digo intentando rehacerme—. Me dolió mucho por aquel entonces, pero una supera las cosas, ¿no?

No, no lo haces. Cosas como esa, no. O al menos yo, no.

Pero ella no nota que estoy mintiendo. De hecho, cambia de tercio con suavidad.

—¿Qué ocurrió después de que le dispararan a James? —pregunta—. ¿Recuerda lo que hizo a continuación?

Cierro los ojos.

—Intente explicármelo todo —pide. Su voz es suave, estimulante, casi hipnótica—. Usted estaba con él en el salón...

Yo estaba con él en el salón. Tenía sangre en las manos, en el pijama. Su sangre. Muchísima.

James había cerrado los ojos y, al cabo de unos minutos, yo acerqué mi cara a la suya, intentando oír si todavía respiraba. Sí que lo hacía. Notaba su respiración vacilante en mi mejilla.

Qué distinto era de cuando estábamos juntos él y yo... Tenía arrugas en torno a los ojos, una sombra de barba en la mandíbula y el rostro más delgado y más definido. Pero seguía siendo James. Conocía el perfil de sus cejas, el puente de su nariz, el hueco pequeño que tenía debajo de los labios, donde el sudor formaba gotitas en las noches de verano.

Seguía siendo mi James. Pero claro, ya no lo era. ¿Dónde, en nombre del cielo, estaba Clare?

Oí unos pasos detrás de mí, pero era Nina, que sujetaba una tela blanca que parecía una sábana. Se arrodilló y empezó a envolverle la pierna a James, con un vendaje muy apretado.

—Creo que la única esperanza que tenemos es estabilizarlo hasta que podamos llevarlo a un hospital —dijo en voz muy alta y clara, hablándole a James, pero también a mí, me di cuenta—. James, ¿me oyes?

Él no respondió. Su rostro había adoptado un color extraño, como de cera. Nina sacudió la cabeza y me dijo:

—Mejor que conduzca Clare. Tú le das las indicaciones. Yo iré detrás con James y trataré de mantenerlo con vida hasta que lleguemos allí. Será mejor que Tom se quede con Flo. Creo que está en estado de shock.

—¿Dónde está Clare?

—Estaba intentando coger algo de cobertura en el extremo más lejano del jardín... parece que a veces se consigue.

—Pero no hay —dijo una voz por encima de mi hombro. Era Clare. Tenía la cara del color de la leche desnatada, pero iba vestida—. ¿Puede hablar?

—Ha dicho unas pocas palabras —dije. Notaba la garganta reseca y áspera por las lágrimas—. Pero ahora... creo que está inconsciente.

—Oh, mierda —dijo. Se le puso la cara más blanca aún, hasta sus labios estaban pálidos y sin sangre, y tenía lágrimas en los ojos—. Tendría que haber bajado antes. Es que pensaba...

—No seas tonta —la interrumpió Nina—. Era lo que había que hacer... Llamar a una ambulancia es lo más importante, si conseguimos la maldita cobertura. Bueno, creo que el torniquete está lo mejor posible... No voy a intentar hacer nada más, por ahora, vamos a sacarlo de aquí.

—Yo conduciré —decidió Clare al instante.

Nina asintió.

—Yo iré detrás con James —dijo al tiempo que echaba un vistazo por la ventana—. Clare, ve y trae el coche lo más cerca de la puerta delantera que puedas.

—Clare asintió y se fue a buscar las llaves del coche. Nina siguió hablando, esta vez a mí—: Necesitaremos algo para levantarlo. Le dolería demasiado si lo levantamos sin más.

—¿Algo como qué?

—Pues algo plano sería lo ideal, como una camilla.

Las dos miramos a nuestro alrededor, pero no se nos ocurrió nada.

—Podemos quitar una puerta.

La voz de Tom nos llegó por detrás y nos hizo saltar a las dos. Tom miró a James, ahora totalmente inconsciente en el suelo, en un charco de su propia sangre. Su expresión reflejaba su horror.

—Flo está desmayada, en el dormitorio. ¿James se va a poner bien?

—¿Sinceramente? —preguntó Nina. Miró a James y vi una expresión de cansancio en su rostro, y por primera vez desde que se hacía cargo de todo, también un rastro de miedo—. Pues la verdad es que no lo sé. Es posible que consiga salir adelante. Lo de la puerta es buena idea. ¿Puedes ir a buscar un destornillador? Creo que hay una caja de herramientas debajo de la escalera.

Tom asintió brevemente y desapareció.

Nina se tapó la cara con las manos.

—¡Joder! —exclamó entre sus manos que ahogaban el sonido—. Joder, joder, joder.

—¿Estás bien?

—No. Sí —dijo levantando la vista—. Estoy bien. Es que... ay, Dios mío. Qué forma tan estúpida y absurda de morir. ¿Quién demonios dispara una escopeta, si no sabe si está cargada o no?

Pensé en Tom, que el día anterior había estado apuntando aquí y allá en broma, y de repente me entraron náuseas.

—Pobre Flo —dije.

—¿Ha sido ella la que ha apretado el gatillo? —preguntó Nina.

—Yo... supongo que sí. No lo sé. Era ella quien la tenía en la mano.

—Pensaba que la tenías tú.

—¿Yo? —me extrañé. Me quedé con la boca abierta por la sorpresa y el horror—. Dios, no. Pero pudo ser cualquiera que le diera un empujón... estábamos todos juntos, muy apretados.

Se oyó un gruñido fuera y oí que los neumáticos de Clare rechinaban sobre la grava nevada, junto a la puerta principal. Al mismo tiempo se oyó un golpe en el salón y apareció Tom cargado con una pesada puerta de roble, con el picaporte todavía puesto.

—Pesa una tonelada —dijo—, pero solo tenemos que llevarlo hasta el coche.

—Vale —concedió Nina. Se hizo cargo de nuevo de

la situación, con una autoridad que no le costaba esfuerzo alguno—. Tom, tú cógelo por los hombros. Yo le cogeré los pies. Nora, tú sujétalo por las caderas cuando lo levantemos y lo traslademos a la puerta; intenta no desmontar el vendaje que lleva en el muslo, y que no se enganche nada en el picaporte. ¿Preparados? A la de tres lo levantamos: una, dos, ¡levantad!

Lo sujetamos entre los tres y James dejó escapar un gemido involuntario que hizo que le brotara un nuevo borbotón de sangre de entre los labios, y al momento ya estuvo colocado encima de la camilla improvisada. Corrí a abrir la puerta delantera de acero, agradeciendo a Dios por primera vez las enormes dimensiones de aquella casa, porque la puerta interior salía con toda facilidad, y luego volví a ayudar a Nina a sujetar la puerta por el extremo de los pies. Pesaba muchísimo, pero conseguimos atravesar el vestíbulo como pudimos y salimos al frío nocturno, al sitio donde nos esperaba Clare con el motor encendido y el tubo de escape emitiendo una nube blanca.

—¿Está bien? —preguntó ella por encima del hombro, inclinándose a abrir la portezuela trasera—. ¿Todavía respira?

—Sí, respira —dijo Nina—, pero está en situación crítica. Vale, saquémoslo de esta puerta.

No sé cómo, con horrible precipitación, temblando y salpicándolo todo de sangre, lo metimos en el asiento de atrás, donde se quedó desmadejado, respirando con un jadeo ligero que me asustó mucho. Tenía la pierna colgando fuera del coche, y observé algo grotesco: la sangre que goteaba de ella humeaba en el aire helado. Al ver aquello me quedé de piedra, sin poder moverme, demasiado conmocionada para pensar lo que debía hacer a continuación, hasta que Tom le dobló la pierna con suavidad, la introdujo en el coche y cerró la puerta.

—No hay espacio suficiente para que vayamos las dos —dijo Nina. Durante un momento no supe de qué estaba hablando, y luego me di cuenta: James ocupaba todo el asiento trasero él solo. Era imposible que Nina se colocara detrás, tal y como había sugerido.

—Ya me quedo yo —dije—. Tú deberías ir con ellos.

Nina no intentó discutir.

—¿Nora? —dice la voz de Lamarr, que suena amable pero insistente—. ¿Nora? ¿Está despierta? ¿Puede decirme lo que recuerda?

Abro los ojos.

—Sacamos a James y lo llevamos al coche. No teníamos nada donde colocarlo, así que Tom quitó una puerta. Clare conducía... Se suponía que Nina iría en el asiento trasero con James, y yo les iría indicando.

—¿Se suponía?

—Hubo... hubo un malentendido. No estoy segura de lo que ocurrió. Metimos a James en el coche y nos dimos cuenta de que no había espacio para que fuéramos las dos. Le dije a Nina que ella debía ir con él, ya que es médica, y yo me quedaría. Ella estuvo de acuerdo, y volvimos corriendo a la casa a coger el teléfono y unas mantas para el coche. Pero ocurrió algo...

—Siga.

Cierro los ojos, intentando recordar. Los acontecimientos empiezan a emborronarse. Recuerdo a Clare acelerando, y a Tom gritando algo por encima del hombro. «¿Por qué no? —gritó Clare como contestación. Y luego—: No importa, ya llamaré cuando llegue».

Y entonces se oyó el sonido chirriante de los neumáticos en la grava, y vi las luces traseras rojas mientras iba alejándose, dando tumbos, por el camino con rodadas hacia la carretera.

«Pero ¿qué cojones...?», había gritado Nina desde lo alto de la escalera. Luego había bajado lanzada, gritando: «¡Clare! ¿Qué estás haciendo?».

Pero Clare se había ido.

—Fue un malentendido —le digo a Lamarr—. Tom nos contó que le había dicho a Clare «ya vienen», pero que Clare debió de pensar que decía «no vienen». Y se fue sin Nina.

—¿Y qué pasó a continuación?

¿Qué pasó? Bueno, de eso no estoy segura.

Recuerdo que la chaqueta de Clare colgaba de la barandilla del porche. Supongo que quería cogerla antes de irse, pero se le olvidó. Recuerdo que yo la recogí.

Recuerdo...

Recuerdo...

Recuerdo que Nina gritaba.

Recuerdo estar de pie en la cocina, con las manos debajo del grifo, lavándome la sangre de James, que se iba por el desagüe.

Y luego... no sé si fue la conmoción o lo que ocurrió más tarde, pero las cosas empiezan a fragmentarse. Y cuanto más lo intento, menos segura estoy de recordar lo que ocurrió, o lo que «creo» que ocurrió.

Recuerdo haber recogido la chaqueta de Clare. ¿O no era de Clare? De repente vi mentalmente a Flo en el

251

tiro al plato, con una chaqueta de cuero negro muy parecida. ¿Era la de Clare? ¿O la de Flo?

Recuerdo haber cogido la chaqueta.

Recuerdo la chaqueta.

¿Qué había en la chaqueta que no puedo recordar?

Y entonces corro, corro por el bosque, desesperada por detenerlos.

Algo hizo que me echara a correr. Algo —la desesperación o el pánico— me hizo meter los pies en mis frías zapatillas deportivas y empezar a correr como loca por el estrecho sendero forestal, agitando frenéticamente la linterna en la mano.

Pero ¿qué fue?

Miro hacia abajo. Tengo los dedos agarrotados, como si tratara de sujetar algo pequeño y duro. La verdad, quizá.

—No me acuerdo —digo a Lamarr—. Ahí es donde empieza a confundirse todo. Recuerdo que corría entre los árboles...

Me detengo, intentando que cuadre todo. Levanto la vista hacia el áspero fluorescente, y luego vuelvo a mirarme las manos, como si en ellas pudiera encontrar la inspiración. Pero mis manos están vacías.

—Tenemos una declaración de Tom —explica al fin Lamarr—. Dice que llevaba algo en la mano, que lo miraba, sosteniéndolo en la palma, y que simplemente salió corriendo, sin ponerse el abrigo ni nada. ¿Qué fue lo que la hizo salir así?

—Pues no lo sé —reconozco con una voz que sonaba desesperada—. Ojalá lo supiera. No me acuerdo.

—Por favor, inténtelo, es muy importante.

—¡Ya sé que es importante! —Lo lanzo como un grito, sorprendentemente alto en la pequeña habitación. Tengo los dedos agarrotados, aferrados a la fina sábana del hospital—. ¿Cree que no lo sé? Es mi amigo, mi... mi...

No puedo hablar. No encuentro una palabra para definir lo que James es para mí. Lo que «era» para mí. Me acerco las rodillas al pecho y jadeo, y quiero golpearme la cabeza contra las rodillas, y seguir golpeando hasta que salgan los recuerdos, pero no puedo, no puedo, no me acuerdo.

—Nora... —dice Lamarr, y no estoy segura de si su voz está intentando tranquilizarme o advertirme. Quizá ambas cosas.

—Quiero recordar —rechino los dientes—. M-más de lo que usted cree.

—La creo —dice Lamarr. Hay tristeza en su voz.

Noto su mano en el hombro, y entonces llaman a la puerta y entra la enfermera, empujando un carrito.

—¿Qué está pasando aquí?

Me mira a mí y luego a Lamarr. Se fija en mi cara mojada por las lágrimas y en mi aflicción no disimulada y arruga su cara redonda y agradable, en un gesto de desaprobación.

—Señora, no puede usted alterar así a mis pacientes —dice señalando con un dedo a Lamarr—. No hace ni veinticuatro horas que se ha visto envuelta en un accidente de coche. ¡Fuera!

—Pero ella no... —intento decir—. No ha sido...

Pero solo es cierto en parte. Lamarr me ha agobiado mucho, y a pesar de mis protestas, me alegro de que se vaya, me alegro de acurrucarme en mi lado, bajo las sábanas, mientras la enfermera me sirve pastel de carne con puré de patatas y unas judías verdes fláccidas, murmurando en voz baja sobre la prepotencia de la policía y que quiénes se creen que son, alterar así a sus pacientes, haciendo que retrocedan días, incluso semanas...

Un olor a comedor escolar invade la habitación cuando me sirve la comida y deja la bandeja a mi lado.

—Coma, por favor, cariño —dice con algo cercano a la ternura—. Está en los huesos. Los Rice Krispies están muy bien, pero no son comida como Dios manda. Lo que necesita ahora es carne y verduras.

No tengo hambre, pero asiento.

Sin embargo, cuando se va, no como. Me quedo echada de lado, sujetándome las costillas doloridas, e intentando entender lo que pasa.

Tendría que haber preguntado cómo estaba Clare, dónde estaba.

¿Y Nina, dónde está Nina? ¿Está bien? ¿Por qué no ha venido a verme? Tendría que haber preguntado todo eso, pero he perdido la oportunidad.

Me quedo allí echada mirando la parte lateral de la taquilla, y pienso en James, y en lo que significábamos el uno para el otro, y en todo lo que he hecho y lo que he perdido. Porque, al sujetar su mano mientras él se desangraba en el suelo, me di cuenta de que mi ira, que yo pensaba que era negra e invencible y que nunca se disiparía, ya se estaba disipando, desangrada, derramada en el suelo junto con la vida de James.

La amargura por lo ocurrido me había definido durante muchísimo tiempo. Y ahora ha desaparecido todo: la amargura ha desaparecido, pero también lo ha hecho James, la única persona que lo sabía.

Ese conocimiento me hace sentir cierta ligereza, pero también un peso terrible.

Me quedo echada y pienso en la primera vez... no

cuando lo conocí, porque entonces debía de tener doce o trece años, o incluso menos, sino en la primera vez que me fijé en él. Era el trimestre de verano, en cuarto de secundaria, y James hacía de Bugsy Malone en una representación escolar. Clare, por supuesto, era Blousey Brown. La cosa estaba entre ese papel y el de Tallulah, pero Blousey consigue a su hombre al final, y a Clare nunca le gustó representar a una perdedora.

Ya había visto a James antes, en clase, alborotando, tirando aviones de papel y haciéndose dibujos en el brazo. Pero en escena... en escena, no sé cómo, iluminaba toda la sala. Yo acababa de cumplir los quince, y a James le faltaban unos pocos meses para cumplir los dieciséis (era uno de los mayores de nuestro curso): aquel año se había afeitado la parte inferior de la cabeza —un peinado brutal— y los rizos negros que le quedaban encima se los recogía formando un moñete en la coronilla. Parecía muy punk y muy rebelde, pero para representar a Bugsy lo había suavizado poniéndose brillantina en el pelo, y de alguna manera, incluso en los ensayos, con el uniforme escolar y todo, ese simple detalle lo hacía parecer un auténtico gánster de la década de 1930. Andaba como un gánster, se quedaba de pie como si fuera un gánster, y un cigarro invisible le colgaba de la comisura de los labios tan convincentemente que casi se podía oler el humo... aunque no lo había. Hablaba con un deje lacónico. Yo quería tirármelo, y sabía que todas las chicas que estaban presentes, e incluso algunos de los chicos, sentían lo mismo.

Sabía lo que Clare pensaba porque me lo había dicho, inclinándose por encima de la hilera de sillas que tenía detrás, susurrándome al oído, rozándome casi el pelo con el pintalabios rosa de Blousey:

—Voy a tener a James Cooper —me dijo—. Ya me he decidido.

Yo no dije nada. Normalmente, Clare siempre conseguía lo que quería.

No ocurrió nada durante las vacaciones de verano, y empecé a preguntarme si Clare se habría olvidado de su promesa. Pero luego volvimos al instituto, y me di cuenta, por mil detalles pequeños (cómo se apartaba el pelo, el número de botones de su blusa escolar que llevaba desabrochados) de que Clare no había olvidado nada. Sencillamente, se estaba tomando su tiempo.

La obra del trimestre de otoño era *La gata sobre el tejado de zinc*, y cuando eligieron a James para interpretar a Brick, Clare consiguió el papel de Maggie. Se regodeaba hablándome de la cantidad de tiempo extra que necesitarían para ensayar, solos en el estudio teatral, después de las horas de clase, pero ni siquiera Clare pudo conjurar el peligro de la mononucleosis. No pudo asistir a clase el resto del trimestre y su papel se adjudicó a la suplente. Yo.

Y por eso fui yo y no Clare quien interpretó a la sensual y provocativa Maggie. Besé a James cada noche durante una semana, me peleé con él, lo abracé con una sensualidad que no sabía que poseía hasta que él la despertó en mí. No tartamudeé. Ni siquiera era Lee ya. Nunca había actuado de aquella manera antes, ni tampoco lo he hecho después. Pero James «era» Brick, el borracho, furioso, confuso Brick, así que yo me convertí en Maggie.

La última noche, todo el reparto asistió a una fiesta con Coca-Cola y bocadillos, en la habitación a la que llamábamos la «sala verde», aunque de hecho era un aula vacía que se encontraba subiendo por el pasillo desde el vestíbulo. Y luego, más tarde, Coca-Cola y Jack Daniel's en el aparcamiento, y en la cocina de la casa de Lois Finch.

Y James me cogió la mano y juntos subimos la escalera hasta el dormitorio del hermano de Lois. Nos acostamos en la ruidosa cama individual de Toby Finch, e hicimos cosas que todavía me hacen temblar cuando las recuerdo, aquí, en la habitación del hospital, diez años después.

«Así» fue como James Cooper perdió la virginidad. Con dieciséis años, una noche de invierno, bajo un edredón de plumas de Spiderman, con avioncitos de juguete dando vueltas por encima de nuestras cabezas, mientras nos besábamos, mordíamos y jadeábamos.

Y luego estuvimos juntos... así de sencillo fue todo, sin más discusiones.

Dios mío, cómo lo quería.

Y ahora ha muerto. Me parece imposible.

Pienso en la voz suave, color ciruela, de Lamarr, diciéndome: «Y a James... ¿lo conocía mucho?».

¿Qué le iba a contar, si tenía que decirle la verdad?

Lo conocía tanto que podía describir cada una de las cicatrices y marcas de su cuerpo, el corte de la apendicitis en el lado derecho del vientre, los puntos que le dieron cuando se cayó de la bici, la forma que tenía su pelo de separarse en tres coronillas, cada una formando una especie de círculo en torno a la otra.

Lo conocía de memoria.

Y ahora ya no está.

No había hablado con él desde hacía diez años, pero pensaba en él cada día.

Él ya no está... y justo cuando más la necesito, ha desaparecido también la rabia que he ido alimentando todo este tiempo, incluso cuando me decía que ya no importaba, que todo aquello formaba parte de mi pasado y estaba muerto y enterrado.

Ya no está.

Puede que, si lo repito a menudo, empiece a creérmelo.

23

Duermo el sueño de los justos por la noche, a pesar del ruido y los pitidos de máquinas en el pasillo, y las luces molestas. Las enfermeras han dejado de venir a comprobar cómo estoy cada dos horas, y puedo dormir... y dormir... y dormir...

Cuando me despierto, estoy desorientada... ¿dónde me encuentro? ¿Qué día es? Busco el teléfono automáticamente.

No está. En su lugar encuentro una jarra de plástico con agua.

Y entonces el peso aplastante del presente me cae en la nuca.

Es lunes.

Estoy en un hospital.

James ha muerto.

—Arriba, arriba —dice una enfermera nueva, que entra con diligencia y pasea una mirada profesional por mi historial médico—. El desayuno llegará dentro de unos minutos.

Todavía llevo el camisón del hospital, y cuando ella se dispone a marcharse, la llamo.

—¡Espere!

Se vuelve con una ceja levantada, veo que está en plena ronda y que no se muestra muy dispuesta a quedarse.

—Lo s-siento —tartamudeo—. Me preguntaba si...
¿p-podría vestirme? Me gustaría tener mi ropa. Y también mi teléfono, si es posible.

—Son los parientes quienes tienen que traerle sus cosas —dice bruscamente—. Esto no es un servicio de mensajería —añade antes de irse.

La puerta se cierra tras ella.

Entonces no sabe nada. No sabe quién soy. No sabe lo que ha pasado. Y se me ocurre que la casa probablemente sea la escena del crimen. No es posible que Clare y los demás estén allí todavía, andando de puntillas alrededor de la sangre coagulada de James. Seguro que se han ido a su casa... o los han enviado a un *bed and breakfast*. Tengo que preguntárselo a Lamarr cuando venga. Si es que viene...

Por primera vez me doy cuenta de lo mucho que dependo de la policía. Son mi único vínculo con el mundo exterior.

Hacia las once de la mañana suena un golpecito en la puerta. Estoy echada de lado escuchando Radio 4. Es el programa *Woman's Hour*, y si cierro los ojos con fuerza y aprieto los auriculares contra mis oídos, casi puedo imaginarme de vuelta en casa, con una taza de café (un café como Dios manda) a mi lado, el tráfico ronroneando suavemente en el exterior de mi ventana.

Cuando suena el golpecito me cuesta un minuto distinguir la cara de Lamarr en la ventanita con cristal. Me quito los cascos y me esfuerzo por incorporarme sobre los almohadones.

—Adelante.

Ella me tiende un vaso de papel en cuanto entra.

—¿Café?

—Ah, gracias.

Intento no parecer desesperada, intento no quitarle la taza de las manos, pero es sorprendente lo mucho que significan esas pequeñas cosas en esta especie de pecera que es el mundo del hospital. Al coger el vaso de papel noto que está demasiado caliente para beberlo, y lo mantengo entre las manos mientras pienso cómo expresar lo que tengo que decir, mientras Lamarr parlotea hablando de la temperatura invernal, muy poco propia de la estación, y de que están limpiando las carreteras de la nieve caída el fin de semana. Al final hace una pausa y yo aprovecho la oportunidad.

—Sargento...

—Agente.

—Lo siento —digo. Me disgusto conmigo misma por el error e intento no aturullarme—. Escuche, me preguntaba dónde está Clare...

—¿Clare? —Se inclina hacia delante—. ¿Ha recordado algo?

—¿El qué?

—¿Ha empezado a recordar lo que ocurrió después de que se fuera de la casa?

—¿Qué?

Nos miramos la una a la otra y ella sacude la cabeza, pesarosa.

—Lo siento. Por lo que había dicho, pensaba...

—¿Qué quiere decir? ¿Le ha ocurrido algo a Clare?

—Dígame lo que recuerda —me pide, pero yo no digo nada durante un minuto, intentando leer su bello e inescrutable rostro.

Nuestras miradas se cruzan, pero no veo nada en sus ojos. Hay algo que no me quiere contar.

—Recuerdo... —empiezo despacio—, recuerdo correr por los bosques... y recuerdo los faros de un coche y un cristal... y luego, después del accidente, recuerdo ir dando tumbos, perder un zapato, y que había trozos de cristal en la carretera.

Todo eso vuelve a mí mientras hablo: el túnel bajo de ramas desnudas, pálido a la luz de los faros, y yo corriendo y cojeando, intentando hacer señas y parar a alguien, a cualquiera, para pedir ayuda. Había una furgoneta que iba girando por la carretera, iluminando la oscuridad con los faros. Me puse de pie, agitando los brazos frenéticamente, con el rostro bañado en lágrimas, y pensé que no se pararía, durante un momento pensé que me atropellaría. Pero no fue así... Patinó hasta que se detuvo, y el hombre, con la cara pálida, bajó la ventanilla. «¿Qué cojones...? —dijo. Y luego—: ¿Es que la han...?».

El resto de la frase quedó sin pronunciar.

—Pero nada más. Aparte de eso, todo lo demás está borroso... es como si las imágenes se mezclaran mucho, cada vez más, y entre ellas solo quedara un espacio en blanco. Escuche, ¿le ha ocurrido algo a Clare? No estará...

Ay, Dios mío.

Dios mío. No puede ser.

Aferro la sábana con los dedos y clavo mis uñas mordidas con tanta fuerza que me duelen los dedos.

¿Está muerta?

—No, vive —dice Lamarr, lentamente, con precaución—. Pero estuvo en el accidente, en el mismo accidente que usted.

—Pero ¿está bien? ¿Puedo verla?

—No, lo siento. No hemos podido interrogarla todavía. Antes debíamos tener su versión...

Se calla. Ya sé lo que me pide. Quiere mi verdad y la verdad de Clare, por separado, para poder comparar nuestras versiones.

Sin embargo, una vez más noto esa sensación fría, convulsa, en la boca del estómago. ¿Soy una sospechosa? ¿Cómo averiguarlo sin parecer sospechosa?

—Todavía no se la puede interrogar —concluye Lamarr.

—¿Sabe lo de James?

—No, creo que no —dice. Veo compasión en el rostro de Lamarr—. Aún no está lo bastante recuperada para que se lo digamos.

No sé por qué, pero esto es lo que más me altera de todo lo que ella ha dicho hasta el momento. No puedo soportar la idea de que Clare esté yaciendo en algún lugar de este mismo hospital y no sepa que James ha muerto.

—Pero ¿se va a poner bien?

Se me quiebra la voz en la última palabra y bebo un largo y doloroso sorbo de café, para intentar ocultar mi angustia.

—Los médicos dicen que sí, pero estamos esperando a que venga su familia, y entonces decidiremos si está lo suficientemente estable como para decírselo. Lo siento... ojalá pudiera decirle más, pero de verdad que no está en mi mano discutir su situación médica.

—Ya, lo entiendo —digo desanimada. Las lágrimas están atrapadas en el interior de mi garganta y me provocan dolor de cabeza y escozor en los ojos. Parpadeo con fuerza, intentando despejarlos—. ¿Y Nina? —consigo decir al fin—. ¿Puedo verla?

—Todavía estamos tomando declaración a todas las personas que estaban en la casa. Pero en cuanto hayamos concluido, supongo que se le permitirá visitarla.

—¿Hoy?

—Espero que sea hoy, sí. Pero sería de mucha, mucha ayuda si pudiera recordar lo que ocurrió después de salir de la casa. Queremos tener su versión, no la de otros, y nos preocupa que al hablar con otras personas pueda... confundir las cosas.

No sé lo que quiere decir con eso. ¿Le preocupa que esté esperando, fingiendo una pérdida de memoria, para ponerme de acuerdo con otras personas sobre lo que voy a contar? ¿O lo que le preocupa es que, en el vacío de mis recuerdos, pueda arraigar el relato de otra persona, inconscientemente?

Sé que es muy fácil que pase... durante años, «recordé» unas vacaciones infantiles en las cuales había paseado en burro. Encima de la chimenea había una foto mía montada en burro. Yo tenía tres o cuatro años, y se me veía de perfil ante el sol poniente, como un borrón negro con un halo de cabello iluminado por el sol. Pero recordaba perfectamente el viento salado que me daba en la cara, y el brillo del sol sobre las olas, y la sensación de la manta que picaba entre los muslos. Solo que cuando tenía quince años, mi madre mencionó que la de la foto no era yo, sino mi prima Rachel. Yo ni siquiera había estado allí nunca.

De modo que, ¿qué me están diciendo? ¿Escupe esos recuerdos y te dejaremos hablar con tu amiga?

—Estoy intentando recordar —digo con amargura—. Créame, quiero recordar lo que ocurrió más que usted. No me tiene que poner delante a Nina como si fuera una zanahoria.

—No es eso —dice Lamarr—. Es que queríamos

que nos contara lo que pasó... Le aseguro que no se trata de ningún castigo.

—Si no puedo ver a Nina, al menos, ¿me podrían traer algo de ropa mía? ¿Y mi teléfono? —Debo de estar mejor, si he empezado a preocuparme por mi teléfono. La idea de todos esos e-mails y mensajes acumulándose y yo sin poder responderlos. Es lunes, día laborable. Mi editor se habrá puesto en contacto conmigo para pedirme el nuevo borrador. Y mi madre... ¿habrá intentado llamarme?—. Necesito mi teléfono, de verdad —digo—. Le prometo que no contactaré con nadie de la casa, si le preocupa eso.

—Ah —dice, y veo algo en su cara, una cierta reserva—. Bueno, en realidad esa es una de las cosas que nos gustaría pedirle. Querríamos echar un vistazo a su teléfono, si no le importa.

—No me importa. Pero ¿podré recuperarlo después?

—Sí, pero es que no lo encontramos.

Eso me sorprende. Si ellos no lo tienen, ¿dónde está?

—¿Se lo llevó cuando salió de la casa? —me pregunta Lamarr.

Intento recordar. Estoy segura de que no. De hecho, no recuerdo haber tenido el teléfono durante la mayor parte del día.

—Creo que se quedó en el coche de Clare —contesto al final—. Me parece que me lo dejé allí cuando fuimos a lo del tiro al plato.

Lamarr niega con la cabeza.

—El coche está completamente vacío. Desde luego, allí no está. Y hemos registrado la casa a fondo.

—¿Y en el tiro al plato?

—Probaremos allí —dice mientras apunta algo en

su libreta—, pero estamos llamando y nadie lo coge. Supongo que si se hubiera quedado allí, alguien podría oírlo sonar.

—¿Suena? —pregunto. Me sorprende que todavía tenga batería. No recuerdo la última vez que lo cargué—. Un momento, ¿dice que han llamado a mi número? ¿Cómo saben cuál es?

—Pues nos lo dio la doctora Da Souza —dice ella lacónica.

Me cuesta un segundo comprender que se trata de Nina.

—¿Y suena de verdad? —digo bajito—. ¿No sale el buzón de voz?

—Pues... —dice la agente. Hace una pausa y veo que intenta acordarse—. Tengo que comprobarlo, pero estoy segura de que sí que suena.

—Bueno, pues si suena, no puede estar en la casa. Allí no hay cobertura.

Lamarr frunce el ceño y se le forma una línea entre sus cejas esbeltas y perfectas.

Luego sacude la cabeza.

—Bueno, ya tenemos a los técnicos investigando, de modo que sin duda nos darán una localización aproximada. Ya se lo haremos saber en cuanto lo localicemos.

—Gracias —digo.

Pero no añado la pregunta que me atormenta: ¿por qué quieren mi teléfono?

Así es como sé que me encuentro mejor: tengo un hambre de lobo. Le he echado un vistazo al almuerzo que han traído hace un par de horas y he pensado: «¿Eso es todo?». Es como cuando te dan esas comidas de juguete en el avión, y piensas: ¿quién se contenta con comerse una cucharada de puré de patata y una salchicha del tamaño de mi dedo meñique? Eso no es una comida. Es un canapé en un bar pijo y pretencioso.

Me aburro. Dios mío, qué aburrimiento. Ahora que ya no duermo tanto no tengo nada que hacer. Sin teléfono, sin ordenador portátil. Podría escribir, pero sin acceso a mi ordenador y al manuscrito en el que estoy trabajando ahora, no puedo hacer nada. Incluso me estoy poniendo furiosa con la radio. En casa es solo un ruido de fondo para mi rutina y me gusta la repetición constante, el tranquilizador ciclo de los días, el hecho de que *Start the Week* venga después de *Today*, y le siga *Woman's Hour*, con tanta seguridad como que el lunes da paso al martes y al miércoles. Aquí, estoy empezando a volverme un poco loca. ¿Cuántas veces podré oír el bucle incesante de los titulares de las noticias antes de volverme loca del todo?

Cuando estás muy enfermo se produce un efecto de enfoque. Lo vi con mi abuelo, que se iba apagando. Dejas de preocuparte por las cosas importantes. Tu mundo se encoge hasta las preocupaciones más pequeñas: los lazos del camisón, que se te clavan en las costillas; el dolor de espalda; la sensación de una mano en la tuya.

Esa estrechez es la que te permite soportar las cosas, supongo. El mundo exterior deja de importar. A medida que te pones cada vez más enfermo, tu mundo se encoge más, hasta que lo único que importa es seguir respirando.

Pero yo me dirijo en el otro sentido. Cuando me trajeron, lo único que me preocupaba era no morir.

Luego, ayer, solo quería que me dejaran sola para dormir y lamerme las heridas.

Ahora, hoy, estoy empezando a preocuparme.

No soy sospechosa de nada, oficialmente. Como escribo novelas policíacas sé que Lamarr me habría tenido que interrogar oficialmente, si hubiera sido ese el caso, ofrecerme un abogado y leerme mis derechos.

Pero están tanteando solamente, buscando «algo». No creen que la muerte de James haya sido un accidente.

Recuerdo las palabras que entraron flotando a través del grueso cristal, aquella primera noche: «Dios mío, ¿entonces ha sido un asesinato?». En aquel momento me parecieron sorprendentes, pero también absurdas, parte del estado de sopor en el que me encontraba. Ahora resultaban demasiado reales.

24

Cuando suena de nuevo el golpecito, casi no respondo. Estoy echada con los ojos cerrados, escuchando Radio 4 con los auriculares del hospital, intentando tapar con la música el ruido y el jaleo de la sala que está al lado, imaginando que me encuentro ya de vuelta en mi casa.

Las enfermeras no llaman, como mucho dan un toquecito ligero y entran sin más. Solo Lamarr llama y espera a que responda. Y no puedo enfrentarme ahora a Lamarr con sus preguntas amables, tranquilas, curiosamente obstinadas. No me acuerdo. No me acuerdo, ¿vale? No oculto nada, es que sencillamente no me acuerdo, joder.

Cierro los ojos con fuerza, escuchando *The Archers* y esperando a ver si se va, y entonces oigo el roce de la puerta que se abre con precaución, como si alguien metiera la cabeza por ella.

—¿Lee? —oigo muy bajito—. Quiero decir, lo siento, ¿Nora?

Me incorporo como el rayo. Es Nina.

—¡Nina!

Me arranco los auriculares e intento sacar las piernas de la cama, pero ya sea por mi cabeza o por la presión sanguínea baja, la habitación se vuelve hueca y distante de repente y me invade una oleada de vértigo.

—¡Eh! —Su voz suena lejana, a través del pitido de mis oídos—. Tómatelo con calma. Nos acaban de coser los sesos, como quien dice.

—Estoy bien —digo, aunque no estoy segura de si intento tranquilizarme a mí misma o a ella—. Estoy bien, de verdad.

Y efectivamente, de repente me encuentro muy bien. La oleada de debilidad ha pasado y puedo abrazar a Nina, aspirando su aroma particular: Jean Paul Gaultier y cigarrillos.

—Dios mío, cuánto me alegro de verte.

—Yo también me alegro de verte a ti. —Se aparta, observándome con una mirada crítica y preocupada—. Tengo que decir que cuando nos dijeron que habías sufrido un accidente de coche, yo... bueno. Ver sangrar a un antiguo compañero de colegio ya era suficiente.

Yo hago una mueca y ella baja la vista.

—Mierda, lo siento. Yo... no es que yo no...

—Ya lo sé.

No es que Nina no sienta las cosas. Es que, sencillamente, se enfrenta a ellas de una forma distinta a la mayoría de la gente. El sarcasmo es su defensa contra la vida.

—Digamos que me alegro mucho de que estés aquí. —Me coge la mano y besa el dorso, y yo me quedo asombrada y bastante conmovida al ver que tiene la cara congestionada—. Aunque no estás en tu mejor momento, tengo que decir —añade con una risa—. Joder, necesito un pitillo. ¿Crees que lo notarán si me fumo uno asomada a la ventana?

—Nina, ¿qué demonios pasó? —pregunto sujetándole la mano aún—. La policía ha estado aquí... me han hecho muchas preguntas. James está muerto. ¿Lo sabías?

—Sí, lo sabía —dice Nina con calma—. Vinieron a la casa a primera hora del domingo. No nos lo dijeron enseguida, pero... Bueno, simplemente, digamos que no despliegan tanto personal por una herida no fatal. Resultó obvio, en cuanto empezaron a tomarnos las huellas y a hacernos pruebas de residuos de disparos.

—¿Qué ocurrió? ¿Cómo es posible que estuviera cargada la escopeta?

—Lo que me parece a mí —dice con una voz firme pero triste—, es que hay dos posibilidades. Una —y levanta el dedo índice—, la tía de Flo no tenía la escopeta cargada con cartuchos de fogueo. Pero por las preguntas que nos hacían, no creo que lo consideren probable.

—¿Y dos?

—Alguien la cargó.

Es lo mismo que he estado pensando yo. Pero aun así me conmociona oírlo decir en voz alta en la pequeña celda de eremita que es mi habitación del hospital. Las dos nos quedamos en silencio, contemplando esa posibilidad largo rato, pensando en Tom mientras hacía el tonto con la escopeta la noche anterior, pensando en el cómo y el porqué.

—¿Y cómo se está tomando Jess todo esto? —le pregunto al fin, más para cambiar de tema que por otro motivo.

Nina pone mala cara.

—Ya te lo puedes imaginar, ella siempre tan comedida. Solo cuarenta y cinco minutos de histeria al teléfono. Primero estaba furiosa porque me retenían aquí para declarar, y luego quería venir, pero yo le dije que no.

—¿Por qué no?

Nina me echa una mirada que simultáneamente es comprensiva y de incredulidad.

—¿Estás de broma? Por el puto motivo que sea, creen que James fue asesinado. ¿Querrías tú que la persona a la que más quieres se viese envuelta en algo semejante? Pues no. Jess no forma parte de esto, gracias a Dios, y quiero que siga así. Quiero que esté muy, muy lejos.

—Buena respuesta.

Me recuesto en la cama y me abrazo las rodillas. Nina se sienta en la silla y coge mi historial médico, hojeándolo con una curiosidad descarada.

—Perdona... —digo—. No sé si quiero que conozcas todos los detalles de mis últimos movimientos intestinales y todo eso.

—Lo siento, es curiosidad profesional. ¿Cómo tienes la cabeza? Parece que te llevaste un buen golpe.

—Sí, eso parece. Estoy bien, pero... Es que... tengo problemas de memoria —digo. Me froto el lugar donde llevo el vendaje, como si pudiera conseguir con ello que las imágenes revueltas adquirieran un cierto orden—. Solo afectan a lo que pasó después de abandonar la casa.

—Ajá... Amnesia postraumática. Normalmente se olvidan solo unos momentos, sin embargo. Lo tuyo parece... no sé. ¿Cuánto tiempo crees que has olvidado?

—Es difícil estar segura, ya que, no sé si te lo he mencionado, no me acuerdo —digo.

Oigo mi propia voz poniéndose irascible y mi propia irritación me molesta, pero Nina lo ignora.

—No puede ser mucho rato, ¿no?

—Mira, sé que tienes buenas intenciones —digo masajeándome las sienes—, pero ¿podemos dejar de hablar de esto? He pasado toda la mañana con una sargento de la policía tratando de recordar, y sinceramente, ya he tenido bastante. No me acuerdo de nada. Me preocupa que si intento forzarme, acabaré inventándome algo y convenciéndome a mí misma de que esa es la verdad.

—Vale —dice. Se queda callada un momento y luego dice—: Mira, yo les he contado lo tuyo con James. He dicho que salías con él. He pensado que tenías que saberlo. No sabía lo que tú les habrías dicho, pero...

—Está bien. No quiero que nadie mienta. Le he dicho a Lamarr que salimos juntos. Ella es la oficial de policía asignada...

—Ya lo sé —me interrumpe Nina—. También ha estado hablando con nosotros. ¿Sabe ella por qué rompisteis?

—¿Qué quieres decir?

—Ya sabes, el gran secreto. La enfermedad de transmisión sexual. O como lo llames.

—Por última vez, nadie me pegó ninguna ETS.

—Eso dices. ¿Se lo has explicado a ella?

—No, no le he dicho nada. ¿Y tú?

—No. No tengo nada que contarle. Solo he dicho que salíais juntos. Y que luego rompisteis.

—Pues muy bien. No hay nada que explicar —digo apretando los labios.

—¿De verdad? Ajá, veamos... —dice mientras empieza a contarse las puntas de los dedos—. Rompes, dejas el instituto, pierdes el contacto con la mayoría de tus amigos, no le hablas durante diez años... ¿Nada que explicar?

—No hay nada que explicar —repito tozuda, mirando mis dedos unidos entre sí por encima de mi rodilla. Los cortes están empezando a oscurecerse y a cicatrizar. Pronto estarán curados.

—Porque el hecho es —continúa Nina— que James está muerto, y que están buscando un móvil.

Y entonces levanto la vista. La miro directamente a los ojos. Ella me devuelve la mirada sin vacilar.

—¿Qué estás diciendo?

—Estoy diciendo que estoy preocupada por ti.

—¡Estás insinuando que yo maté a James!

—¡Joder! —exclama. Se pone de pie y se echa a andar por la habitación—. ¡No, no digo eso! Lo que digo... lo que trato de decir es que...

—Tú no sabes n-nada de todo eso —digo.

Joder. Deja de tartamudear. Pero es cierto, Nina no sabe «nada» de esto. Nadie conoce esa parte de mi vida... ni siquiera mi madre. La única persona que sabe algo es Clare, y ni siquiera ella conoce la historia completa. Y Clare...

Clare está en el hospital.

Clare está... ¿cómo? ¿Demasiado mal para que la interroguen? ¿En coma, quizá? Pero se despertará.

—¿Has visto a Clare? —pregunto en voz muy baja.

Nina niega con la cabeza.

—No. Creo que está bastante mal. No sé lo que ocurrió en ese accidente... —dice. Vuelve a sacudir la cabeza, esta vez no para negar sino para expresar su frustración—. ¿Y sabes lo peor? Que probablemente James habría vivido. Estaba muy mal herido, pero supongo que tenía al menos un cincuenta por ciento de posibilidades de haber sobrevivido.

—¿Qué quieres decir?

—Que fue el accidente lo que lo mató. O el retraso causado por el accidente... con lo cual volvemos a lo mismo.

De repente, la insistencia de Lamarr en esos minutos perdidos cristaliza.

Lo que había ocurrido en la casa era solo la primera mitad de la historia.

El auténtico asesinato vino después, en la carretera.

Tengo que recordar lo que pasó.

No tendría que haber ido nunca. Lo sabía. Lo supe desde el momento en que entró el mensaje de correo en mi ordenador.

Nunca hay que volver atrás.

Y sin embargo... Pienso en James, tirado en el suelo, con sus ojos oscuros clavados en los míos, mientras la sangre formaba un charco en torno a los dos. Pienso en su mano, pringosa de sangre, agarrando la mía como si se estuviera ahogando y solo yo pudiera salvarlo. Pienso en su voz diciendo «Leo...».

Si hubiera sabido entonces lo que sé ahora, ¿habría borrado aquel mensaje de correo?

La mano de Nina busca la mía, y noto su contacto seco y cálido mientras resigue con sus fuertes dedos el entramado de arañazos y cortes.

—Todo irá bien —dice. Pero su voz suena ronca, y ambas sabemos que está mintiendo... mintiendo porque ocurra lo que ocurra conmigo y con Lamarr y con el resto de la investigación, esto ha ido tan lejos que las cosas no pueden volver a ir bien nunca. Se recupere Clare o no, sospechen de mí o no, James está muerto.

—¿Y c-cómo está Flo? —digo al fin.

Nina se muerde los labios, como pensando lo que va a decir a continuación, y luego suspira.

—No... demasiado bien. A decir verdad, creo que ha sufrido un colapso.

—¿Sabe algo de Clare?

—Sí, quería ir a verla, pero nos dijeron que no se la podía visitar.

—¿Alguien la ha visto? A Clare, quiero decir.

—Sus padres, creo.

—Y... —digo tragando saliva. No quiero tartamudear. No lo voy a hacer—. ¿Y los padres de James? ¿Han venido también?

—Sí, creo que sí. Creo que llegaron ayer y... —dice. Me mira las manos y me pasa el dedo suavemente por el arañazo más largo— y vieron su cuerpo. Se han ido a casa, por lo que sé. No los hemos visto.

De repente, recuerdo con intensidad a la madre de James tal y como era hace diez años, con el pelo largo y rizado sujeto con un pasador, los brazaletes tintineando mientras gesticulaba y reía con alguien que estaba al teléfono, el pañuelo agitado por la brisa de una ventana abierta. Recuerdo que se llevó el teléfono al hombro cuando James me presentó: «Esta es Leo. Va a venir mucho por aquí. Acostúmbrate a su cara», y la risa de la madre de James, que dijo: «Ya sé lo que quieres decir. Te enseñaré dónde está la nevera, Leo. Nadie cocina en esta casa, así que si quieres algo de comer, sírvete tú misma».

Qué distinto era todo de mi casa. Nadie estaba nunca quieto. La puerta siempre estaba abierta, y siempre tenían amigos por allí, o estudiantes que pasaban una temporada, y todo el mundo estaba siempre discutiendo, besándose, bebiendo... No había hora de comer, ni tampoco toque de queda. James y yo nos echábamos en su cama, inundada por la luz del sol, y nadie venía a llamar a la puerta para decirnos que dejáramos de hacer lo que estábamos haciendo.

Recuerdo al padre de James, con su barba y su acordeón. Enseñaba teoría marxista en la universidad local, y siempre estaba a punto de dimitir o de que lo echaran. Solía llevarme a casa después de anochecer en su coche destartalado, lanzando tacos por lo temperamental que era el estárter y distrayéndome con sus chistes malísimos.

James era hijo único.

La idea de la pareja destrozada por el dolor... me resultaba casi insoportable.

—Mira —dice apretándome la mano por última vez—. Será mejor que me vaya. Solo he pagado una hora de aparcamiento, y casi se ha terminado.

—Gracias. Gracias por venir —digo. Le doy un abrazo algo torpe—. Escucha, no cogerías algo de ropa mía cuando dejaste la casa, ¿no?

Nina niega con la cabeza.

—No, lo siento. Fueron muy estrictos con lo que me podía llevar. Solo conseguí llevarme algunas de mis cosas. Pero puedo comprarte algo, si quieres.

—Gracias, sería estupendo. Te lo pagaré.

Nina hace un gesto burlón y un movimiento con la mano.

—Bah, calla ya. Talla S, ¿no? ¿Qué prefieres?

—Cualquier cosa me irá bien. Pero... que no sea muy llamativo. Ya me conoces.

—Vale. Te diré lo que voy a hacer: te dejo esto mientras tanto.

Se quita la chaqueta de punto de color azul marino con botones en forma de flores azules. Yo digo que no, pero ella me la pone en torno a los hombros.

—Así está mejor. Al menos puedes abrir la ventana sin congelarte.

—Gracias —digo acurrucándome en ella.

No puedo creer lo bien que sienta llevar algo que no sea un camisón hospitalario. Es como si hubiera recuperado mi personalidad. Nina me abraza, me besa, esta vez rápidamente, y luego se dirige a la puerta.

—Sigue cuerda, Shaw. No queremos que se les vaya la olla a dos personas, además de todo lo que ha pasado.

—¿Flo? ¿Tan mal está?

Nina se limita a encogerse de hombros, con la cara triste. Luego se vuelve y se va. La veo mirar por el pasillo, y de repente me doy cuenta de una cosa. La policía de guardia que está siempre junto a mi puerta ha desaparecido.

25

Quizá media hora más tarde suena otro golpecito en la puerta, más urgente, y entra una enfermera. Al principio pienso que es la cena, y mi estómago se pone a gruñir y a retorcerse, pero entonces me doy cuenta de que no entra ese típico olor a catering industrial por la puerta abierta.

—Tenemos aquí a un joven que quiere verla —dice sin preámbulos—. Se llama Matt Ridout. Dice que desearía visitarla, si a usted no le importa.

Parpadeo. Nunca había oído su nombre.

—¿Es un policía?

—Pues no lo sé, cariño. No lleva uniforme.

Al principio pienso en decirle a la enfermera que vaya a averiguar algo más, pero ella da golpecitos con el pie en el suelo, impaciente y atareada, y me doy cuenta de que será mucho más fácil recibir a ese hombre y acabar de una vez.

—Que pase —le digo al final.

—Solo puede quedarse media hora —me advierte ella—. La hora de visitas acaba a las cuatro.

—De acuerdo.

Me parece bien. Así tendré una excusa para librarme de él, si resulta ser un tipo raro.

Me incorporo, me envuelvo más en torno al cuerpo

la chaqueta de Nina y me aparto el pelo de la cara. Estoy hecha un desastre, así que no sé por qué me preocupo tanto, pero para mi autoestima es importante hacer al menos un pequeño esfuerzo.

Oigo pasos en el pasillo y luego un golpecito dubitativo, inseguro.

—Adelante —digo, y entra un hombre en la habitación.

Tiene más o menos mi edad, quizá unos años más, y va vestido con unos vaqueros y una camiseta desgastada. Lleva la chaqueta colgando del brazo, y parece que tiene mucho calor, que no se siente cómodo en la atmósfera tropical del hospital. Lleva una barba poco poblada, con un estilo algo hípster, y el pelo cortado muy corto; no rapado, sino más bien como si fuera un soldado romano, con rizos cortos y pegados a la cabeza.

Pero lo que más me llama la atención es que ha estado llorando.

Al principio no sé qué decir y parece que él tampoco. Se queda de pie en la puerta, con las manos en los bolsillos, y parece conmocionado al verme.

—No eres policía... —murmuro al final estúpidamente.

Él se pasa una mano por el pelo.

—Yo... me llamo Matt. Yo soy... bueno... —Se interrumpe, curva los labios en una mueca y me doy cuenta de que está luchando con una emoción muy intensa. Coge aliento con fuerza y empieza de nuevo—: Era el padrino de James.

No digo nada. Nos miramos el uno al otro, yo agarrando la chaqueta de Nina y llevándomela a la garganta, como si fuera una especie de armadura, él rígido y tenso, en la puerta. Y entonces, de forma espontánea, una lágrima solitaria le cae por un lado de la nariz y él se la limpia furiosamente con la manga, al mismo tiempo que digo:

—Entra. Entra y siéntate, por favor. ¿Quieres tomar algo?

—¿Tienes whisky? —pregunta, y suelta una risita breve, temblorosa.

Intento reírme también, pero más que una risa parece que me esté atragantando.

—Ojalá. Té o café del hospital, de la máquina, o si no, agua —le informo señalando la jarra de plástico—. Te recomiendo el agua.

—No, es igual —concluye. Se acerca y se sienta en la silla de plástico, junto a mi cama. Pero apenas se ha sentado se levanta inmediatamente—. Joder, lo siento mucho. No tendría que haber venido.

—¡No! —exclamo. Le cojo la muñeca y me miro la mano, la que sujeta su brazo, asombrada de mí misma. ¿Qué narices estoy haciendo? Lo suelto de inmediato, como si su piel quemase—. Yo... lo siento. Pero es que quería... —digo sin terminar la frase.

¿Qué quería yo? No tengo ni idea. No quería que se fuese, eso es todo. Es alguien relacionado con James.

—Por favor, quédate —consigo decir al final.

Él se queda de pie, mirándome, y luego asiente brevemente con la cabeza y se sienta.

—Lo siento —dice otra vez—. No esperaba... Parece que te hayan...

Ya sé lo que quiere decir. Parece que me hayan dado una paliza que ha estado a punto de costarme la vida y que luego me hayan recosido. Mal.

—No es tan grave como parece —digo, y me sorprendo esbozando una sonrisa—. Son solo arañazos y contusiones.

—Es la cara —dice—, los ojos. En mi trabajo he visto muchos efectos de la violencia doméstica, pero esos ojos morados...

—Ya lo sé. Son espectaculares, ¿verdad? Pero no me duele.

Nos quedamos callados un segundo, y luego él dice:

—En realidad, creo que me lo he pensado mejor, me tomaré un café. ¿Quieres uno?

—No, gracias.

Todavía estoy paladeando el café que me trajo Lamarr. No estoy tan desesperada como para tomarme uno de la máquina.

Matt se pone de pie algo envarado y sale de la habitación. Me fijo en la tensión de sus hombros cuando lo veo desaparecer por el pasillo. Casi me pregunto si volverá o no, pero sí, vuelve.

—¿Empezamos otra vez? —pregunta al sentarse—. Lo siento, me parece que la he cagado... Tú debes de ser Leo, ¿verdad?

Casi noto una sacudida.

Es una conmoción oír de sus labios ese nombre, el nombre que me daba James.

—Sí, eso es. Así que James... ¿te habló de mí?

—Un poco, sí. Sé que salisteis juntos cuando erais muy críos...

No sé por qué, esas palabras traen un río de lágrimas a mi garganta y noto que me tiemblan los labios al intentar responder. Así que asiento en silencio.

—Joder —exclama Matt. Esconde la cabeza entre las manos—. Lo siento... es que... no me lo puedo creer. Había hablado con él un par de días antes. Sé que había problemas... que las cosas no iban bien... pero esto...

¿Las cosas no iban bien?

Quiero preguntarle más, sonsacarle, pero no consigo pronunciar las palabras y Matt sigue hablando.

—Siento mucho presentarme aquí sin más, de esta manera. Si hubiera sabido lo mal que estabas, no habría... la enfermera no me lo ha dicho. Solo le he preguntado si podía verte, y me ha dicho que vendría a ver. Pero le he oído decir a la madre de James que tú estabas con él cuando... —se detiene, traga saliva y hace un esfuerzo por seguir— cuando murió. Y sé lo mucho que significabas para él, así que quería...

Se detiene de nuevo y esta vez no puede seguir. Se inclina sobre su vaso y sé que está llorando e intentando ocultarlo.

—Lo siento mucho —dice al final con la voz rasposa, y tose para aclararse la garganta—. Me enteré anoche. Ha sido... no puedo acostumbrarme a esto. Sigo pensando que ha habido algún error, pero al verte así... es como si todo se hiciese real.

—¿Cómo...? ¿De qué conocías a James?

—Fuimos a Cambridge juntos. Los dos estábamos en el teatro... como actores, hicimos algunas obras y eso —explica. Se frota los ojos con la manga y levanta la vista, sonriendo con decisión—. Desde luego, yo era malísimo, pero por suerte me di cuenta a tiempo. Y no ayudaba nada actuar al lado de James. No hay como ver el talento de verdad para distinguir el falso talento.

—¿Y seguisteis en contacto?

—Sí. Yo iba a ver las obras que representaba, de vez en cuando. Todos los demás de nuestro curso se habían hecho banqueros, funcionarios y cosas de esas.

Parece que él fue el único que consiguió lo que quería, y estaba muy orgulloso de él por eso, ¿sabes? Nunca se vendió.

Asiento, lentamente. Sí, ese era el James que yo conocía. El hombre que está describiendo me resulta dolorosamente familiar. Ese es mi James. Completamente distinto de la persona irreal y materialista que he oído describir durante todo el fin de semana. Pensaba que James había cambiado. Pero a lo mejor no era así. No del todo.

—¿Y qué pasó? —pregunta Matt al fin—. En la casa... Dicen que se disparó una escopeta, pero parece... ¿por qué estaba él allí?

—Pues no lo sé. —Cierro los ojos y acerco la mano a la sudorosa venda que me cubre la frente—. No se lo pregunté. Cuando oímos que alguien merodeaba por allí, pensamos que era un ladrón. —No hablo de lo demás, de la puerta abierta, de nuestra histeria. Parece algo más propio de una película de terror, tópica y ridícula—. Supongo que fue una broma, el novio que aparece para sorprender a su futura esposa en la cama.

—No —dice Matt negando con la cabeza—. No lo creo, de verdad... Él no habría aparecido por allí sin ser invitado.

—¿Por qué no?

—Bueno, pues en primer lugar, porque eso no se hace, ¿no? No estropeas la despedida de soltera de tu novia. Es un poco... grosero. Es su última oportunidad de estar soltera, tendrías que ser un gilipollas para quitarle eso.

Supongo. Pero no digo nada. Espero el segundo motivo. Matt coge aliento.

—Y después... bueno... ellos no se llevaban bien.

—¿Cómo?

Nada más decirlo, me doy cuenta de que mi voz ha sonado demasiado fuerte, con demasiado énfasis, demasiado conmocionada. Matt levanta la vista, sobresaltado.

—Mira, no quiero exagerar, pero... sí. ¿No te lo dijo Clare?

—No... al menos, creo que no... —digo. Pienso en lo ocurrido e intento recordar de qué hablamos. Pero conozco a Clare. Ella nunca admitiría tener ningún tipo de problemas. La fachada siempre tenía que ser perfecta, la máscara nunca se apartaba—. ¿Qué pasaba?

—No lo sé —responde incómodo—. No quiero... Bueno, en realidad, nunca hablamos de eso. Supongo que eran los típicos nervios anteriores a la boda, ¿no? He visto a muchos colegas pasar por la vicaría y sé cómo funciona... Una novia perfectamente normal se convierte en una «novia Godzilla», todo el mundo se pone tenso, las familias se entrometen, los amigos se mezclan, cosas sin importancia de repente se convierten en discusiones terribles, y todo el mundo quiere tomar partido.

—Y entonces ¿por qué estaba él allí? —pregunto al final.

—No lo sé. Supongo que... alguien le pidió que fuera.

—¿Que alguien se lo pidió? Pero... pero...

Pero ¿quién? ¿Clare? No, imposible. Ella precisamente sabía lo que ocurriría si James aparecía en la casa; no podía querer de ninguna manera que él y yo acabáramos juntos en el mismo lugar durante dos horas, y no digamos veinticuatro. El resultado habría sido que yo me habría marchado hecha una furia, o habríamos tenido una pelea de mil demonios, y ella lo sabía. Por eso no me había invitado a la boda. Tal vez lo hubiera hecho alguno de los demás, por ignorancia o malicia. Pero no era lógico que Clare arruinase aposta su propio fin de semana de despedida de soltera. ¿Por qué iba a hacer tal cosa?

¿Y Flo? ¿Podía haberlo hecho como una especie de broma? No sabía nada de mi pasado con James. A lo mejor lo había hecho como una broma festiva para coronar su fin de semana «perfecto». Y después de todo, Melanie se había ido. Sobraba una habitación doble. Y eso podía explicar su derrumbamiento: no solo era culpable de ir por ahí con una escopeta cargada, sino que era culpable de haber montado toda la broma, ya desde un principio, y de que esta saliera mal. Pero entonces habría sabido que probablemente era James el que subía por las escaleras. ¿Por qué disparar entonces la escopeta... aun suponiendo que estaba descargada? Vi su cara cuando aquella figura dobló la esquina de las escaleras. Parecía asustada de verdad. O bien estaba como una cabra, o era la actriz más fantástica de todos los tiempos.

¿Podría haber sido Tom? ¿Era algo relacionado con aquella pelea con Bruce, algo que le hubiera hecho desear atraer a James a una trampa? ¿O Nina, con su extraño y retorcido sentido del humor, gastando una broma? Pero ¿por qué? ¿Por qué iban ellos a hacer algo así?

Niego con la cabeza. Esto me va a volver loca. Nadie en la casa invitó a James. Nadie. Lo del disparo no habría salido así si lo hubieran hecho.

—Estás equivocado —digo en el silencio que sigue—. Tienes que estarlo. Seguramente decidió venir, sin más. Si él y Clare habían discutido, igual quería arreglar las cosas, ¿no te parece? Siempre fue...

—¿Un poco idiota? —dice Matt. Suelta una risa temblorosa—. Supongo que tienes razón. No es una persona demasiado precavida que digamos. Quiero decir que... —Se detiene y veo entonces, por primera vez, que tiene el puño apretado—. Quiero decir que no lo era. —Se detiene otra vez. Se produce un nuevo silencio, mientras los dos pensamos en el James que vive en nuestra cabeza, en nuestros pensamientos—. Me acuerdo —dice al final—, me acuerdo de una vez en la uni en que se subió a la tapia del campus y puso sombreros de Papá Noel a todas las gárgolas. Qué idiota. Se podía haber matado.

Cuando las últimas palabras salen de sus labios, veo que se da cuenta de lo que ha dicho y vacila, y antes de pensarlo siquiera, saco la mano.

—Será mejor que me vaya. Yo... espero que te mejores pronto.

—Sí, me pondré bien —digo. Y luego, esforzándome mucho, porque no sé si lamentaré lo que voy a decir—: ¿Volverás... querrás volver algún día?

—Me vuelvo a Londres por la mañana —dice—. Pero sería bonito que mantuviéramos el contacto.

Hay un bolígrafo en mi historial médico, así que lo saca y me escribe su número en el único papel con una superficie en la que se puede escribir: en un lado de su vaso de café.

—Tenías razón —me dice, mientras deja el vaso con cuidado en mi mesilla—. Habría sido preferible el agua. Adiós, Leo.

—Adiós.

La puerta se balancea ligeramente al cerrarse detrás de él y, a través de la estrecha ventanilla de cristal, veo su silueta desaparecer por el pasillo. Y es raro para una persona que vive sola, para alguien como yo, que anhelo la soledad desde que llegué aquí, pero de repente me siento muy sola... y es una sensación muy extraña, muy peculiar.

26

Estoy cenando cuando llaman otra vez. No son horas de visita, así que me sorprende mucho levantar la vista y ver a Nina, que se cuela por la puerta con una bolsa de plástico. Se lleva el dedo a los labios.

—Chist. Me han dejado entrar haciendo uso del clásico: «¡Usted no sabe con quién está hablando!».

—¿Les has dicho otra vez que eras la prima de Salma Hayek?

—¡Por favor...! Ni siquiera es brasileña...

—Ni médica.

—Casi. Bueno, el caso es que he dicho que sería una cosa rápida, de modo que aquí tienes —dice dejando la bolsa encima de mi cama—. Me temo que no es exactamente alta costura. De hecho, tienes suerte de que no sea de terciopelo rosa pastel. Pero he hecho lo que he podido.

—Me irá fantástico —digo muy agradecida, curioseando entre un anónimo chándal gris—. En serio. Lo único que me interesa es que no esté abierto por la espalda ni tenga el logo de «Propiedad del Hospital». Te lo agradezco mucho, mucho, de verdad, Nina.

—Incluso te he traído calzado... solo son unas chanclas, pero ya sé lo penosas que pueden ser las duchas del hospital, y he pensado que al menos si sales pronto, tendrás algo que ponerte. Tienes el treinta y seis, ¿verdad?

—En realidad el treinta y cinco... pero no te preocupes, el seis me irá fantástico. Ah, y toma —digo mientras me quito su chaqueta y se la tiendo—. Llévatela.

—No, es igual. Quédatela hasta que te devuelvan tus cosas. ¿Necesitas dinero?

Niego con la cabeza, pero de todos modos saca dos billetes de diez libras y me los guarda en la taquilla.

—No te irán mal. Al menos, si te hartas de la comida del hospital, puedes comprarte un bocadillo. Bueno, será mejor que me vaya.

Pero no se va. Se queda ahí de pie, mirándose las uñas cortas y rectas. Creo que quiere decirme algo pero, con un nerviosismo poco habitual en ella, se contiene.

—Adiós, entonces —digo al fin esperando así incitarla para que hable, pero ella se limita a responder «adiós» y se va hacia la puerta.

Entonces, cuando ya la está empujando con la mano, se detiene de pronto y vuelve atrás.

—Mira, lo que he dicho antes... yo no quería...

—¿Qué has dicho?

—Lo de James. Lo del móvil. Yo no creo que tú hayas... joder —exclama al tiempo que le da un puñetazo suave a la pared—. No lo estoy diciendo bien. Sigo creyendo que es un accidente, y eso es lo que le he dicho a Lamarr. Nunca pensé que esto tuviera nada que ver contigo. Pero estaba preocupada, ¿vale? Por ti. No por lo que pudieras haber hecho tú.

Suspiro, soltando un aire que no era consciente de estar reteniendo, y bajo las piernas de la cama. Camino indecisa hacia ella y le doy un abrazo.

—Vale. Ya sabía que querías decir eso. Yo también estoy preocupada... por todos nosotros.

Ella me alisa el pelo. Dejo caer los brazos y me mira.

—No creen que sea un accidente, ¿verdad? Pero ¿por qué no?

—Porque alguien cargó la escopeta —respondo—. Eso es lo esencial.

—Pero aun así... pudo haber sido cualquiera. La tía de Flo pudo haberlo hecho por error y ahora estar demasiado asustada para reconocerlo ante la policía. La policía sigue dando la lata con el tiro al plato: que si la munición estaba o no estaba segura, que si no podía haber accedido alguien a un cartucho... Obviamente, piensan que el cartucho venía de ahí, o eso es lo que están intentando probar. Pero si uno de nosotros quería matar a James, ¿por qué narices atraerlo al culo del mundo para hacerlo?

—No lo sé —digo. Se me cansan las piernas, las noto flojas por el esfuerzo de estar de pie, aunque sea solo para una conversación breve, así que le suelto el brazo a Nina y me dirijo tambaleante a la cama. Toda esta conversación sobre armas y balas me está inquietando mucho—. No lo sé, de verdad.

—Solo pensaba... —empieza Nina, pero se detiene.

—¿Qué?

—Solo pensaba... Bah, a la mierda. Mira, no sé qué cosa horrible e inmencionable ocurrió entre James y tú, pero creo que deberías contárselo. Ya sé... —dice levantando una mano—, ya sé que no es asunto mío, y que tendría que irme a la mierda por dar consejos cuando no se me han pedido, pero es que pienso que, sea lo que sea, probablemente no es tan malo como tú crees, y la cosa tendrá un aspecto mucho mejor si eres tú quien se lo cuenta ahora.

Cierro los ojos, cansada, y me froto el asqueroso vendaje de mierda de la frente, que me pica. Luego suspiro y vuelvo a abrirlos. Nina sigue allí de pie, con las manos en las caderas y un aire extraño, mezcla de preocupación y beligerancia.

—Me lo pensaré —concedo—. ¿Vale? Lo haré. Lo prometo.

—Vale —dice Nina. Saca el labio inferior como una niña, y sé que si todavía lo tuviera, estaría golpeando contra los dientes el piercing que llevaba en otros tiempos. Recuerdo el sonido que hacía durante los exámenes. Gracias a Dios se lo quitó cuando acabó los estudios. Parece ser que a los pacientes no les gusta ver a una cirujana con agujeros en la cara—. Me voy ya. Cuídate, Shaw. Y si te dan el alta en breve, avísame, ¿vale?

—Eso haré.

Me quedo echada una vez que ella se ha ido, pensando en sus palabras, y pensando que probablemente tiene razón. Noto la cabeza caliente y me pica, y palabras como «bala», «salpicadura» y «cartucho» revolotean dentro. Al cabo de un rato ya no puedo soportarlo más, así que me levanto, voy despacio al baño con mi paso de ancianita y enciendo la luz.

El reflejo que me saluda desde el espejo es peor que ayer, si cabe. Noto la cara mejor, mucho mejor, pero los ojos están pasando del morado al amarillo, marrón y verde... todos los tonos que podría usar un pintor para plasmar el paisaje de Northumberland, pienso con una sonrisa retorcida.

Pero lo que miro no son los moretones. Es el vendaje.

Empiezo a tirar de una esquina del esparadrapo y luego, qué alivio, sale todo, con un dolor agudo y a la vez delicioso, cuando el esparadrapo me arranca los pelitos pequeños de las sienes y los que crecen junto al nacimiento del pelo, y el propio vendaje tira de la herida.

Había esperado ver puntos, pero no hay. Al contrario, tengo un corte largo, feo, sujeto por pequeñas tiritas de esparadrapo y lo que parece... ¿pegamento?

Me han afeitado un pequeño semicírculo de pelo en el borde del cuero cabelludo, donde el corte se metía por dentro de la línea del nacimiento del pelo, pero ya ha empezado a crecer. Me lo toco con los dedos. Pincha pero es suave, como un cepillo de bebé.

Qué alivio. Qué alivio el aire fresco en la frente, ya desaparecido el picor y la tirantez del vendaje. Arrojo la venda ensangrentada a la papelera y me dirijo despacio hacia la cama, pensando todavía en Nina. Y en Lamarr. Y en James.

Lo que ocurrió entre James y yo no tiene que ver con nada de todo esto. Pero quizá Nina tenga razón. Quizá deba confesarlo todo. Quizá sea un alivio incluso, después de todos estos años de silencio.

Nadie lo supo nunca. Nadie sabe la verdad excepto yo, y James.

He pasado mucho tiempo alimentando mi rabia hacia él. Y ahora se ha ido. ¡Se ha ido!

Quizá se lo diga a Lamarr cuando venga, por la mañana. Le diré la verdad... no solo la verdad, porque todo lo que le he contado hasta ahora es verdad, sino la verdad al completo.

Y la verdad es la siguiente.

James me dio la patada. Sí, me dejó, y lo hizo a través de un mensaje de texto.

Pero lo que no he contado durante todos estos años es el porqué. Me dejó porque yo estaba embarazada.

No sé cuándo ocurrió, no sé en cuál de todas aquellas decenas de veces, quizá centenares, concebimos un niño. Teníamos mucho cuidado... o al menos pensábamos que lo teníamos.

Solo sé que un día me di cuenta de que hacía mucho que no me venía la regla, demasiado. Y me hice una prueba.

Estábamos sentados en la cama del dormitorio de James, en la buhardilla, cuando se lo dije. Se quedó blanco, mirándome con los ojos negros muy abiertos, y llenos de pánico.

—Pero no puede ser... —empezó. Y luego—: ¿No crees que a lo mejor...?

—¿... me puedo haber equivocado? —acabé la frase. Negué con la cabeza. Incluso conseguí soltar una risita—. Créeme, no. Me hecho la prueba no sé cuántas veces, ocho por lo menos.

—¿Y qué tal la píldora del día después? —quiso saber.

Intenté cogerle la mano, pero él se puso de pie y empezó a andar de un lado a otro, en la pequeña habitación.

—Es demasiado tarde para eso. Pero sí, tenemos... —dije con un nudo en la garganta. Me daba cuenta de que estaba haciendo un esfuerzo para no llorar—. Tenemos que d-decidir...

—¿Nosotros? La decisión es tuya.

—Pero quería hablar también contigo. Yo sé lo que quiero hacer, pero este es tu...

Es tu bebé también, era lo que quería decir. Pero no llegué a terminar. Él dio un respingo como si lo hubieran golpeado, y apartó la cara.

Yo me puse de pie y me dirigí a la puerta.

—Leo —dijo él con voz ahogada—. Espera...

—Mira —le corté con el pie en la escalera y el bolso al hombro—. Ya lo sé, te he metido en un lío. Cuando estés dispuesto a hablar... llámame, ¿vale?

Pero no lo hizo.

Clare me llamó cuando llegué a casa, y estaba muy enfadada.

—¿Dónde demonios estabas? ¡Me has dejado plantada! He estado media hora esperándote en el vestíbulo del Odeón y no respondías a mis llamadas...

—Lo siento —me disculpé—. Tenía... tenía unas cosas... que debía resolver.

—¿Qué? ¿Qué ha pasado? —me preguntó, pero yo no podía contestar—. Voy a tu casa.

Él no me llamó. Solo me envió un mensaje de texto, a última hora, aquella noche. Yo había pasado la tarde con Clare, sin saber qué hacer, si decírselo o no a mi madre, si James podía tener problemas con la ley... La primera vez que lo habíamos hecho yo tenía quince años, aunque ya había cumplido los dieciséis hacía un par de meses.

El mensaje me llegó a las ocho de la noche más o menos. «Lee. Lo siento pero el problema es tuyo, no mío. Ocúpate tú. Y no me vuelvas a llamar. J.».

Así que me ocupé. Nunca se lo conté a mi madre. Clare...

Bueno, Clare se portó de maravilla. Sí, podía ser brusca y maliciosa, e incluso manipuladora, pero en una crisis como aquella, era como una leona defendiendo a sus cachorros. Al recordar aquella época, comprendo por qué fuimos amigas tantos años. Y me doy cuenta de nuevo de lo egoísta que fui después.

Ella me acompañó a la clínica en el autobús. Hacía muy poco tiempo, tan poco que solo tuve que tomar unas pastillas, y todo acabó con sorprendente rapidez.

No fue el aborto. No culpo a James por ello, ya que era lo mismo que yo quería. No deseaba tener un niño a los dieciséis años, y en cualquier caso, la culpa era tan mía como suya. Y piense lo que piense la gente, no fue eso lo que me dejó hecha polvo. No siento una culpa incapacitante por la pérdida de un grumo de células. Me niego a sentirme culpable.

No era nada de eso.

Era... no lo sé. No sé cómo expresarlo. Era orgullo, creo. Una especie de incredulidad por mi propia estupidez. La idea de haberlo amado tanto y haberme equivocado. ¿Cómo era posible? ¿Cómo podía estar tan increíblemente equivocada?

Y si volvía a aquel instituto, tendría que soportar esa idea, el recuerdo de los dos juntos a los ojos de todo el mundo. Contar a cien personas: «No, ya no estamos juntos. Sí, él me dejó. No, estoy bien».

No estaba bien. Era una idiota... una estúpida y una idiota. ¿Cómo había podido equivocarme tanto? Siempre me había considerado buen juez del carácter de las personas, y yo pensaba que James era valiente y cariñoso, y que me quería. Nada de todo eso era cierto. Era débil y cobarde, y ni siquiera podía mirarme a los ojos para acabar con lo que había entre nosotros.

Nunca volvería a confiar en mi propio juicio.

Estábamos de permiso sin clase cuando ocurrió todo, repasando para los exámenes finales del bachillerato elemental. Fui al instituto a hacer los exámenes y no volví nunca más. Ni siquiera a buscar los resultados, ni para la reunión de otoño, ni a ver a los profesores que me habían preparado y animado mientras hacía los exámenes. Para hacer los dos últimos cursos de bachillerato me cambié a un instituto que estaba a dos trayectos en tren de distancia, donde estaba segura de que no me conocería nadie. Mi jornada era absurdamente larga: salía de casa a las cinco y media de la mañana y volvía a las seis de la tarde.

Y luego dio igual porque mi madre también se cambió de casa para irse a vivir con Phil. Tendría que haberme enfadado, porque vendió la casa de mi abuelo, en la que yo me había criado, donde habíamos vivido todos juntos tantos años, donde estaban todos nuestros recuerdos. Y en parte, así fue. Pero en parte también me sentí aliviada, porque el último vínculo con Reading y James quedó roto. Nunca más volvería a verlo.

Nadie supo lo que había ocurrido aparte de Clare, y ni siquiera a ella le conté lo del mensaje de texto. Le dije al día siguiente que había decidido que no quería quedarme con el niño y que iba a romper con James. Ella me abrazó, lloró y dijo: «Qué valiente eres...».

Pero no lo era. Era cobarde. Nunca me enfrenté a James. Nunca le pregunté por qué. ¿Cómo pudo hacerlo? ¿Fue por miedo? ¿Por cobardía?

Oí después que fue acostándose sistemáticamente

con todo Reading, tanto chicas como chicos. Eso confirmaba lo que yo ya sabía: el James Cooper que creía conocer en realidad no existía. Era un producto de mi imaginación. Un recuerdo falso, implantado por mis propias esperanzas.

Pero ahora... ahora, cuando miro atrás, estos diez años... no lo sé. No es que absuelva a James por la crueldad desconsiderada de aquel mensaje, pero me veo a mí misma: furiosa, íntegra, dura con los dos. Quizá pueda absolverme por el pecado de haber amado a James. Me doy cuenta de que éramos muy jóvenes... apenas poco más que niños, con la crueldad despreocupada de la niñez y la rígida moralidad en blanco y negro, también. No hay grises, cuando eres joven. Solo hay cosas buenas y malas, correctas o incorrectas. Las normas están muy claras, es una moralidad de patio de recreo, con unas líneas éticas pintadas como si fuera una cancha de baloncesto, con las zonas de tiros libres y las de tres puntos muy bien marcadas.

James obró mal.

Yo había confiado en él.

Por lo tanto, yo obraba mal también.

Pero ahora... ahora veo a un niño asustado, enfrentado a una decisión moral inmensa que no estaba preparado para tomar. Veo mis palabras tal y como él debió de verlas: un intento de arrojar esa elección irrevocable encima de sus hombros, una responsabilidad para la que no estaba preparado, y que no quería.

Y me veo a mí misma, igual de asustada, igual de mal preparada.

Y lo siento muchísimo por los dos.

Cuando llegue Lamarr por la mañana se lo contaré

todo. Le diré toda la verdad. Desmenuzada así, a la luz moribunda de la tarde, no es tan mala como temía. No es un móvil para asesinar a nadie, sino simplemente un agravio antiguo y marchito. Nina tenía razón.

Y al fin puedo dormir.

Pero cuando llega Lamarr por la mañana veo en su rostro una severidad desconocida. La acompaña un colega, un hombretón muy fuerte, con la cara gruesa y el ceño fruncido permanentemente. Lamarr lleva algo en la mano.

—Nora —dice sin preámbulos—, ¿puede identificar esto?

—Sí —contesto sorprendida—. Es mi teléfono. ¿Dónde lo han encontrado?

Pero Lamarr no me responde. Al contrario, se sienta, pone en marcha su grabadora y dice, con un tono grave y formal, las palabras que tanto había temido.

—Leonora Shaw, queremos interrogarla como sospechosa de la muerte de James Cooper. No tiene que decir nada, pero puede perjudicar su defensa si cuando la interroguemos no menciona algo que después aparezca ante los tribunales. Cualquier cosa que diga podrá ser utilizada como prueba. Tiene derecho a solicitar un abogado. ¿Entiende lo que acabo de decir?

27

—Si es inocente no tiene nada que temer. ¿De acuerdo?

Entonces ¿por qué estoy tan asustada?

Mis anteriores declaraciones no las grababan y tampoco me habían leído mis derechos legales. Las desestimarían como prueba ante un tribunal, así que pasamos los primeros minutos volviendo a explicar los hechos, para que queden grabados en la cinta. No quiero un abogado. Sé que es una estupidez, pero no puedo dejar de tener la sensación de que Lamarr está de mi parte... de que confío en ella. Si puedo convencerla a ella de mi inocencia, todo irá bien. ¿Qué podría hacer un abogado?

Lamarr acaba con los asuntos que ya habíamos tratado, y se adentra en un terreno nuevo.

—¿Puede echar un vistazo a este teléfono, por favor —empieza a preguntar, al tiempo que me lo enseña dentro de una bolsa de plástico sellada—, y decirme si lo reconoce?

—Sí. Es mi teléfono.

Resisto las ganas de morderme las uñas. Los últimos días han acabado por convertirlas en unos muñones maltratados.

—¿Está segura?

—Sí, reconozco un arañazo en la carcasa.

—Y su número de teléfono es...

Busca en su libreta y lo lee. Yo asiento.

—Sí, es c-correcto.

—Me interesan las últimas llamadas que hizo y los mensajes de texto que envió. ¿Puede explicarme qué recuerda?

No esperaba esto. No sé qué relevancia puede tener para la muerte de James. Quizá estén intentando corroborar nuestros movimientos o algo. Sé que pueden triangular la ubicación a partir de las señales de teléfono móvil.

Hago un esfuerzo por recordar.

—No mucho. En la casa no había cobertura. Comprobé mi buzón de voz en el tiro al plato... y Twitter también. Ah, y devolví una llamada a una tienda de bicicletas de Londres, que estaban haciendo una revisión a mi bicicleta. Creo que eso es todo.

—¿Ningún mensaje de texto?

—Pues... no, creo que no —digo haciendo un esfuerzo por recordar—. No, estoy segura de que no. Creo que el último que envié fue a Nina, diciéndole que la esperaba en el tren. Eso fue el viernes.

Ella cambia de tercio suavemente.

—Me gustaría preguntarle un poco más por su relación con James Cooper.

Asiento, intentando mantener la expresión normal, amable. Pero ya me lo temía. Quizá Clare se haya despertado. Noto que el estómago me da un vuelco.

—Se conocieron en el instituto, ¿verdad?

—Sí. Tendríamos unos quince, dieciséis años. Salimos brevemente, y luego rompimos.

—¿Cómo de brevemente?

—Cuatro o cinco meses.

No es cierto del todo. Estuvimos juntos seis meses. Pero ya he dicho «brevemente», y seis meses no parece tan breve. No quiero que parezca que me contradigo, ya de entrada. Afortunadamente, Lamarr no me interroga más acerca de las fechas.

—¿Siguió en contacto con él después de eso? —dice.

—No.

Espera que siga. Yo también espero. Lamarr cruza las manos sobre el regazo y me mira. No sé qué es lo que busca, pero si algo se me da bien es estar quieta. La pausa queda colgando en el aire, pesada. Oigo el tictac diminuto y constante de su caro reloj, y me pregunto de dónde sacará el dinero: esa falda no sale del salario de una oficial de policía, ni tampoco esos enormes pendientes, que parecen de oro auténtico.

Pero no es asunto mío. Es simplemente algo con lo que especular mientras pasa el tiempo.

Pero Lamarr también puede esperar. Tiene una paciencia felina, esa cualidad de una compostura impávida, mientras espera a que al ratón le entre el pánico para lanzarse hacia él como el rayo. Al final, es su compañero el que pierde la paciencia, el detective Roberts.

—¿Nos dice que no ha tenido contacto con él desde hace diez años —dice con brusquedad—, y sin embargo él la invita a su boda?

Joder. No tiene sentido mentir acerca de esto. Solo les costaría dos minutos comprobarlo con la madre de Clare o quienquiera que les haya entregado la lista de invitados.

—No. Clare me invitó a la despedida de soltera, pero no a la boda.

—Eso es un poco raro, ¿no? —dice Lamarr volviendo a la carga.

Sonríe, como si estuviera charlando con una amiga mientras nos tomamos un capuchino. Tiene las mejillas redondas y rosadas; los pómulos altos le dan un aspecto de Nefertiti, y la boca, sonriente, es ancha, cálida y generosa.

—Pues en realidad no —miento—. Soy la ex de James. Supongo que Clare pensó que sería un poco violento... tanto para mí como para ella.

—Pero entonces ¿por qué invitarla a la despedida de soltera... para celebrar su boda? ¿No sería también algo violento?

—No lo sé. Tendrá que preguntárselo a Clare.

—¿Así que no ha tenido contacto alguno con James Cooper desde que rompieron?

—No. Ningún contacto.

—¿Mensajes de texto? ¿E-mails?

—No. Ninguno.

De repente no estoy tan segura de lo que está pasando. ¿Intentan establecer que yo odiaba a James? ¿Que no podía soportar tenerlo cerca? El estómago me da otro vuelco y una vocecilla en mi interior susurra: «No es demasiado tarde para pedir un abogado...».

—Bueno —digo al fin de modo que el estrés eleva mi voz medio tono—, no es raro que la gente pierda el contacto con sus ex.

Pero Lamarr no responde. Vuelve a lo suyo otra vez, de una manera un poco desconcertante.

—¿Puede reconstruir sus movimientos en la casa? ¿Cuántas veces salió de la finca?

—Pues fuimos a tirar al plato —explico insegura—. Pero eso ya lo sabe.

—Quiero decir usted sola. Fue a correr, ¿verdad?

¿A correr? De repente, me encuentro completamen-

303

te despistada. No me gusta nada no saber qué es lo que pretenden.

—Sí —respondo. Cojo una almohada y la abrazo contra mi pecho. Y entonces, comprendiendo que debo mostrarme más participativa, añado—: Dos veces. Una cuando llegamos, el viernes, y otra el sábado.

—¿Recuerda la hora aproximada?

Intento recordarlo.

—Creo que el viernes fue hacia las cuatro y media. Quizá un poco más tarde. Recuerdo que estaba bastante oscuro. Me encontré a Clare en el camino, cuando ya volvía, a las seis. Y el sábado... fue temprano. Antes de las ocho, creo. No puedo especificar más. Desde luego, no antes de las seis... porque había luz. Melanie ya se había levantado, quizá ella se acuerde.

—Vale. —Lamarr está apuntando las horas, sin confiar en la grabación—. ¿Y no utilizó su teléfono cuando salió a correr?

—No.

¿Qué demonios es todo esto? Clavo los dedos en el suave miraguano de la almohada.

—¿Y el sábado por la noche, salió usted?

—No —respondo pero luego recuerdo algo—. ¿Les han hablado de las huellas?

—¿Huellas? —pregunta Lamarr. Levanta la vista del cuaderno, sorprendida—. ¿Qué huellas?

—Había pisadas en la nieve. Cuando volví de correr, la primera mañana. Iban del garaje a la puerta de atrás.

—Hum... Ya investigaremos eso. Gracias —dice tomando nota. Luego cambia de tema otra vez—. ¿Ha recordado algo de lo que pasó después de salir de la casa, el sábado por la noche? ¿Cuando salió persiguiendo el coche?

Digo que no con un gesto.

—Lo siento. Recuerdo haber corrido entre los bosques... veo imágenes sueltas de coches y cristales rotos y cosas... pero nada concreto.

—Ya... —dice. Cierra la libreta y se pone de pie—. Gracias, Nora. ¿Alguna pregunta más, Roberts?

Su compañero hace un gesto negativo con la mano y Lamarr entonces graba el momento y lugar en la cinta, apaga la grabadora y se va.

Soy sospechosa.

Me quedo intentando asimilarlo en cuanto se marchan.

¿Es porque han encontrado mi teléfono? Pero ¿qué puede tener que ver mi teléfono con el asesinato de James?

Y entonces me doy cuenta de una cosa, algo que tendría que haber sabido antes: siempre he sido sospechosa.

El único motivo de que no me hubiesen interrogado oficialmente antes es que los interrogatorios no sirven como prueba. Dados mis problemas de memoria, cualquier abogado podría haber encontrado un agujero de un kilómetro de ancho en mi declaración. Querían datos, la información que yo pudiera proporcionarles, y la querían rápido, lo suficiente para arriesgarse a hablar conmigo cuando yo me encontraba en una situación nada fiable.

Pero ahora los médicos han confirmado ya que estoy lúcida, así que me encuentro lo bastante bien para que puedan interrogarme adecuadamente. Ahora están empezando a reunir las pruebas para acusarme.

No me han arrestado. A eso tengo que agarrarme. No me han acusado. Todavía.

Si pudiera recordar esos pocos minutos que faltan en el bosque... ¿Qué pasó? ¿Qué hice?

La desesperación por recordar aumenta en mi interior, se me atasca en la garganta como un sollozo, y estrujo con los dedos la blanda almohada. Entierro el rostro en su limpia blancura, frenética por recordar. Sin esos minutos que faltan, ¿cómo voy a convencer a Lamarr de que lo que estoy diciendo es verdad?

Cierro los ojos e intento situarme allí de nuevo, en el tranquilo claro del bosque, en los grandes bloques resplandecientes de la casa, que brillan a través de los árboles oscuros y apretados. Huelo de nuevo el aroma de las agujas de pino caídas, noto el frío mordisco de la nieve en los dedos y en el interior de la nariz. Recuerdo los sonidos del bosque, el suave roce de la nieve al caer de las ramas sobrecargadas, el ululato de un búho, el sonido de un motor que se pierde en la oscuridad.

Y me veo a mí misma dando tumbos por aquel sendero largo y recto entre los árboles, notando la suavidad esponjosa de las hojas de pino bajo los pies.

Pero no recuerdo lo que viene a continuación. Cuando lo intento, es como querer atrapar una escena reflejada en un estanque. Me vienen imágenes, pero cuando voy a cogerlas, se rompen en mil ondulaciones y me doy cuenta de que no he agarrado otra cosa que el agua.

Nos pasó algo en esa oscuridad, a mí, a Clare y a James. O alguien apareció. Pero ¿quién? ¿Qué?

—Bueno, Leonora, estoy muy contento con usted —dice el doctor Miller dejando su bolígrafo—. Me preocupa un poco ese tiempo que todavía no recuerda, pero por lo que dice, los recuerdos empiezan ya a volver poco a poco, así que no veo motivo alguno para retenerla aquí mucho más tiempo. Tendrá que pasar revisiones más adelante, pero eso ya lo podrá acordar con su médico de cabecera.

Antes de que pueda asimilar lo que me está diciendo, me pregunta:

—¿Tiene a alguien en casa que le pueda echar una mano?

—¿Qué? No... no —consigo decir—. Vivo sola.

—Bueno, ¿no podría quedarse en casa de algún amigo, unos días? ¿O que alguien fuera a su casa? Se ha recuperado increíblemente bien, pero me resisto a dejarla irse a su casa, si no hay nadie...

—Vivo en Londres —menciono, lo cual es irrelevante.

¿Qué puedo decirle? No tengo a nadie que me pueda aguantar una semana, y no me veo dirigiéndome a Australia, a los brazos acogedores de mi madre.

—Ya. Bueno, ¿hay alguien que la pueda llevar?

Intento pensar en alguien. Quizá Nina. Podría pedirle que me ayude a volver a casa. Pero no me estarán echando ya, tan pronto, ¿no? De repente, no estoy segura de estar preparada para irme.

—No lo entiendo —le digo a la enfermera, después de que el médico recoja sus notas y se marche—. Nadie me ha comentado esto.

—No se preocupe —dice tranquilizadora—. No la vamos a echar si no tiene adónde ir. Pero necesitamos la cama, y ya no está en peligro, así que...

Así que ya no me quieren.

Es raro que semejante noticia me resulte tan violenta. Me doy cuenta de que en los pocos días que he pasado aquí, me he institucionalizado, en cierto modo. Aunque este sitio parece una jaula, ahora que la puerta está abierta no me quiero ir. He llegado a apoyarme mucho en los médicos, en las enfermeras y en las rutinas del hospital, para protegerme... de la policía, de la realidad de lo que ha ocurrido.

¿Qué haré, si me echan? ¿Me dejará irme a casa Lamarr?

—Debería hablar con la policía —digo sin darme cuenta. Me siento extrañamente distanciada—. No sé si querrán que abandone Northumberland.

—Ah, sí, me olvidaba de que usted es la pobre chica que tuvo el accidente... No se preocupe, nos aseguraremos de que lo sepan.

—La detective Lamarr —replico—. Es la que ha venido por aquí.

No quiero que hable con Roberts, el tipo del cuello grueso y el ceño fruncido.

—Ya se lo diré. Y no se preocupe. De todos modos, no será hoy.

Cuando se va, trato de procesar lo que acaba de ocurrir.

Me van a dar el alta. Quizá mañana mismo.

¿Y luego qué?

O bien se me permitirá volver a Londres o... o no. Y si no es así, eso significará que me arrestarán. Intento recordar lo que sé de mis derechos. Si me arrestan, podrían interrogarme durante... ¿cuánto tiempo? ¿Treinta y seis horas? Creo que pueden conseguir una orden para ampliar ese plazo, pero la verdad es que no me acuerdo muy bien. Joder. Soy escritora de novelas policíacas. ¿Cómo es posible que no sepa estas cosas?

Debo llamar a Nina. Pero no tengo mi teléfono. Tengo un teléfono junto a la cama, pero hace falta una tarjeta de crédito para llamar, y mi cartera y todas mis pertenencias las tiene la policía. Probablemente podría llamar desde el mostrador de las enfermeras, estoy segura de que me dejarían un teléfono si fuera para algo necesario, como llamar a alguien para que me pasara a buscar, pero no sé el número de Nina. Tengo todos mis contactos en el móvil.

Intento recordar algún número que me sepa de memoria. Antes me sabía el número de los padres de Nina... pero se mudaron. Me sé mi propio número, pero eso no me sirve para nada, porque no hay nadie en casa. Antes me sabía el número de casa de memoria, pero el de la casa vieja, donde me crie. No me sé de memoria el número de mi madre en Australia. Ojalá tuviera a alguien como Jess... alguien a quien recurrir en cualquier situación y decirle, sin vergüenza alguna: te necesito. Pero no lo tengo. Siempre he pensado que ser autosuficiente era una fuerza, pero ahora me doy cuenta de que también es una debilidad. ¿Qué demonios puedo hacer? Supongo que podría pedirles a las enfermeras que buscaran en Google a mi editora... pero la idea de tenerla enfrente y que me vea en este estado hace que me entre una vergüenza terrible.

El único número que recuerdo perfectamente es el de los padres de James. Debí de marcarlo cientos de veces. Él siempre perdía el móvil. Y todavía viven allí, sé que es así. Pero no puedo llamarlos. No de esta manera.

Cuando vuelva a Londres, tendré que llamarlos. Debo preguntarles por el funeral. Debo... debo...

Cierro los ojos. No pienso llorar otra vez. Podré llorar cuando esté fuera de aquí, pero por el momento tengo que ser práctica. No puedo pensar en James ni en su padre ni en su madre.

Y entonces, mi mirada recae en la taza de papel que tengo al lado de la cama. El número de Matt. Rompo la taza con mucho cuidado, doblo el papel con el número de móvil y me lo meto en el bolsillo. No puedo llamarlo. Ahora estará de vuelta a Londres. Pero es un extraño consuelo pensar que al menos hay una persona a la que puedo llamar, en una emergencia.

Hace dos días no tenía ni idea de que existía siquiera. Y ahora es mi único vínculo con el mundo exterior.

Pero todo irá bien. Volverá Nina, o Lamarr, y podré enviarles un mensaje.

Solo tengo que esperar.

Todavía estoy sentada, mirando al infinito y mordiéndome las maltratadas uñas, cuando una enfermera asoma la cabeza por la puerta.

—Tiene una llamada, cariño. Se la paso al teléfono de la cama.

Señala con un gesto el teléfono de plástico blanco suspendido en un brazo que queda junto a mi cama, y se va.

¿Quién será? ¿Quién sabe que estoy aquí? ¿Podría ser mi madre? Miro el reloj. No... En Australia están ahora en mitad de la noche.

Entonces, como una fría mano en la nuca, se me ocurre una idea. Los padres de James. Deben de saber que estoy aquí.

El teléfono empieza a sonar. Por un momento pierdo todo mi valor y estoy a punto de no responder. Pero luego aprieto los dientes y cojo el auricular, haciendo un gran esfuerzo.

—¿Hola?

Se produce una pausa y una voz dice:

—¿Nora? ¿Eres tú?

Es Nina. Me invade el alivio y, durante un segundo, me pregunto irracionalmente si será telepatía.

—¡Nina! —exclamo. Me alegro tanto de oír su voz, de saber que no estoy aquí sola...—. Gracias a Dios que has llamado. A lo mejor me dan el alta... y me he dado cuenta de que no tengo tu número ni nada. ¿Por eso me llamas?

—No —dice brevemente—. Escucha, no voy a andarme por las ramas. Flo ha intentado suicidarse.

28

Me quedo sin habla.

—¿Nora? —dice Nina al cabo de un momento—. Nora, ¿sigues ahí todavía? Mierda, ¿se ha cortado esto?

—Sí —digo paralizada—. Sí, sí, estoy aquí. Es que... Dios mío...

—No quería decírtelo así, pero tampoco quería que te enterases por las enfermeras ni por la policía. La van a llevar a tu hospital.

—Ay, Dios mío... ¿Está...? ¿Se va a recuperar?

—Sí, creo que sí. La he encontrado en su baño, en el *bed and breakfast* donde nos alojamos. Sé que estaba un poco desequilibrada, pero no creí que... —dice. Parece alterada y me doy cuenta, por primera vez, de la tensión que probablemente ha tenido que soportar. Mientras Clare y yo estábamos en el hospital, librándonos de los inconvenientes de los interrogatorios, supongo que a Nina, a Flo y a Tom los han interrogado sin descanso—. Por pura casualidad he vuelto antes de lo que tenía previsto. Tendría que haberme dado cuenta. Ha sido horrible, pero nunca pensé que...

—No es culpa tuya.

—Soy médica, maldita sea, Nora. —Por teléfono, su voz suena angustiada—. Vale, ha pasado bastante tiempo desde que estudié algo de salud mental, pero se suponía que debía recordar al menos lo más básico. Mierda... Tendría que haberlo visto venir...

—¿Se pondrá bien?

—Pues no lo sé. Se ha tomado un puñado de pastillas para dormir, combinadas con unos cuantos Valium y un montón enorme de paracetamol, todo regado con whisky. Lo que más me preocupa es el paracetamol... es muy jodido. Puedes despertarte en el hospital y encontrarte muy bien, y luego te falla el hígado justo cuando has decidido que lo del suicidio no entra dentro de tu programa de actividades.

—Ay, Dios mío, pobre Flo... ¿Ha dicho... ha dado algún motivo?

—Dejó una nota diciendo que no podía soportarlo más.

—¿Crees...? —empiezo a preguntar, pero me interrumpo, sin saber cómo formular la pregunta.

—¿Qué? ¿Que es porque se siente culpable? —Casi puedo ver su gesto de desdén por teléfono—. No lo sé. Pero sí que sé una cosa: ella era la que tenía el arma en las manos. No creo que Lamarr y Roberts fueran especialmente indulgentes con ella.

—¿Y cómo ha conseguido las pastillas?

—Le habían recetado el diazepam y las pastillas para dormir. Ella... bueno, todos hemos pasado mucho estrés, Nora. Vio morir a un hombre de un disparo. Es un rollo de esos de estrés postraumático.

Cierro los ojos. He estado a salvo aquí, en mi capullito de ignorancia, mientras Flo se venía abajo.

—Estaba muy obsesionada —digo despacio—. No sé si recuerdas que hablaba sin parar de que la despedida de soltera de Clare tenía que ser perfecta.

—Ya lo sé —afirma Nina—. Lo hemos oído mucho estos últimos días. No ha hecho otra cosa que llorar y culparse a sí misma por lo que ocurrió.

—Pero ¿qué ocurrió en realidad, Nina? —pregunto. Me doy cuenta de repente de que estoy sujetando con tanta fuerza el auricular blanco que me duelen los dedos—. Lamarr cree que ha sido un asesinato. Lo sé. Me están haciendo preguntas muy raras sobre mi teléfono. Me han hecho una advertencia formal. Soy sospechosa.

—Todos somos sospechosos —repone Nina cansada—. Estábamos en una casa donde un hombre recibió un disparo y murió. No eres solo tú. Mierda, ojalá todo esto hubiera terminado... Echo tanto de menos a Jess que casi no puedo ni pensar. ¿Por qué narices aceptamos ir allí, Nora?

Parece cansada. Cansada no solo de esto, sino de todo. Y de repente los veo, a ella y a Tom solos en las habitaciones del *bed and brekfast*, esperando a que los interroguen, esperando respuestas, esperando noticias de Flo y de Clare y de todo lo demás.

Le han pedido que no se vaya. Está igual de atrapada que yo. Atrapada por lo que ocurrió en aquella casa.

—Bueno, tengo que dejarte —dice Nina al final—. Es una mierda de móvil de usar y tirar, y no creo que le quede mucho crédito. Ya te llamaré y dejaré el número en la recepción, ¿vale? Diles que me llamen si te dan el alta.

—Vale —cedo al fin. Tengo un nudo en la garganta y toso, intentando ocultarlo—. Cuídate mucho, ¿vale? Y no te atormentes por lo de Flo. Se pondrá bien.

—En realidad no lo sé —duda Nina. Su voz suena débil—. Vi algunas sobredosis de paracetamol cuando era estudiante y sé lo que pasa. Pero gracias por los ánimos. Y una cosa, Nora... —empieza a decir, pero luego se calla.

—¿Sí?

—Yo... joder, mira, no tiene sentido que diga esto. Olvídalo.

—¿Qué?

—Nada, solo quería decirte que... intentes recordar lo que ocurrió cuando te fuiste de la casa, ¿vale? Muchas cosas dependen de eso. Pero sin presión —concluye con una risita temblorosa.

—Sí, ya lo sé —digo—. Adiós, Nina.

—Adiós.

Ella cuelga y yo me froto la cara. «Sin presión», ha dicho Nina. Supongo que ha sido una broma. Ella sabe tan bien como yo la presión que estamos soportando. Todos nosotros.

Tengo que recordar. Tengo que recordar.

Cierro los ojos e intento recordar.

—Nora. —Noto una mano en el hombro que me sacude un poco y me despierta—. Nora.

Parpadeo e intento incorporarme, trato de asimilar dónde estoy y qué está pasando.

Es Lamarr. Me había dormido.

—¿Qué hora es? —pregunto medio adormilada.

—Casi mediodía.

Su voz suena un tanto seca. No hay ni un asomo de sonrisa ahora mismo. De hecho, parece muy seria. El detective Roberts está tras ella, con el ceño fruncido e inamovible. Parece haber nacido con ese lápiz y esa expresión amargada. Es imposible imaginárselo acunando a un niño o besando a una amante.

—Nos gustaría hacerle algunas preguntas más —dice Lamarr—. ¿Quiere que esperemos un minuto?

—No, no, estoy bien —confirmo. Sacudo la cabeza intentando espabilarme. Lamarr me mira—. Adelante —digo.

Lamarr asiente, enciende la grabadora y repite la advertencia. Luego saca un trozo de papel.

—Nora, me gustaría que leyera esto. Es una transcripción de los e-mails y mensajes de texto tomados de su teléfono y del de James a lo largo de los últimos días.

Me tiende el papel y me incorporo un poco y me froto los ojos para alejar el sueño, tratando de concentrarme en las hojas de papel de escritura apretada. Hay una lista de mensajes, cada uno de los cuales lleva anotado el número desde el que se envió, además de la fecha, hora y otros datos que no sé interpretar... ¿quizá la localización por GPS?

El primero está marcado con mi número y dice: «Viernes, 16:52».

LEONORA SHAW: James, soy yo, Leo. Leo Shaw.

JAMES COOPER: ¿¿Leo?? Dios mío, ¿eres tú de verdad?

LEONORA SHAW: Sí, soy yo. Tengo que verte. Estoy en la despedida de soltera de Clare. Por favor, ¿puedes venir? Es urgente.

JAMES COOPER: ¿Qué? ¿Lo dices en serio?

JAMES COOPER: ¿C te lo ha contado?

LEONORA SHAW: Sí. Por favor, ven. No te puedo decir por qué por teléfono, pero tengo que hablar contigo.

JAMES COOPER: ¿Quieres que vaya, de verdad? ¿No podemos esperar a que vuelvas a Londres?

LEONORA SHAW: No, es muy urgente. Por favor. No te he pedido nunca nada, pero me lo debes. ¿Mañana? El domingo es demasiado tarde.

La siguiente respuesta de James no llega hasta las 23:44:

JAMES COOPER: Tengo una sesión matinal y otra nocturna mañana, y no acabaré en el teatro hasta las diez o las once. Puedo ir en coche, pero tardaré + de cinco horas. Llegaré en mitad de la noche. ¿Quieres que vaya, de verdad?

Sábado, 7:21:

LEONORA SHAW: Sí.

Sábado, 14:32:

JAMES COOPER: Ok.

LEONORA SHAW: GRACIAS. Deja el coche en el camino. Cuando llegues a la casa, entra por detrás. Dejaré la puerta de la cocina abierta. Mi habitación está subiendo la escalera, segunda puerta a la derecha. Te lo explicaré todo cuando llegues.

Hay otra larga pausa. La respuesta de James está marcada a las 17:54, y casi me rompe el corazón.

JAMES COOPER: Ok. Lo siento mucho, Leo... por todo. J.

Y luego, a las 23:18:

JAMES COOPER: Voy de camino.

Y eso es todo.

Cuando levanto la vista hacia Lamarr sé que tengo los ojos nublados, y noto la voz áspera y estrangulada.

—«La entrevistada ha acabado de leer la transcripción» —dice tranquilamente, para que quede grabado en la cinta. Y luego—: ¿Y bien, Nora? ¿Alguna explicación? ¿Creía que no lo íbamos a encontrar? Borrarlo todo ha sido inútil, porque lo recuperamos del servidor.

—Yo... yo... —intento hablar. Respiro hondo, haciendo un esfuerzo para hablar—. Yo no he enviado esto.

—Ah, no —replica.

No es una pregunta, solo una afirmación seca, ligeramente cansada.

—Pues no. Tiene que creerme —digo empezando a farfullar, aunque sé que es inútil—. Los pudo enviar otra persona. Alguien pudo clonar mi tarjeta sim.

—Créame, estamos acostumbrados a estas cosas, Nora. Estos mensajes se enviaron desde su teléfono y la hora y fecha de sus respuestas coincide con sus salidas a correr por el bosque y la excursión del tiro al plato.

—¡Pero cuando salía a correr no me llevaba el móvil!

—Las pruebas del GPS son concluyentes. Sabemos que salió de la casa y subió a la colina, hasta encontrar cobertura.

—Yo no los he mandado —repito desesperada.

Quiero acurrucarme de nuevo en la cama y taparme la cabeza con las mantas. Lamarr me mira desde su elevada estatura, no sentada cómodamente en la cama.

Tiene la cara impasible, como de ébano tallado. Veo compasión en su cara, pero también un rigor que hasta ahora no había visto. En su rostro se encuentra ese desapego implacable que imagino que podría mostrar un ángel... no un ángel de misericordia, sino un ángel de enjuiciamiento.

—También tenemos el informe del análisis del coche, Nora. Sabemos lo que ocurrió.

—¿Qué ocurrió? —pregunto. Estoy intentando que no me entre el pánico, pero sé que hablo con voz temblorosa y aguda. Lo saben. Saben algo que yo no sé—. ¿Qué ocurrió?

—Clare la recogió, y cuando iba por la carretera, viajando a gran velocidad, usted cogió el volante... ¿no lo recuerda? Usted cogió el volante e hizo salir el coche de la carretera.

—No.

—Sus huellas están en el volante. Los arañazos que tiene en las manos, las uñas rotas... estaba usted luchando con Clare. Ella tiene heridas defensivas en las manos y brazos. Usted tenía piel suya bajo las uñas.

—¡No!

Pero ya mientras lo digo recibo un relámpago, como una pesadilla que irrumpe en pleno día: el rostro aterrorizado de Clare, iluminado de verde desde el salpicadero, y mis manos luchando con las suyas.

—¡No! —digo, pero mi voz suena como un sollozo. ¿Qué he hecho?

—¿Qué le dijo Clare, Nora? ¿Discutieron por la boda?

No puedo hablar. Solo niego con la cabeza, pero no es una negativa, es solo que no puedo con todo esto, no soporto estas preguntas.

—La entrevistada niega con la cabeza —interviene Roberts ásperamente.

—Flo nos contó lo que había ocurrido —dice Lamarr, implacable—. Clare le pidió que lo mantuviera en secreto. Ella planeaba decírselo este fin de semana, ¿verdad?

Dios mío.

—Usted no ha tenido ninguna otra relación desde que rompió con él, ¿verdad?

No. No. No.

—Estaba obsesionada con él. Clare retrasó el momento de decírselo porque le preocupaba su reacción. Tenía motivos para preocuparse, ¿verdad?

Por favor, quiero despertarme de esta pesadilla.

—Así que lo atrajo usted hacia la casa, y luego le pegó un tiro.

No. Oh, Dios mío. Debo hablar. Debo decir algo para que Lamarr se calle, para que esas malignas acusaciones color ciruela cesen de una vez.

—Es cierto, ¿verdad, Nora? —dice. Ahora su voz es suave y amable, y al fin se sienta en el borde de mi cama y acerca la mano—. ¿Verdad?

Levanto la vista. Sigo teniendo los ojos nublados, pero aun así veo la cara de Lamarr, la mirada de comprensión en sus ojos, sus gruesos pendientes, increíblemente pesados para un cuello tan esbelto. Oigo el clic y el runrún de la grabadora.

Y por fin puedo hablar.

—Quiero un abogado.

29

Intento pensar en la hora que quedó registrada en el primer mensaje de texto, el que supuestamente mandé a James, el que se envió desde mi teléfono a las 16:52. Yo estaba fuera, corriendo. Mi teléfono seguía en mi habitación, sin protección alguna. ¿Quién pudo acceder a él?

Clare no había llegado todavía... lo sé con toda seguridad, ya que me encontré con ella en el camino que llegaba hasta la casa, pero pudo ser cualquiera de los demás.

Pero ¿por qué? ¿Por qué intentar destruirme de esa manera, destruir a James, destruir a la propia Clare?

Intento no pensar en las posibilidades.

Melanie parece la menos probable. Sí, ella estaba allí cuando yo salí a correr; de hecho, era una de las pocas personas que ya estaba levantada, cuando salí a correr por segunda vez. Pero no puedo creer que a ella le preocupásemos James o yo lo suficiente para hacer aquello. ¿Por qué arriesgarlo todo para incriminar a alguien a quien ni siquiera conocía antes? Y además, ya se había ido cuando llegó James, cuando... cuando... Cierro los ojos, intentando alejar de mi recuerdo las imágenes de James tirado en el suelo de madera, destrozado y ensangrentado. «Aun así, pudo cambiar el cartucho —me susurra una voz diminuta al oído—. Pudo hacerlo en cualquier momento. Y quizá eso explicaría por qué se fue con tantas prisas...». Es cierto. Pudo haber cambiado el cartucho. Pero no pudo predecir el resto: la puerta abierta, el arma, la lucha...

Entonces, Tom. Él tenía los medios, estaba en casa cuando dejé allí mi teléfono, estaba allí cuando se produjo el disparo. Y de repente me doy cuenta de que fue él quien envió a Clare en coche por el bosque, sola. ¿Por qué se iría ella tan repentinamente, de aquella manera? No sabemos lo que él le dijo, solo tenemos su palabra, y ahora, a la luz de lo que ha ocurrido, el hecho de que ella lo malinterpretara de una forma tan fatal parece demasiado conveniente. ¿Habría salido ella corriendo en mitad de la noche de aquella manera, sin asegurarse antes? Nina era la médica, después de todo. Era la única oportunidad que tenía James de sobrevivir.

¿Y si él le hubiera dicho que se fuera? Pudo haber dicho cualquier cosa... Que Nina no la acompañaría, que había dicho que iría por su cuenta y los esperaría en el hospital. En cuanto al posible móvil... recuerdo la conversación etílica que tuvimos acerca de su marido y de James. ¡Ah, si hubiera prestado atención...! ¡Si lo hubiera escuchado! Pero me aburría... me aburría la letanía de nombres que no reconocía, y los maliciosos tejemanejes del teatro. ¿Es posible que hubiera algo ahí, algún agravio entre Bruce y James? O quizá... quizá lo contrario.

Me parece altamente improbable. Y aunque hubiera hecho salir a Clare en coche en mitad de la noche, ¿qué habría conseguido con eso? Era imposible que predijera lo que ocurrió.

Lo más importante de todo, sin embargo, es que él no podía conocer mi pasado con James. A menos... a menos que alguien se lo hubiera contado.

Clare pudo habérselo dicho. No puedo dejar eso de lado. Pero lo importante es que este crimen se había planeado de tal manera que el objetivo no era solo destruir a James, sino también a mí y a Clare. No parece que yo fuera un simple daño colateral, sino que había algo increíblemente malvado y «personal» en la forma de implicarme a mí deliberadamente, recordándonos a ambos unas heridas olvidadas mucho tiempo atrás. ¿Quién sería capaz de algo así? ¿Por qué iba a hacer alguien una cosa así?

Intento observar todos estos hechos como si se tratara de uno de mis libros. Si estuviera escribiendo todo esto, podría imaginar un motivo por el cual Tom quisiera hacer daño a James. Y probablemente inventaría un móvil para que quisiera herir también a Clare, de paso. Pero ¿a mí? ¿Por qué tomarse tantas molestias para implicar a alguien a quien ni siquiera conocía? La única persona capaz de tramar algo así tenía que ser alguien que nos conociera a los tres. Alguien que estuviera ahí cuando todo estalló. Alguien como...

Nina.

Pero me niego a sostener esa hipótesis y, horrorizada, la rechazo. Nina puede ser rara, cortante, sarcástica, a menudo desconsiderada. Pero de ninguna manera haría una cosa semejante. ¿Verdad? Pienso en su cara, marcada por profundas arrugas de dolor al recordar las heridas de bala que había curado en Colombia. Vive para ayudar a las personas. Ella no habría hecho jamás una cosa así, ¿no?

Pero una vocecilla me susurra al oído y me recuerda

lo dura que puede llegar a ser Nina. Recuerdo haberle oído decir una vez, estando muy borracha: «A los cirujanos no les importan las personas, no de una manera sensiblera. Son como mecánicos: simplemente quieren abrirlas, ver cómo funcionan, desmontarlas. El cirujano normal es como un niño que coge el reloj de su padre y lo desmonta para ver cómo funciona, y luego es incapaz de volverlo a montar. Cuanto más practicas, mejor se te da volver a montar las piezas. Pero siempre queda una cicatriz».

Y pienso también en sus ocasionales brotes de desdén hacia Clare. Pienso en su mala leche aquella noche, cuando hablábamos de que a Clare le gustaba pinchar a las demás personas para ver sus reacciones, y la amargura con la que hablaba de aquella vez en que Clare la sacó del armario, hacía muchos años. ¿Habría algo ahí?, ¿algún motivo para no perdonar nunca a Clare?

Y finalmente pienso en sus actos la primera noche, cuando llegamos. El juego de «yo nunca he...». Recuerdo la maldad deliberada que destilaba su tono cuando dijo, arrastrando las palabras: «Yo nunca me he follado a James Cooper».

De repente, en la habitación diminuta y caldeada como una sauna, siento frío. Porque ese odio cruel y personal es el que subyace detrás de toda esta situación absurda. No ha sido solo curiosidad sobre mí y James. No ha sido un descuido. Ha sido una crueldad deliberada, hacia mí y hacia Clare. ¿Quién ha sido la que ha ido pinchando para ver las reacciones de la gente, pues?

Pero aparto ese pensamiento de mi mente. No pensaré en Nina de esa manera. No lo haré. Me volvería loca si dejara que eso pasara.

Flo. Flo es el nombre que me viene a la mente una y otra vez. Flo estaba ahí desde el principio. Flo fue la que invitó a la gente. Flo sostuvo el arma. Flo aseguró que estaba cargada con cartuchos de fogueo.

Flo y su extraña obsesión con Clare. Su dramatismo y su inestabilidad. Pudo haber averiguado lo mío y lo de James en cualquier momento... Después de todo es la mejor amiga de Clare, y lo ha sido desde la universidad. ¿No es probable que Clare confiara en ella y le hablara de James y de mí?

¿Por eso se ha tomado una sobredosis? ¿Porque de repente se ha dado cuenta de lo que ha hecho?

Levanto la vista, mirando al espacio mientras pienso en todo esto, y de pronto mis ojos se clavan en algo, en un movimiento que se percibe fuera, delante de la puerta.

Y me doy cuenta de lo que es.

Han vuelto a hacer guardia los policías que estaban ante mi puerta. Y esta vez no tengo absolutamente ninguna duda: no están aquí para protegerme. Están aquí para evitar que me escape. Cuando me den el alta no me iré a casa, sino a una comisaría de policía. Me arrestarán e interrogarán, y lo más probable es que hasta me acusen, si creen que pueden sustentar la acusación.

Fría y desapasionadamente intento examinar a la última persona de la despedida de soltera: me acuso a mí misma.

Yo estaba allí. Yo pude haber mandado esos mensajes a James. Pude haber cambiado los cartuchos de fogueo por munición de verdad. Tenía la mano apoyada en la escopeta cuando Flo disparó. ¿Qué podía haber más fácil que sujetar el cañón para asegurarme de que apuntaba a James, mientras él subía por la escalera?

Y lo más importante de todo: estaba presente cuando se cometió la segunda parte del asesinato de James. Estaba en el coche cuando se salió de la carretera.

¿Qué demonios ocurrió en ese coche? ¿Por qué no puedo recordarlo?

Pienso en lo que dijo el doctor Miller: «A veces el cerebro suprime hechos que no está preparado para aceptar. Supongo que es... un mecanismo de defensa, si quiere llamarlo así».

¿Qué es eso que mi cerebro no puede asimilar? ¿Será la verdad?

Me doy cuenta de que estoy temblando como si tuviera frío, aunque el calor del hospital es tan asfixiante como siempre. Cojo la chaqueta de punto de Nina, que está a los pies de la cama, y me la pongo, aspirando su aroma a tabaco y a perfume, intentando así tranquilizarme un poco.

No es la idea de ser arrestada y acusada lo que me conmociona tanto: todavía no me creo que pueda ocurrir de verdad. Si se lo explico bien, seguro, seguro que me creen.

Lo que me ha dejado más desconcertada es lo siguiente: alguien me odia lo suficiente para hacerme esto. Pero... ¿quién?

No quiero creer esta última posibilidad. Es demasiado horrible dejar que penetre en mi mente, excepto en diminutos susurros insistentes cuando estoy pensando en otras cosas.

Pero acurrucada bajo la fina manta del hospital, con la chaqueta de Nina en torno a los hombros, me llega uno de esos susurros: «¿Y si fuera verdad?».

El resto del día pasa muy despacio, como si el aire estuviera hecho de melaza. Me recuerda a una de esas pesadillas que tengo a veces, en las cuales las piernas y los brazos me pesan demasiado y no me puedo mover. Algo me persigue y yo tengo que huir, pero estoy atascada en el barro, con las piernas entumecidas y lentas, y lo único que puedo hacer es vadear penosamente a través de mi sueño, con ese horror indeterminado detrás de mí, acercándose cada vez más.

Mi habitación diminuta se parece cada vez más a la celda de una prisión, con la estrecha escotilla de cristal reforzado, y el guardia junto a la puerta.

Si me sueltan ahora ya sé lo que ocurrirá. No me podré ir a casa. Me arrestarán y me llevarán a una comisaría de policía, y luego probablemente me acusen. Los mensajes de texto son pruebas suficientes para mantenerme detenida, junto con el hecho de que yo niego haberlos mandado.

Recuerdo, hace mucho tiempo, cuando escribí mi primer libro, que hablé con un policía sobre las técnicas de interrogación. «Escuchas —dijo él—. Escuchas y buscas la mentira».

Lamarr y Roberts ya habían encontrado su mentira: yo les he dicho que no mandé esos mensajes. Y, sin embargo, ahí están.

Intento comer, pero la comida no tiene sabor alguno, y la dejo casi toda en la bandeja. Trato de hacer un crucigrama, pero las palabras se me hacen raras, son solo letras mecanografiadas en un papel, y mi mente se ve invadida por otras imágenes.

Yo en el banquillo, en un tribunal de justicia, en una celda.

Flo, conectada a una máquina que mantiene sus constantes vitales, en algún lugar de este mismo hospital.

Clare echada en una cama, moviendo despacio los ojos bajo los párpados cerrados.

James en un charco de sangre que se va extendiendo.

De repente, se me llena la nariz con el olor de la sangre, ese olor a carnicería que desprendía la sangre de James en mis manos, en mi pijama y derramada por el suelo...

Aparto la ropa de cama y me levanto. Voy al baño a mojarme un poco la cara, deseando quitarme con el agua el hedor de la sangre y los recuerdos avasalladores. Pero los recuerdos que quiero, en cambio, no vienen. ¿Es posible... es posible que yo mandara esos mensajes y luego los haya enterrado en el olvido, junto con lo que ocurrió en el coche?

¿En quién puedo confiar, si no confío en mí misma?

Me tapo la cara con las manos y cuando me incorporo me miro en el espejo, bajo la implacable luz fluorescente. Los hematomas que tenía en torno a los ojos siguen ahí, pero ya se están difuminando. Se me ve demacrada, ojerosa. En los huecos junto al puente de la nariz tengo manchas oscuras, y bajo los párpados inferiores también, pero ya no parezco un monstruo. Si tuviera un poco de maquillaje, podría tapar esas sombras. Pero no tengo. No se me ha ocurrido pedírselo a Nina.

Me veo delgada y vieja. Tengo arrugas en la parte de la cara que estaba apoyada contra las rígidas sábanas del hospital.

Pienso en el yo que llevo en mi interior. Interiormente, llevo diez años teniendo dieciséis. Todavía llevo el pelo largo. A veces, en momentos de angustia, me descubro intentando apartármelo de la cara y, sin embargo, ya no está ahí.

En mi interior, James sigue vivo. No puedo creer que no lo esté.

¿Me dejarían ver su cuerpo?

Me echo a temblar, me paso la mano húmeda por el pelo despeinado, y me froto las palmas en los pantalones grises de deporte.

Luego me vuelvo y salgo del baño.

Al salir, noto que algo es distinto. No consigo dilucidar lo que es: mi libro sigue todavía en la cama. Las chanclas debajo. La jarra de agua está medio llena encima de la taquilla, y mi historial médico sigue torcido en el soporte, a los pies de la cama.

Entonces me doy cuenta.

El policía no está.

Me dirijo a la puerta y miro por el cristal reforzado con alambre. La silla sí que está. También hay una taza de té, que humea suavemente. Pero el policía no.

Un pequeño pinchazo de adrenalina me recorre el cuerpo, haciendo que se me ericen los pelillos de la nuca. Mi cuerpo sabe lo que estoy a punto de hacer, antes de que mi mente lo haya procesado siquiera. Estoy ya cogiendo las chanclas, poniéndomelas. Me abrocho la chaqueta de Nina. Al final, recojo los dos billetes de diez libras, que todavía están doblados en una esquina de la taquilla.

El corazón me late como loco al empujar suavemente la puerta, esperando en cualquier momento oír un grito: «¡Alto!». O simplemente una enfermera diciendo: «¿Se encuentra bien, querida?».

Pero nadie dice nada.

Nadie hace nada.

Salgo de la habitación y camino por el pasillo, junto a las demás habitaciones, con los pies metidos en las chanclas que resuenan contra el suelo de linóleo, plas, plas, plas.

Paso junto al mostrador de las enfermeras... no hay nadie. Se ve a una enfermera dentro de su pequeño despacho, pero está de espaldas al cristal, absorta en el papeleo.

Plas, plas, plas. Atravieso la puerta doble y salgo al pasillo principal, donde el aire huele menos a desinfectante y más a comida preparada al estilo industrial, porque las cocinas están en ese mismo pasillo. Ando un poco más deprisa. Veo un cartel de «Salida» que indica que hay que doblar una esquina.

Cuando doy la vuelta casi se me para el corazón. Ahí está el oficial de policía, de pie junto a la puerta del lavabo de caballeros, murmurando por su radio. Por un momento, flaqueo. Casi me vuelvo corriendo a mi habitación antes de que descubra que me he ido.

Pero no lo hago. Me rehago y sigo andando, plas, plas, plas, mientras el corazón me late con fuerza, pum, pum, pum, al mismo ritmo que mis pasos, y él ni siquiera me mira.

—Vale —dice cuando paso a su lado—. Entendido.

Y luego doblo la esquina y ya ha desaparecido.

Sigo andando, ni demasiado deprisa ni demasiado despacio. ¿Me detendrá alguien? ¿Se podrá salir así, sin más, de un hospital?

Veo un letrero que dice «Salida» y que señala a un pasillo entre boxes con camas. Casi estoy.

Y entonces, cuando casi llego a la última puerta antes del vestíbulo y el ascensor, veo algo, o mejor dicho a «alguien», a través del estrecho panel de cristal.

330

Es Lamarr.

Se me corta el aliento y casi sin pensar retrocedo hacia un box con cortina, rezando para que su ocupante duerma.

Me envuelvo sigilosamente con las cortinas, con el corazón desbocado, y me quedo allí esperando y escuchando. Se oye el ruido de las puertas de la sala principal, que se abren y luego se cierran, y después oigo sus tacones que resuenan en el suelo de linóleo, clac, clac, clac. En el mostrador de las enfermeras, casi frente al box donde yo estoy escondida, los pasos se detienen, y yo, con las manos temblorosas, espero que alguien abra de repente la cortina y me descubra.

Pero no, Lamarr solo habla un momento, cortés, con la enfermera jefa que está de guardia, y oigo sus tacones que se alejan, clac, clac, clac, por el pasillo, hacia los lavabos y hacia mi habitación.

Gracias a Dios, gracias a Dios, gracias a Dios.

Noto las piernas flojas y temblorosas por el alivio, y durante un momento no sé ni siquiera si podré mantenerme en pie. Pero tengo que hacerlo, tengo que salir de aquí antes de que ella llegue a mi habitación y se dé cuenta de que me he marchado. De repente deseo haber puesto unas almohadas en la cama o haber corrido la cortinilla que tapa la ventana.

Respiro hondo dos o tres veces, intentando calmarme, y luego me vuelvo, dispuesta a disculparme con el ocupante del box que tengo detrás.

Pero cuando veo quién ocupa esa cama casi se me para el corazón.

Es Clare.

Clare... allí echada, con los ojos cerrados y el cabello dorado extendido en la almohada.

Está muy pálida y tiene la cara mucho más magullada que la mía. Tiene un monitor conectado al dedo, y más tubos que pasan por debajo de las mantas.

Ay, Dios mío. Ay, Clare.

Ya sé que es una locura, pero no puedo evitarlo: las manos se me escapan hacia su cara, y le aparto un mechoncillo de pelo de los labios. Mueve los ojos bajo los párpados y yo contengo el aliento, pero luego ella se relaja de nuevo y se sumerge en el estado en el que se encuentra... ¿sueño, quizá? ¿Coma? Yo dejo escapar un profundo suspiro.

—Clare —susurro muy bajito, para que nadie me oiga, pero quizá mi voz se filtre en sus sueños—. Clare, soy yo, Nora. Te juro que voy a averiguar la verdad. Voy a averiguar lo que pasó. Te lo prometo.

Ella no dice nada. Sigue moviendo los ojos bajo los párpados y recuerdo a Flo en la sesión de espiritismo, buscando ciegamente algo que ninguno de nosotros era capaz de ver.

Creo que me va a estallar el corazón.

Pero no puedo detenerme aquí. Podrían estar buscándome.

Con mucho cuidado, sigilosamente, atisbo entre las cortinas del box. El pasillo está vacío, en el mostrador de enfermería no hay nadie, están todos ocupándose de los pacientes, y la enfermera jefa ha desaparecido.

Salgo y cierro las cortinas de Clare detrás de mí. Luego casi echo a correr hacia las puertas que están al fondo de la sala y llego precipitadamente al vestíbulo del ascensor.

Aprieto los botones, no una sola, sino cinco, diez, quince veces, los aprieto una y otra vez, como si con eso fuera a conseguir que los ascensores vinieran más rápido.

Entonces, de repente, se oye un susurro y un tintineo y se abren las puertas del ascensor que está más lejos. Me meto en él medio andando, medio corriendo, con el corazón desbocado. Dentro se encuentra un camillero que lleva a una mujer en una silla de ruedas y canturrea una melodía de Lady Gaga entre dientes. «Please, please, let me make it».

El ascensor se detiene por fin y yo me aparto para dejar pasar al camillero y a la mujer, y luego sigo los letreros hasta la entrada principal. En el mostrador se encuentra una mujer de aspecto aburrido, hojeando un ejemplar de *Hello*.

Cuando llego al mismo nivel que ella, empieza a sonar su teléfono, y no puedo evitar apretar el paso. «No lo cojas. No lo cojas».

Ella lo coge.

—Recepción, dígame.

Ando demasiado deprisa, ya lo sé, pero ahora no puedo parar. Debo parecer una paciente. ¿Cómo es posible que no se dé cuenta de que voy con chanclas, por el amor de Dios? La gente normal, los visitantes, no llevan chanclas en pleno noviembre. Ni tampoco pantalones de chándal grises y una chaqueta de punto azul.

Va a detenerme, lo sé. Me va a decir algo, a preguntarme si me encuentro bien. Los billetes de diez libras que llevo en el bolsillo, apretados en el puño, están empapados de sudor.

—¿De verdad? —dice la recepcionista bruscamente, cuando llego junto a ella. Se enrolla el cordón del teléfono en un dedo—. Sí, sí, claro. Ya vigilaré.

Tengo el corazón en la boca. Lo sabe. No puedo soportarlo.

Pero no levanta la vista. Asiente. A lo mejor no están hablando de mí.

Casi estoy en la puerta. Hay un letrero que indica a la gente que se desinfecte las manos con alcohol al entrar y salir. ¿Debería pararme? ¿Se fijarán más en mí si me detengo, o si no lo hago?

No me paro.

En el mostrador, la mujer todavía habla y niega con la cabeza.

Estoy en la puerta giratoria. Durante un momento breve fantaseo con la idea de que la puerta se detenga justo en la mitad de su giro y yo me quede atrapada en un triángulo de aire, quizá solo con una rendija abierta hacia el exterior, lo bastante para sacar un brazo, pero no para escapar.

Pero claro, no ocurre semejante cosa. La puerta sigue girando con suavidad.

El aire frío me azota como una bendición.

Soy libre.

Estoy fuera del hospital.

Me he escapado.

30

Noto el aire frío en la cara y me siento completamente perdida. Este lugar me es totalmente ajeno... y me doy cuenta de repente de que me trajeron inconsciente y no tengo ni idea de cómo llegué aquí, ni de cómo salir.

Estoy tiritando, después del calor del hospital, y en el aire flotan copos de nieve. Levanto la vista, como si buscara un milagro, y lo encuentro en forma de letrerito que dice «Taxis», y una flecha.

Doy la vuelta a la esquina del edificio, despacio, tiritando, y allí, en la señal que dice «la cola de los taxis empieza aquí» se encuentra un solo vehículo, con la luz encendida. Dentro veo a un hombre, o al menos eso pienso, es difícil decirlo porque las ventanillas están empañadas.

Me acerco torpemente (las chanclas están empezando a hacerme una rozadura en la parte interna de los pies) y llamo a la ventanilla. El cristal baja un poquito y una cara animosa y morena me sonríe.

—¿Adónde quiere que la lleve, guapa? —me pregunta.

Es un sij. Lleva un bonito turbante negro en cuyo centro se ve un pin con el logo de su compañía de taxis. En su acento noto una mezcla desconcertante de punjabí y deje de Newcastle y, durante un momento, me entran ganas de reír.

—Yo... tengo que ir a... —digo, pero no tengo ni idea de dónde ir.

¿De vuelta a Londres?

No.

—Tengo que ir a la Casa de Cristal —explico—. Es una casa de campo, justo a las afueras de Stanebridge. ¿Conoce usted el pueblo?

Él asiente y deja el periódico que está leyendo.

—Sí, lo conozco. Suba, guapa.

Pero no subo. A pesar del frío, a pesar del hecho de que ya estoy temblando mucho, dudo, con la mano en la manija.

—¿Cuánto me costará, por favor? Solo tengo veinte libras.

—Normalmente, veinticinco libras —me informa mirando mis hematomas—, pero para usted, solo veinte.

Gracias a Dios. Consigo sonreír un poco, aunque me parece que tengo la cara congelada y podría resquebrajarse con el esfuerzo.

—Gra... gracias —digo, y no es que esté tartamudeando, es que me castañetean los dientes por el frío.

—Suba, guapa —me invita, al tiempo que abre la puerta trasera de su lado—, o si no se va a congelar. Venga, entre.

Entro.

El coche es como un capullito de calidez que me envuelve. Huele a plástico gastado y a ambientador de pino y cigarrillos antiguos, el mismo olor que tienen todos los taxis del mundo, y quiero acurrucarme en la suave calidez de sus asientos y dormirme y no despertar nunca.

Me tiemblan los dedos mientras intento abrochar-me el cinturón de seguridad, y me doy cuenta de lo cansada que estoy, de lo débiles que se me han queda-do los músculos después de mi estancia en el hospital.

—Lo siento —me disculpo al notar que él me mira para asegurarse de que me he abrochado el cinturón—. Lo siento. Ya casi estoy.

—No se preocupe, guapa. No hay prisa.

Y entonces la hebilla del cinturón se cierra con un chasquido tranquilizador y me arrellano en el asiento, notando que me duele el cuerpo de puro cansancio.

El conductor pone en marcha el motor. Cierro los ojos. Me voy.

—Eh, guapa. Señorita, despierte.

Abro los ojos, confusa y adormilada. ¿Dónde estoy? No estoy en casa. Tampoco en el hospital.

Me cuesta un momento darme cuenta de que estoy en el asiento de atrás del taxi, con mi ropa del hospital, y que el coche se ha parado.

—Ya estamos —me advierte—. Pero no puedo su-bir hasta la casa. El camino está bloqueado.

Parpadeo y limpio la condensación de la ventanilla. Tiene razón. Han bloqueado el camino con dos barre-ras de aluminio unidas con cinta policial.

—Vale —digo mientras me froto los ojos para qui-tarme el sueño y busco el dinero en el bolsillo—. Aquí tiene, las veinte libras. ¿Está bien?

Él coge el dinero, pero dice:

—¿Está segura de que se encuentra bien? Parece que la casa está cerrada...

—Sí, ya me las arreglaré.

¿Lo conseguiré? Tengo que hacerlo. Tiene que haber una forma. Imagino que la policía ha clausurado la propiedad, pero supongo que no la habrán convertido en Fort Knox, no en estos parajes. No hay ni un alma por aquí que venga a alterar la escena del crimen.

El taxista no parece muy convencido cuando salgo del coche, y me sigue mirando, con el motor el marcha, mientras yo rodeo la barrera. No quiero que me siga mirando. No puedo soportar que me vea ir dando tumbos por el camino lleno de rodadas con mis patéticas chanclas. Así que me quedo con las manos apoyadas en la barrera, tratando de no tiritar, y lo despido con la mano, decidida.

Él baja la ventanilla. Su aliento se vuelve blanco en el aire frío.

—¿Seguro que está bien? Puedo quedarme aquí, si quiere, y llevarla a Stanebridge si no hay nadie. No le cobraré nada. De todos modos tengo que volver...

—No, gracias —digo. Aprieto los dientes, intentando que no me castañeteen—. Estoy bien. Gracias. Adiós.

Él asiente, no del todo convencido, y luego pone en marcha de nuevo el motor. Veo alejarse su coche en la creciente oscuridad, con las luces rojas de los frenos iluminando la nieve que cae.

Dios mío, qué largo es este camino. Me había olvidado de lo largo que era. Recuerdo cuando salí a correr y me encontré a Clare que venía. Recuerdo las piernas cansadas y doloridas, y la piel fría.

No era nada, comparado con esto. ¿Qué les ha ocurrido a mis músculos en el hospital? Ni siquiera estoy a mitad de camino y las piernas me tiemblan con esas sacudidas musculares que se producen cuando hemos hecho un esfuerzo excesivo, demasiado duro y demasiado rápido. Me sangran los pies con las chanclas de plástico duro, pero los tengo tan entumecidos que ni siquiera noto el dolor, solo me doy cuenta por las manchas rojas que se mezclan con los copos de nieve.

Al menos el barro está congelado, de modo que no tengo que luchar para que no se me adhieran pegotes a los pies. Pero cuando me meto en una rodada especialmente honda noto un crujido y el pie se introduce a través de la frágil costra de hielo y se hunde en el charco de agua helada y fangosa que queda debajo.

Doy un respingo y suelto un gemido al sacar el pie a través del hielo cortante, con mucho dolor. Es un sonido débil, patético, como el que podría producir un ratón capturado por un búho.

Qué frío tengo. Tengo mucho, mucho frío.

¿He sido una idiota?

Pero tengo que seguir adelante. No tiene sentido retroceder... aunque pudiera parar a alguien en la carretera, ¿adónde iría? ¿Otra vez al hospital, donde solo me esperan las esposas de Lamarr? He huido, me he fugado. Tengo que aguantar esto como sea. No hay vuelta atrás.

Hago un esfuerzo y voy poniendo un pie delante del otro, abrazándome para darme calor, y agradeciendo a Dios y a Nina la chaqueta azul que es lo único que me separa de la hipotermia. Sopla el viento de nuevo, un quejido aullante y bajo que sopla entre los árboles, y oigo que la nieve se agita y cae al suelo.

Un paso más.

Otro más después del anterior.

No sé lo cerca que puedo estar: dado que la casa está vacía, no me guía resplandor alguno. No sé cuánto tiempo llevo andando con este frío cortante. Solo que tengo que seguir andando... porque si no sigo, me moriré.

Un paso más.

Mientras voy acercándome, las imágenes asaltan mi imaginación. Flo, con la cara congestionada por el miedo y la escopeta cruzada ante el pecho. La expresión horrorizada de Nina, sus manos manchadas de sangre cuando intentaba contener la hemorragia.

James. James echado en un charco de sangre, de su propia sangre, muriéndose.

Ahora entiendo lo que intentaba decirme, cuando me dijo: «Me... ¿Leo?».

Era «mensaje» lo que me quería decir. Me preguntaba por qué lo había hecho acudir allí. Y por qué lo dejaba morir de aquella manera.

Vino aquí por mí. Vino porque yo se lo pedí.

¿Se lo pedí?

Ya no estoy segura. Ay, Dios mío, qué frío tengo...

Qué difícil es distinguir las cosas.

Recuerdo los mensajes que me enseñó Lamarr en ese papel impreso y no estoy segura de si los recuerdo porque me los enseñó ella o si los recuerdo de antes.

¿Le pedí a James que viniera?

Yo no sabía que Clare se iba a casar con James hasta que me lo dijo en el coche. No lo sabía. ¿Cómo podía haberle enviado esos mensajes?

Debo aferrarme a eso... debo aferrarme a las cosas de las que estoy segura.

Ha tenido que ser Flo, seguro. Ella era la única persona que podía controlar todo esto, la que eligió a los invitados, la que eligió la casa, la que sabía lo de la escopeta.

Estaba en la casa cuando se enviaron los mensajes.

Sabía que yo había salido a correr.

Pienso de nuevo en su extraña pasión, en su enorme, explosivo, terrorífico amor por Clare. ¿Es posible que pensara que James le estaba robando a Clare? ¿Que no pudiera soportar que él se interpusiera entre las dos? Y qué mejor persona para echarle la culpa que yo, la exnovia de James, la mejor amiga de Clare...

Y luego... luego se dio cuenta de lo que había hecho. De que había destruido a su amiga, tanto como a su rival. De que había arruinado la vida de Clare.

Y no pudo soportarlo más.

Ay, Dios mío, qué frío tan terrible tengo. Y qué cansada estoy. Hay un árbol caído a un lado del camino. Podría sentarme aquí solo un momento, solo para que no me tiemblen tanto las piernas.

Paso a paso, laboriosamente, voy acercándome, y me dejo caer en su costado rugoso, cubierto de musgo. Me acurruco apretando el cuerpo contra las rodillas y respirando en mis piernas, intentando desesperadamente conservar un poco de calor.

Cierro los ojos.

Ojalá pudiera dormir.

«No».

La voz viene del exterior. Sé que no es real pero, aun así, la oigo en mi cabeza.

«No».

Quiero dormir.

«No».

Si me duermo, moriré. Lo sé. Pero no me importa. Estoy muy cansada.

«No».

Quiero dormir.

Pero hay algo que no me deja. Algo dentro de mí que no me deja descansar.

No es el deseo de vivir, porque eso ya no me preocupa. James ha muerto. Clare está herida. Flo se está muriendo. Solo me queda una cosa, y esa cosa es la verdad.

No pienso morir. No pienso morir porque alguien tiene que hacer esto: averiguar la verdad de lo que ha ocurrido.

Me levanto. Me tiemblan tanto las rodillas que apenas puedo tenerme en pie, pero lo hago, apoyándome con una mano en el árbol caído.

Doy un paso.

Y otro.

Sigo avanzando.

Sigo avanzando.

31

No sé cuánto tiempo me está costando. Ha caído la oscuridad. Las horas parecen juntarse unas con otras, diluyéndose en la nieve que motea el barro congelado. Estoy cansada... tan cansada que no puedo ni pensar, y los ojos me lagrimean a medida que avanzo, debido al viento que ha empezado a soplar.

Tengo la cara entumecida y los ojos húmedos y empañados cuando, por fin, levanto la vista y la veo: ahí está, la Casa de Cristal.

Ya no es el faro dorado que vi la primera noche. Ahora está negra y silenciosa, camuflada entre los árboles, casi invisible. Ha salido la luna, una luna menguante, que se refleja en la ventana del dormitorio delantero, aquel en el que dormía Tom. Un halo de escarcha la rodea y sé que el frío de la noche no ha hecho más que empezar.

La oscuridad no es la única diferencia. La puerta está atravesada por una cinta policial, y la ventana rota que queda al final de las escaleras se ha tapado con unas tablas y una especie de rejilla metálica, como las que se ven en las casas desocupadas de las barriadas peligrosas.

Recorro los últimos y penosos metros por encima de la grava y me quedo de pie, temblando y mirando el muro de cristal que tengo delante. Ahora que estoy aquí, no estoy segura de poder hacer lo que debo hacer: entrar y volver a ver el lugar donde murió James. Pero debo hacerlo. No solo por James, no solo porque es la única manera de averiguar la verdad de lo que ocurrió, sino porque si no entro, si no me refugio en el interior, moriré de frío.

La puerta delantera está cerrada y no puedo forzar ninguna ventana. Cojo una piedra y pienso en romper la enorme pared de cristal del salón. Veo el interior, la estufa de madera, fría y apagada, y la superficie plana y negra de la pantalla del televisor. Me imagino que lanzo la piedra hacia el gigantesco panel de vidrio... pero no lo hago. No solo por el ruido enorme y la destrucción que causaría, sino porque no creo que se rompiera: el cristal es reforzado, doble, incluso triple quizá. El del vestíbulo solo consiguió romperlo un disparo de escopeta, y yo estoy segura de que mi ridícula piedra simplemente rebotaría.

Así que suelto la piedra y me dirijo lenta y penosamente hacia la parte trasera de la casa. Tengo los pies completamente entumecidos. Me tambaleo más de una vez y veo la sangre que me brota entre los dedos de los pies. Dejo a un lado la idea de cómo voy a conseguir salir de aquí. Desde luego, no puedo andar. Pero tengo la horrible sensación de que será en un coche policial. O algo peor...

La parte trasera de la casa tiene un aspecto igual de poco prometedor. Pruebo la puerta ventana deslizante del fondo del salón, haciendo palanca con las uñas en torno al panel de cristal e intentando deslizarla, esperando con desesperación que el cerrojo no esté echado. Pero se mantiene firme, y lo único que consigo es destrozarme las uñas mordidas. Miro hacia arriba, la pared vertical de la casa. ¿Podría trepar hasta el balcón donde fumaba Nina?

Pienso en ello un momento: hay una tubería de desagüe, de zinc. Pero luego la realidad se impone. Me estoy engañando a mí misma. No soy capaz de trepar por esa pared de cristal resbaladiza ni siquiera con unos zapatos adecuados y un arnés, y no digamos con chanclas y los dedos congelados. En el instituto yo siempre era la primera en resbalar cuando había que trepar por una cuerda: me quedaba allí colgada, patética, con los bracitos estirados por encima de la cabeza, y luego caía como una piedra en la colchoneta de goma, mientras las demás chicas subían ágilmente hasta arriba y golpeaban con la palma de la mano la barra de madera que estaba encima.

Aquí no hay colchoneta de goma. Y la tubería de zinc es más resbaladiza y traicionera que la cuerda con nudos del gimnasio. Si me caigo, todo habrá terminado... tendré suerte si consigo salir solo con un tobillo roto.

No, lo del balcón no funcionará.

Al final, casi sin esperanza, pruebo la puerta de atrás.

Y se abre.

Noto un cosquilleo en la nuca: conmoción, incredulidad, un júbilo brutal. No puedo creerlo. No puedo creer que la policía no la haya cerrado. ¿Va a ser tan fácil, después de lo difícil que ha sido todo lo demás?

Una cinta policial cruza la entrada, pero me meto por debajo y entro medio andando, medio arrastrándome. Me incorporo y casi espero que empiece a sonar una sirena, o que un policía se levante de golpe de un sillón. Pero la casa está oscura y tranquila, y el único movimiento son unos pocos copos de nieve que se deslizan por encima del suelo de pizarra.

Trato de cerrar la puerta, pero no se cierra como es debido. Encaja en el marco, pero luego rebota y se vuelve a abrir. Lo intento de nuevo, y al hacerlo noto algo. Hay un trozo de cinta adhesiva colocado encima del pestillo de la cerradura, evitando así que la puerta se cierre del todo.

De repente comprendo por qué la puerta siguió abriéndose todo el rato, aquella noche... por qué, aun después de cerrarla, no quedó bien asegurada. La cerradura es de esas que se traban con el picaporte, evitando así que se pueda abrir desde fuera. Pero si el mismo pestillo está echado hacia atrás, el picaporte resulta inútil. Se queda rígido cuando intentas moverlo, pero no hay nada que mantenga la puerta cerrada, salvo su propia inercia.

Durante un segundo pienso en arrancar esa cinta adhesiva... pero luego me doy cuenta de que sería una estupidez. Porque esto, al fin y al cabo, es una prueba. Ante mí, escondida inocentemente dentro del marco de la puerta, se encuentra una prueba irrebatible de que alguien quiso matar a James, y quienquiera que colocara la cinta adhesiva es esa persona. Cuidadosamente, sin tocarla, cierro la puerta y arrastro una silla de la cocina, apoyándola contra la parte interior del cristal.

Luego miro a mi alrededor por primera vez.

La cocina parece extrañamente inalterada. No sé qué era lo que esperaba: polvo para tomar huellas, quizá, ese brillo plateado en todas las superficies. Pero me doy cuenta de que habría resultado inútil. Ninguno de nosotros negó haber estado en la casa. Nuestras huellas seguramente estarán por todas partes, ¿y qué probaría eso?

Anhelo subir al piso de arriba y meterme en una de las camas, y dormir. Pero no puedo hacerlo. Quizá no tenga demasiado tiempo. Ya habrán descubierto que mi habitación está vacía. Y sabrán que no puedo haber ido muy lejos, por mis propios medios... sin dinero, sin zapatos y sin abrigo. No les costará mucho encontrar al taxista. Y cuando lo hagan...

Voy andando por la cocina y mis pasos resuenan con intensidad en el silencio. Respiro hondo y abro la puerta que da al vestíbulo.

Lo han limpiado hasta cierto punto. Gran parte de la sangre ha desaparecido, junto con la mayoría de los cristales, aunque de vez en cuando noto un crujido producido al pisar algún trocito con mis suelas de plástico. En lugar de sangre y cristales, hay marcas en el suelo y en las paredes, trozos de cinta con anotaciones que no puedo leer en la oscuridad. No me atrevo a encender la luz. No hay cortinas y mi presencia sería visible desde el otro lado del valle.

Pero han quedado algunas manchitas aquí y allá, oscuras salpicaduras como de óxido de algo que antes era James... y ahora ya no lo es.

Qué cosa más extraña... él ha desaparecido y, sin embargo, la sangre de su corazón sigue aquí. Me arrodillo en el suave parqué de madera, en el que aún se ven las marcas de los añicos de cristal que arrastramos con nuestros zapatos y las manchas de la sangre que lo empapaba todo, y toco con las yemas de los dedos los surcos oscurecidos de la madera. «Esto era James», pienso. Un par de días antes estaba en su interior, manteniéndolo vivo, haciendo que su piel enrojeciera y su corazón latiese. Y ahora ha desaparecido... está aquí tirada, desperdiciada, y sin embargo, es todo lo que queda de él. En algún lugar están preparando su cuerpo para la tumba. Y luego lo enterrarán, o lo incinerarán. Pero una parte de él quedará aquí, en esta casa.

Me levanto, obligando a funcionar a mis piernas frías y cansadas. Voy al salón y cojo una de las mantas que están colocadas encima del sofá. En la mesa todavía hay manchas de vino de las copas, de nuestra última noche. En los restos de vino se apagaron colillas, y los cigarrillos liados a mano de Nina están hinchados y empapados, como gusanos. Pero la tablilla de ouija ha desaparecido, y el papel tampoco está. No puedo evitar echarme a temblar cuando pienso que la policía va a leer esos garabatos dementes. ¿Qué significaba ese «asessssinatoooo» larguísimo y lleno de arabescos? ¿Alguien lo escribió deliberadamente? ¿O bien surgió del subconsciente del grupo, como un monstruo marino que emerge de los temores más íntimos de alguien y luego se vuelve a hundir?

La manta huele a humo de cigarrillo rancio, pero me envuelvo con ella y miro el soporte vacío encima de la chimenea, y luego aparto la vista. No puedo soportar pensar en lo que estoy a punto de hacer. Pero debo hacerlo. Es la única oportunidad que tengo de averiguar lo que ocurrió de verdad.

Empiezo en la parte superior de la escalera, y me quedo de pie en el lugar exacto donde estábamos todos aquella noche, apiñados. Flo se encontraba a mi derecha, y yo recuerdo haber sacado la mano y haberla apoyado en el arma. Clare y Nina estaban en el otro lado, y Tom detrás de nosotras.

El escenario, silencioso y oscuro, y el latido acelerado de mi propio corazón, son tan parecidos a aquel momento que casi desfallezco. Tengo que quedarme quieta, respirar por la nariz y recordar que todo aquello ya ha pasado, y que James no va a subir por la escalera. Nosotros lo matamos... entre todos, con nuestro miedo histérico y etílico. Todos sujetamos aquella arma.

Tengo que obligarme a mí misma a rememorar lo que ocurrió después, el cuerpo de James cayendo por la escalera, Nina y yo bajando a toda prisa detrás. Esta vez bajo despacio, agarrándome a la barandilla. Todavía hay cristales en las escaleras de la ventana rota, y no confío demasiado en mis chanclas, en la oscuridad, porque está lleno de añicos y podría resbalar.

Aquí estaba Nina, intentando resucitar a James.

Aquí estuve yo cuando me arrodillé en su sangre, y él trató de decirme algo.

Noto que las lágrimas me mojan la cara, pero me las seco. No hay tiempo para lamentaciones. Las horas irán pasando hasta el amanecer, hasta que vengan a buscarme.

¿Qué ocurrió después?

La puerta del salón todavía está fuera de sus goznes, ya que Tom la quitó y salimos con ella a través de la puerta delantera, donde nos esperaba Clare en el coche.

La puerta delantera no está cerrada con llave, así que puedo abrirla desde el interior sin dificultad alguna. Cuando lo hago, la fuerza del viento casi empuja la puerta de acero contra mi cara, y la nieve se mete en el interior como si estuviera viva, intentando penetrar más, tratando de extraer el poco calor que podía quedar dentro de la casa.

Aprieto los ojos y, sujetando con fuerza la manta en torno a mis hombros, salgo hacia la ventisca blanca. Me quedo de pie en el porche, donde aquella noche me quedé esperando a Nina. Recuerdo que Tom le gritó algo a Clare y que Clare puso en marcha el coche.

Y entonces recuerdo que vi la chaqueta de ella colgada de la barandilla del porche.

Saco la mano, hago ademán de cogerla.

Estoy tiritando, pero intento con todas mis fuerzas volver a aquella noche y recordar la forma de algo pequeño y redondo que llevaba en el bolsillo.

Levanto la mano, con los ojos llenos de lágrimas por los duros copos de nieve que el viento empuja.

Y de repente me acuerdo. Me acuerdo de lo que tenía en la mano.

Y comprendo por qué tuve que echarme a correr al encontrarlo.

Era un cartucho. Un cartucho de escopeta. Era el cartucho de fogueo que faltaba.

Allí de pie, siguiendo el rastro de mis propias huellas, las ideas me atraviesan el cerebro igual que aquella noche, y soy capaz de recordarlas: es como ver fundirse la nieve y aparecer bajo ella un paisaje conocido.

Podía ser uno de los que habíamos utilizado en el tiro al plato, antes. Pero después de la sesión de tiro, sé cuál es la diferencia entre un cartucho de fogueo y uno normal. Los cartuchos normales se notan sólidos en la mano, están llenos de perdigones que los hacen más pesados de lo que sugiere su forma compacta. Lo que yo sostenía en mi mano aquella noche era tan ligero como el plástico, sin ningún perdigón. Era un cartucho de fogueo. El cartucho de fogueo. El que se suponía que estaba colocado en la escopeta.

Fue Clare la que sustituyó el cartucho de fogueo por uno de verdad.

Y acababa de perderse en la noche, con James moribundo en el asiento trasero del coche.

¿Por qué? ¿Por qué?

No tenía sentido entonces y sigue sin tener sentido para mí ahora mismo, pero entonces no tenía tiempo para pararme a pensar. Solo tenía una opción: perseguirlos y enfrentarme a Clare.

Ahora en cambio tengo tiempo. Me vuelvo despacio y voy andando hasta la casa, entro y cierro la puerta. Luego me dirijo al salón y me siento, apoyando la cabeza entre las manos, intentando entenderlo.

No puedo irme de aquí hasta el amanecer. Es decir, a menos que... Me incorporo, tiesa de frío, y cojo el teléfono.

No, sigue sin tener línea. Simplemente se oye un susurro y un crujido leve. Por lo tanto estoy atrapada aquí, atrapada hasta que se haga de día, a menos que quiera volver una vez más por ese camino helado y lleno de rodadas, tambaleándome en la oscuridad. No estoy segura de poder conseguirlo.

Vuelvo al sofá y me acurruco más aún en la manta, intentando en vano que dé algo de calor a mis miembros. Dios mío, qué cansada estoy... Pero no puedo dormir. Tengo que pensar en todo esto.

Clare cambió el cartucho de fogueo.

Por lo tanto, fue Clare quien mató a James.

Pero eso no tiene sentido. Clare no tiene motivo

alguno... y es la única persona que no pudo falsificar esos mensajes de texto.

Tengo que pensar...

La cuestión que sigue atormentándome es el porqué. ¿Por qué iba a matar Clare a James, justo cuando estaban a punto de casarse?

Y de repente, con una frialdad que no tiene nada que ver con este aire gélido, recuerdo las palabras de Matt en el hospital. James y Clare tenían problemas.

Lo desecho casi de inmediato. Es ridículo. Sí, claro, la vida de Clare tiene que ser perfecta; sí, ella tiene unos estándares increíblemente altos. Pero por el amor de Dios, ya la habían plantado antes. Se lo tomó muy mal, lo sé porque estaba con ella cuando utilizó la dirección de e-mail de Rick para suscribirlo a todas las webs porno y a todos los boletines de Viagra que fue capaz de encontrar. Pero desde luego, no mató a ese hombre.

Pero hay una gran diferencia.

Cuando Rick cortó con Clare, Flo no estaba a la vista.

Pienso en las palabras de Flo, cuando sollozaba junto a la puerta del baño, la primera noche: «Ella es mi apoyo, y haría cualquier cosa por ella. Cualquier cosa».

¿Cualquier cosa?

Recuerdo cómo reaccionó cuando me fui a dormir. Cómo explotó, acusándome de sabotaje. «Te mataré si lo estropeas», había prometido. Yo no me la había tomado en serio. Pero a lo mejor tendría que haberlo hecho.

Y solo se trataba de una despedida de soltera. ¿Qué no le haría al hombre que estaba pensando dejar plantada en el altar a su mejor amiga?

¿Y quién mejor para cargar con las culpas que la examiga mala que le había robado a Clare lo que legítimamente le pertenecía y luego se había apartado de ella diez largos años?

Pero todo se había escapado de su control.

Y entonces recordé la ropa que llevaba Flo aquella última noche, igual a la de Clare. De repente me di cuenta: ¿y si la chaqueta que estaba en la barandilla no era la de Clare, sino la de Flo y, sencillamente, Clare la había cogido por error?

Flo. Flo era la que tenía el arma en las manos.

Flo era quien nos había dicho que no estaba cargada.

Flo fue la persona que había preparado todo el fin de semana, la que me convenció de que acudiera, la que lo arregló todo.

Y Flo sí que pudo enviar aquellos mensajes.

Siento como si una telaraña se estuviera cerrando a mi alrededor y cuanto más lucho, más me enredo en ella.

James está muerto.

Clare se está muriendo.

Flo se está muriendo.

Y en algún lugar, Nina está en su *bed and breakfast* a punto ya de perder la paciencia, y ella y Tom se enfrentan a preguntas que no pueden responder, sospechas que no pueden quitarse de encima.

Por favor, quiero despertar de esta pesadilla.

Me acurruco de lado en el sofá y me acerco las rodillas al pecho, con la manta bien envuelta a mi alrededor. Tengo que pensar, tengo que decidir qué hacer, pero en este estado de confusión y agotamiento en que me encuentro, voy dando vueltas en círculos.

Tengo alternativas: esperar aquí a que venga la policía, intentar explicar mi presencia, explicar lo del cartucho de fogueo y la chaqueta de Flo y esperar que me crean.

O bien irme justo cuando amanezca y esperar que no descubran que he estado aquí.

Pero ¿adónde ir entonces? ¿A Londres? ¿Con Nina? ¿Y cómo consigo salir de aquí?

La policía me encontrará, claro, pero resultará más sospechoso que me encuentren aquí.

Casi contra mi voluntad, noto que se me cierran los ojos y que mis extremidades, temblorosas por el cansancio, se relajan lentamente. Los músculos se estremecen cada pocos minutos debido al agotamiento y luego se relajan, invadidos por el sueño. No puedo pensar. Intentaré seguir mañana.

Un bostezo enorme surge de lo más profundo de mi interior y me doy cuenta de que ya no tirito. Dejo que las chanclas se deslicen de mis pies y noto que una fina línea de lágrimas, producto del bostezo, me baja por la mejilla, pero estoy demasiado cansada incluso para secármelas.

Dios mío, cómo necesito dormir...

Ya pensaré en todo esto... mañana...

Es de noche. Es la noche del disparo. Estoy agachada en el vestíbulo resplandeciente, bañada en la luz dorada y en la sangre de James.

Noto la sangre en la nariz, en las manos, debajo de las uñas.

Él levanta la vista hacia mí, con los ojos muy abiertos, oscuros, húmedos y brillantes.

—El mensaje... —dice. Su voz suena ronca—. Leo...

Yo adelanto la mano para tocarle la cara... y de repente desaparece, la sangre ha desaparecido, la luz no está.

Me despierto, está oscuro y el corazón me late desbocado en el pecho.

Durante un minuto me quedo ahí echada, notando los latidos rápidos de mi corazón, como un tambor, intentando averiguar qué es lo que me ha despertado. No oigo nada.

Pero entonces vuelvo la cabeza y noto dos cosas. La primera es que fuera, en la cristalera que está en la parte delantera de la casa, se ve una silueta oscura que antes no estaba. Y estoy bastante segura de que se trata de un coche.

Lo segundo es que se oye un ruido en la cocina. Es una especie de chirrido, lento e irregular.

Es el sonido de una silla que se desliza por las baldosas de pizarra cuando alguien abre la puerta.

32

Hay alguien en la casa.

Me incorporo de repente, la manta se me cae de los hombros y el corazón me da un vuelco con tanta fuerza que me mareo.

Durante un segundo pienso en ponerme a gritar, en desafiar al intruso. Entonces me doy cuenta de que estoy loca.

No sé quién está ahí, pero sea cual sea el motivo por el que ha venido, no puede ser nada bueno. No es la policía. Ellos no aparecen así en mitad de la noche, irrumpiendo sigilosamente por la puerta de atrás. No, solo hay dos posibilidades: un malhechor cualquiera ha tenido suerte y ha descubierto que la puerta de atrás está abierta... o bien el asesino está aquí.

Me encantaría que fuese un malhechor, la verdad. Y eso indica lo jodidas que están las cosas en mi vida: que el hecho de que un extraño irrumpa en la casa donde estoy en mitad de la noche me parezca la mejor alternativa. Pero sé en lo más profundo de mi ser que no es así. El asesino está aquí. Viene a por mí.

Con mucho cuidado me levanto, sujetando la manta a mi alrededor a modo de escudo, como si la suave lana roja pudiera protegerme.

Mi único consuelo es que el intruso no quiere encender la luz, como yo. Quizá en la oscuridad pueda ocultarme, esconderme, huir.

Joder. ¿Adónde ir?

Las ventanas de aquí dan al jardín, pero estoy segura de que están cerradas... He probado a abrirlas desde fuera y recuerdo que Flo las cerró la última noche. Ella tenía una llave; yo no tengo ni idea de dónde está.

Oigo a alguien en la cocina. Anda muy despacio, rozando apenas las baldosas.

Dos impulsos muy fuertes compiten en mi interior. El primero es huir... salir corriendo, alejarme de la puerta, subir las escaleras, encerrarme en el baño, hacer lo que pueda para apartarme.

El segundo es quedarme aquí y luchar.

Soy una corredora. Es lo que mejor se me da... correr. Pero a veces uno ya no puede seguir corriendo.

Me quedo en pie, con los puños apretados a los costados: la sangre me ruge en los oídos, el aliento me arde en la garganta. Huir o luchar. Huir o luchar. Huir o...

Unos zapatos pisan los cristales del vestíbulo. Y luego se detienen.

Sé que el asesino está ahí, escuchando... procurando oírme. Contengo el aliento.

Y entonces se abre de repente la puerta del salón.

Alguien está de pie bajo el marco de la puerta y no veo quién es. En la oscuridad, lo único que veo es una silueta negra ante el acero reflectante de la puerta principal.

Podría ser cualquiera... Lleva abrigo y el rostro está oculto por las sombras. Pero la figura se mueve entonces y veo un atisbo de pelo rubio.

—Hola, Flo —digo con la garganta tan tensa que apenas puedo hablar.

Y ella se echa a reír.

Ríe y ríe y, durante un momento, no tengo ni idea de por qué se ríe.

Se mueve, todavía sonriendo, y entra en una franja de luz de luna, aplastando más cristales con los zapatos.

Y entonces lo comprendo.

Porque no es Flo.

Es Clare.

Se apoya contra la pared y me doy cuenta de que está tan débil como yo. Quizá no estuviera tan mal como pretendía aparentar cuando la he visto en el hospital, pero no está bien, en absoluto. Se mueve como alguien que tuviera el doble de su edad, como alguien a quien han dado una paliza de muerte y solo se ha curado a medias.

—¿Por qué has vuelto? —consigue decir al final—. ¿Por qué no podías dejarlo correr, sin más?

—¿Clare? —digo con voz ronca.

No lo entiendo. No entiendo nada.

Ella va avanzando lentamente hasta el sofá y se sienta de repente, con un gemido. A la débil y nublada luz de la luna su aspecto es terrible... peor que el mío. Tiene la cara llena de cortes y un enorme hematoma hinchado en un lado de la frente, negro a la luz pálida.

—Clare... ¿por qué?

No entiendo nada de todo esto.

Ella no dice nada. El tabaco de liar de Nina sigue en la mesa, junto con el papel Rizla. Coge ambas cosas, con un gesto de dolor, y se le escapa un pequeño jadeo de alivio cuando se vuelve a arrellanar en los cojines. Después empieza a liar un cigarrillo, lenta, concienzudamente. Lleva guantes, pero a pesar de eso le tiemblan las manos y se le cae el tabaco dos veces, antes de poder acabar su tarea.

—No fumo desde hace años —dice. Se lleva el cigarrillo a los labios y da una larga chupada—. Dios mío, cómo lo he echado de menos.

—¿Por qué? —digo otra vez—. ¿Por qué estás aquí?

Aún no puedo aceptar lo que está ocurriendo. Clare está aquí... luego la asesina tiene que ser ella. Pero ¿por qué, y cómo? No pudo haber enviado aquel primer mensaje: era la única persona en la casa que no pudo hacerlo.

Tendría que estar huyendo. Tendría que estar agachada detrás del sofá, armada con un cuchillo de cocina. Pero no consigo entender nada. Es Clare, sigue insistiendo mi cerebro. Es tu amiga. Cuando me tiende el cigarrillo lo cojo, medio en sueños, y me trago el humo, manteniéndolo en los pulmones hasta que me dejan de temblar las extremidades y noto la cabeza más ligera.

Voy a devolvérselo, pero Clare lo rechaza.

—No, quédatelo. Ya liaré otro. Dios, qué frío hace. ¿Quieres un té?

—Gracias —digo todavía en ese estado extraño, como somnoliento.

Clare es la asesina. Pero no puede ser. Parece que no sé qué hacer... y por eso me refugio en esas extrañas respuestas sociales, automáticas.

Ella se pone de pie con dificultad y va cojeando a la cocina, y al cabo de unos minutos oigo el clic de la tetera y el zumbido burbujeante, cuando empieza a hervir.

¿Qué debo hacer?

El cigarrillo liado se ha consumido y lo dejo suavemente en la mesa de centro. No hay cenicero, pero ya no me importa.

Cierro los ojos, me froto la cara con las manos, y al hacerlo me viene un relámpago, como una imagen proyectada en la cara interior de mis párpados: James, la sangre como pintura roja bajo las luces.

Sigo notando el olor de mi sueño, áspero, en la nariz, y su voz ronca dentro de mi cabeza.

Se oye un sonido leve desde la puerta y veo que Clare se acerca arrastrando penosamente los pies, con una taza en cada mano. Las deja en la mesa y coge una. Luego se arrellana en el sofá, saca una caja de pastillas de su bolsillo y abre dos cápsulas cuyo contenido echa en el té, con los dedos un poco torpes metidos en los guantes de lana.

—¿Analgésicos? —pregunto, más bien por decir algo.

Ella asiente.

—Sí. Se supone que hay que tragarse las cápsulas enteras, pero yo no soy capaz —dice. Bebe un trago y tiembla—. Dios mío, qué asqueroso. No estoy segura de si son las cápsulas o es que la leche está agria.

Yo también bebo un sorbo. Me sabe horrible. El té siempre me sabe fatal, pero este es incluso peor de lo normal. Está agrio y amargo a pesar del azúcar que ha añadido Clare... pero al menos está caliente.

Bebemos en silencio un rato, hasta que yo ya no puedo callar más.

—¿Qué estás haciendo aquí, Clare? ¿Cómo has conseguido llegar hasta aquí?

—He venido en el coche de Flo. Se lo prestó a mi familia y ellos dejaron las llaves en mi taquilla para que las recogiera Flo. Pero... no llegó a hacerlo.

No. No llegó a hacerlo. Porque...

Clare me mira. Sus pupilas, por encima del borde

de la taza, se ven dilatadas, y brillan. Qué guapa es... está guapa incluso así, enfundada en un abrigo viejo, con la cara llena de cortes y contusiones y sin maquillaje alguno.

—Bueno, en cuanto a lo que estoy haciendo aquí, te podría preguntar a ti lo mismo. ¿Qué estás haciendo aquí tú?

—He vuelto para intentar recordar —digo.

—¿Y lo has hecho?

Su voz suena ligera, como si estuviéramos comentando un antiguo episodio de *Friends*.

—Sí. —La miro a los ojos en la oscuridad. La taza está caliente entre mis manos entumecidas—. Me he acordado del cartucho.

—¿Qué cartucho? —pregunta con gesto inexpresivo, pero hay algo en sus ojos...

—El cartucho que llevabas en la chaqueta. Lo encontré en el bolsillo de tu chaqueta.

Ella niega con la cabeza y de repente noto que estoy enfadada, muy, muy enfadada.

—¡No me jodas, Clare! Era tu chaqueta. Sé que lo era. ¿Por qué has vuelto aquí, si no?

—Quizá... —Mira la taza y luego levanta la vista hacia mí—. Quizá para protegerte de ti misma.

—¿Qué narices quiere decir eso?

—No te acuerdas de lo que pasó, ¿verdad?

—¿Cómo lo sabes?

—Por las enfermeras. Hablan. Especialmente cuando estás durmiendo... o lo parece.

—¿Y qué?

—No recuerdas lo que ocurrió en el bosque, ¿verdad? ¿En el coche?

—¿De qué demonios estás hablando?

—Tú cogiste el volante —dice bajito—. Me dijiste que no podías vivir sin James, que seguías colgada de él, después de diez años. Me dijiste que habías soñado con él... que nunca superarías lo que pasó, lo que te dijo en aquel mensaje. Tú nos sacaste de la carretera, Lee.

Se me viene encima como una ola. Noto que me arden las mejillas por la conmoción, como si alguien me hubiera abofeteado... y luego la ola remite, y me quedo jadeante.

Porque es verdad. Cuando ella lo dice veo una imagen breve, dolorosa: las manos en el volante, Clare luchando conmigo como un demonio, mis uñas en su piel.

—¿Estás segura de que lo recuerdas bien? —dice con una voz muy suave—. Yo te vi, Lee. Tenías la mano en el cañón de la escopeta. Tú la dirigiste hacia James.

Durante un minuto no puedo decir nada. Estoy aquí sentada, jadeando, agarrando con las manos la taza de té como si fuera un arma. Y luego niego con la cabeza.

—No. ¡No, no, no! ¿Por qué estás aquí, si fue así? ¿Por qué no me denuncias a la policía?

—¿Y cómo sabes —pregunta muy despacio— que no lo he hecho ya?

Dios mío. Me siento débil por el horror. Bebo un largo trago de té. Los dientes me castañetean sobre el borde de la taza, e intento pensar, intento recoger los hilos de todo esto y unirlos.

No es cierto. Clare está tratando de volverme loca. Ninguna persona en su sano juicio se sentaría aquí, bebiendo té con una mujer que ha asesinado a su prometido y ha intentado sacar su coche de la carretera.

—El cartucho —digo obstinada—. El cartucho estaba en tu chaqueta.

—No sé de qué estás hablando —dice, pero percibo un cierto temblor en su voz—. Por favor, Lee, yo te quiero. Estoy asustada por ti. Sea lo que sea lo que hayas hecho...

No puedo pensar. Me duele la cabeza. Me noto muy rara y con un sabor asqueroso en la boca. Tomo otro trago de té para intentar eliminarlo, pero el sabor no hace otra cosa que intensificarse.

Cierro los ojos y la imagen de James muriendo en mis brazos flota ante mis párpados cerrados. ¿Es esa la imagen que voy a ver cada vez que cierre los ojos, durante el resto de mi vida?

«Mensaje... —dice él entrecortadamente—, el mensaje, Leo», y hay sangre en sus pulmones.

Y de pronto, entre el laberinto arremolinado de recuerdos y sospechas, todos mezclados y confundidos... algo cobra fuerza.

Sé lo que estaba diciendo James. Lo que intentaba decirme.

Dejo la taza.

Ya sé lo que ha ocurrido. Ya sé por qué James tuvo que morir.

33

Dios mío, pero qué idiota he sido. No puedo creer que haya sido tan boba... durante diez años ni siquiera lo he sospechado. Me quedo quieta, conmocionada, pensando en lo que podía haber sido... lo diferente que podía haber sido todo si me hubiera dado cuenta de lo que tenía delante de mis ojos durante todos aquellos años.

—¿Lee? —dice Clare. Me mira, y su rostro es la viva imagen de la preocupación—. Lee, ¿estás bien? Parece... parece que no te encuentres bien.

—Nora. Me llamo Nora —digo ásperamente.

Diez años. Diez años ha estado grabado en mi corazón ese maldito mensaje, y no me he dado cuenta ni una sola vez.

—«Lee» —le digo a Clare. Ella toma un sorbo de té y me mira por encima de la taza. Frunce sus bonitas y perfiladas cejas en un gesto interrogante—. «Lee —repito—, lo siento pero el problema es tuyo, no mío. Ocúpate tú. Y no me vuelvas a llamar. J.».

—¿Cómo?

—Lee.

—Pero ¿de qué demonios hablas?

—«Lee». Él nunca me llamaba Lee. James nunca me llamaba Lee.

Durante un minuto ella se queda mirándome sin comprender nada... y yo recuerdo de nuevo lo buena actriz que era. No, que «es». No era James el que tenía que haber subido al escenario, sino Clare. Es buenísima.

Y entonces ella deja la taza de té y hace una mueca compungida.

—Dios mío. Eso fue hace muchísimo tiempo, Lee.

No lo admite... del todo. Pero la conozco lo suficiente para saber que igual esa es su forma de reconocerlo. Ya no protesta más.

—Diez años. Soy algo lenta —digo amargamente. Con amargura, no porque mi error haya arruinado mi vida, sino porque si no hubiera sido tan dura de mollera, James podría estar vivo ahora—. ¿Por qué lo hiciste, Clare?

Ella me tiende la mano, yo me aparto, y entonces dice:

—Mira, no digo que lo que hice estuviera bien... yo era muy joven y tonta. Pero Lee, lo hice por una buena causa. Los dos os estabais jodiendo la vida. Fui a verle aquella tarde, el pobre chico estaba cagado, no estaba preparado para ser padre. Tú tampoco estabas preparada para ser madre. Pero yo sabía que ninguno de los dos tendría el coraje suficiente para tomar la decisión.

—No —digo. Me tiembla la voz.

—Tú querías que ocurriera, los dos queríais.

—¡No! —exclamo, y la voz me sale como un sollozo.

—Puedes negarlo todo lo que quieras —dice bajito—, pero fuiste tú la que se alejó, y él te dejó ir. Bastaba con un simple mensaje, una simple llamada... y la verdad habría salido a la luz. Pero entre vosotros no

365

podíais resolver aquello. El hecho es que él quería alejarse... lo que pasa es que era demasiado cobarde para romper. Lo hice por vuestro bien.

—Estás mintiendo —digo al fin. Mi voz es áspera y atragantada—. A ti no te importa nada... nunca te ha importado. Simplemente, querías a James... y yo me interponía en tu camino.

Recuerdo... recuerdo aquel día en el vestíbulo del instituto. El sol entrando a raudales a través de las altas ventanas de cristal y Clare que decía lacónica: «Voy a tener a James Cooper».

Al contrario, él fue mío.

—Él lo averiguó, ¿verdad? —digo. Contemplo su cara pálida y el pelo lacio, de un blanco plateado a la luz de la luna—. Lo del mensaje. ¿Cómo fue?

Ella suspira.

Y al fin dice algo que suena a verdad.

—Se lo conté yo.

—¿Cómo?

—Se lo conté. Estábamos discutiendo... sobre la sinceridad y el matrimonio. Él dijo que antes de casarnos, quería sacarse una espina que tenía clavada. Me preguntó si podía contarme algo y si lo perdonaría. Y yo le respondí que sí, que cualquier cosa, lo que fuera. Le dije que lo amaba, que podía contarme lo que quisiera. Y me contó que en la fiesta donde nos habíamos vuelto a encontrar, era su amigo el que estaba interesado por mí. Pasamos toda la noche flirteando, recuerdo, y le di mi número de teléfono a su amigo, al final de la noche... y James me contó que había encontrado el papelito en el bolsillo de su amigo y se lo había guardado. Le dijo a su amigo que yo no estaba interesada y luego me mandó un mensaje, en el que me decía que Julian le había dado mi número y que si quería salir con él a tomar algo.

Suspira y mira por la ventana hacia fuera.

—Decía que aquello lo había torturado todos estos años —sigue—. Que nuestra relación había empezado con una mentira, que era su amigo el que tenía que haber acabado conmigo. Pero dijo que Julian era un mujeriego y que en parte lo había hecho por motivos egoístas, claro, pero también en parte por mí. No podía soportar la idea de que Julian me manipulase, me tratase mal y luego acabara por dejarme. Estaba convencido de que yo me iba a enfadar por aquello... pero a medida que hablaba, yo no podía dejar de pensar en que él había mentido y engañado solo para tenerme a mí, que había vencido incluso sus propios escrúpulos. Ya sabes cómo es James... cómo era.

Asiento. Ese movimiento hace que la cabeza me dé vueltas, pero sé a lo que se refiere. James era una mezcla contradictoria: un anarquista con un código moral muy rígido.

—Fue algo raro —dice Clare, que habla despacio ahora. Creo que casi se ha olvidado de mí—. Pensaba que su confesión haría que lo amase menos. Pero no fue así... lo amé más todavía. Me di cuenta de que todo aquello lo había hecho por «mí», por el amor que sentía por mí. Y me di cuenta de que conmigo pasaba lo mismo. Que yo también había mentido por él. Y pensé... si yo puedo perdonarlo a él...

Ya me doy cuenta. Veo su lógica retorcida. Y su deseo de quedar siempre por encima de los demás: tú has hecho tal cosa por mí, pero yo he hecho por ti algo mucho peor. Yo te amo todavía más.

Pero ella no comprendió a James, fue un error fatal.

Intento imaginar la cara que puso él cuando ella le confesó lo que había hecho. ¿Intentó justificarlo ante él, como había hecho conmigo? Él no estaba preparado para ser padre... en eso Clare tenía toda la razón del mundo. Pero eso no habría influido en James. Lo único que habría visto es la crueldad del engaño.

—¿Y qué le dijiste? —pregunto al fin.

Estoy aturdida por el cansancio y noto el cuerpo extraño y desconectado, como si tuviera los músculos de lana. Clare tiene el mismo aspecto: sus muñecas son tan delgadas que parecen a punto de romperse.

—¿Qué quieres decir?

—Seguro que le contaste algo más. O si no, él me habría llamado. ¿Qué le dijiste?

—Ah... —murmura. Se frota las sienes, se echa hacia atrás un mechón de pelo que le ha caído en la cara—. Pues no me acuerdo... Le dije que... tú me habías pedido que le dijera que necesitabas estar sola un tiempo... que pensabas que él te había jodido la vida y que no querías verlo. Que no debía llamarte... que ya contactarías con él cuando estuvieras lista.

Pero nunca lo hice, claro. Volví al instituto solo a hacer los exámenes, y lo ignoré sistemáticamente. Luego me mudé y me fui para siempre.

Tengo ganas de darle un puñetazo a James por ser tan idiota, por dejarse engañar tan fácilmente. ¿Por qué no superó sus escrúpulos y me llamó, sin más? Pero ya conozco la respuesta... Es el mismo motivo por el que yo tampoco lo llamé a él. Orgullo. Vergüenza. Cobardía. Y algo más... algo parecido al estrés postraumático que hacía más fácil seguir adelante, no mirar atrás. En nuestras vidas había ocurrido algo trascendental, algo que no estábamos preparados para afrontar, en absoluto. Y los dos nos quedamos aturdidos por las secuelas, intentando no pensar demasiado, ni sentir demasiado. Era más fácil dejarlo todo.

—¿Qué dijo él? —consigo decir al fin. Tengo la garganta irritada y áspera, y tomo otro sorbo más de té. Frío sabe mucho peor aún, pero quizá el azúcar y la cafeína me ayuden a mantenerme despierta hasta mañana, cuando llegue la policía. Estoy cansada... muy, muy cansada—. Después, quiero decir. Cuando lo averiguó.

Clare suspira.

—Quería anular la boda. Yo le rogué y le supliqué... le dije que se estaba comportando como Angel en *Tess*, ¿sabes cuando Angel le confiesa a Tess su adulterio, pero luego no puede soportar que Tess le diga que tuvo un niño con Alec?

Estudiamos ese libro en bachillerato. Aún recuerdo la condena apasionada que hizo James de Angel en la clase. «¡Es un puto hipócrita!», gritó, y lo echaron de clase por decir palabrotas ante un profesor.

—Dijo que necesitaba tiempo para pensar, pero que la única forma de que me perdonara alguna vez era que te contara a ti la verdad. Así que le dije que te había invitado a mi despedida de soltera para poder contártelo entonces —explica. Luego se echa a reír, vacilante, como alguien que de repente entiende una broma—. Se me acaba de ocurrir lo irónico que es todo esto: siempre he pensado que las despedidas de soltera eran horribles, y James pasó muchísimo tiempo intentando convencerme de que la celebrara... y al final fue él precisamente quien me convenció, aunque no por los motivos que pensaba. Si él no hubiera insistido tanto, probablemente no se me habría ocurrido todo esto.

Ahora lo comprendo. Lo entiendo del todo.

Clare nunca podía estar equivocada. Siempre tenía que cargárselas otro. Otra persona debía tener la culpa.

¿La conocía realmente James? ¿O simplemente se enamoró de la ilusión de Clare, una representación que esta hizo ante él? Porque yo, que conocía a Clare desde hacía veinte años, sabía que aquel plan nunca funcionaría. Clare no admitiría algo semejante ni muerta. No porque eso supusiera quedar mal conmigo, sino porque suponía quedar mal con todo el mundo, para siempre. No se podía esperar que yo me callase lo que había ocurrido... todo habría salido a la luz: diez años de mentiras y engaños y, lo más humillante de todo, el hecho de que Clare Cavendish hubiera tenido que recurrir a todo ello para conseguir a su novio.

Ella debió de comprender también que la decisión de James estaba en el filo de la navaja. No sé lo que él le contó a Matt, pero es evidente que si estaba dispuesto a hablar de sus problemas con otras personas, estos debían de ser muy graves. Y no le había hecho promesa alguna a Clare... solo le había dicho que «quizá» fuera capaz de perdonarla si confesaba.

No pensaba, conociendo a James, que lo consiguiera.

No. Clare tenía todas las de perder si era sincera, y no tenía nada que ganar.

Tenía dos opciones: o bien contaba la verdad y se ponía en evidencia, o bien se negaba a seguir adelante con el plan de James y perdía así a su prometido... y entonces la verdad habría acabado por salir a la luz, de todos modos. Hiciera lo que hiciese ella acabaría destruida, y la imagen que había construido tan cuidadosamente durante tantos años, la imagen de buena amiga, de novia amorosa, de persona honrada y cariñosa, quedaría hecha pedazos.

Sé lo difícil que es apartarse del pasado propio y empezar de nuevo... y la vida de Clare es feliz, resplandeciente y llena de éxito. Ella debió de contemplar todo lo que había hecho, construido y ganado, y sopesarlo contra una mentira.

Podía salir de todo aquello destruida... o bien podía matar a James y quedar como una trágica y valiente viuda, dispuesta a empezar de nuevo.

James tenía que morir... Su ejecución era algo lamentable, pero necesario.

Pero lo mío... lo mío es un castigo. No bastaba con que muriese James. Alguien debía pagar el pato por su muerte. No podía ser culpa de Clare de ninguna manera, ni siquiera por accidente.

No, alguien tenía que cargar con la culpa. Y esta vez, ese alguien soy yo.

¿Por qué yo? Casi lo digo en voz alta. Pero no hace falta, porque ya lo sé.

Yo le robé a su hombre. Diez años atrás, yo me interpuse entre Clare Cavendish y lo que ella consideraba su legítima propiedad, robándoselo bajo sus mismísimas narices, mientras ella estaba demasiado enferma para pelear por lo que era suyo, y ahora lo había vuelto a hacer, surgiendo del pasado como una mano que emerge de la tumba, para interponerse entre James y ella por última vez.

No saldré de esta casa ahora, lo sé.

Clare no puede permitirse dejarme marchar.

Me late el corazón muy rápido, tan rápido que me noto extrañamente mareada, como si me fuera a caer. Me pongo de pie, vacilante, con la taza en la mano, me tambaleo y se me vuelca. Clare va a cogerla, intentando que no se derrame, pero no consigue sujetar el asa con los dedos enguantados. La taza se le escurre entre las manos y resbala por la mesa de centro.

Y cuando los posos se esparcen por el tablero de cristal, veo... veo el residuo blanco que queda en el fondo de la taza. No es azúcar, que ya se ha disuelto. Es algo más. Algo que hacía que el sabor del té fuera peor que de costumbre.

Ahora lo entiendo todo. Entiendo el mareo que me ha entrado. Comprendo por qué Clare ha hablado tanto y me ha permitido llegar tan lejos. Y comprendo, ay, Dios, comprendo lo de los guantes.

Ella mira la taza y luego me mira a mí.

—Uy —dice. Y luego sonríe.

34

Durante un momento no hago nada. Me quedo aquí mirando estúpidamente la taza: siento los brazos y las piernas aletargados y la mente sumida en una confusión que me ha impedido notar antes los efectos de la droga. ¿Qué serán? ¿Analgésicos? ¿Somníferos?

Me quedo de pie, balanceándome un poco, intentando rehacerme. Intentando recuperar el equilibrio.

Y entonces me abalanzo hacia la puerta.

No avanzo con rapidez, sino despacio... espantosamente despacio.

Pero cuando Clare intenta saltar hacia mí, sus maltrechos miembros no le responden bien. Tropieza en la alfombra y cae estrepitosamente, golpeándose en la cadera con el canto afilado de la mesita de centro. Lanza un chillido que resuena en el vestíbulo y, al oírlo, mi cabeza ya aturullada todavía se nubla más... y salgo tambaleándome hacia el vestíbulo.

Lucho con la cerradura de la puerta delantera, que solo un par de horas antes parecía tan sencilla y fácil de abrir. Se me resbalan los dedos (la cerradura no quiere girar) y al final lo consigo, salgo, rompo la cinta policial y me enfrento al aire frío, maravillosamente fresco.

Noto los miembros como de goma; la cabeza me da vueltas.

Pero tengo que hacerlo. Correr. Es lo que se me da bien.

Doy un paso. Luego otro. Y otro, y otro más. Y entonces el bosque se me traga.

Está oscurísimo, la oscuridad es indescriptible. Pero no puedo detenerme.

Noto el aire frío en la cara y veo las siluetas de los árboles, negras sobre fondo negro. Se alzan ante la oscuridad helada y me abalanzo hacia delante: me abro camino en zigzag, metiéndome bajo las ramas, con las manos ante la cara, para protegerla.

Helechos y zarzas se me agarran a las espinillas, desgarrando la piel, pero tengo las piernas tan entumecidas y frías que apenas noto los pinchazos, solo las espinas punzantes que me retienen.

Es la pesadilla que he tenido antes. Pero esta vez no es a James a quien intento salvar, sino a mí misma.

Detrás de mí oigo cerrar de golpe la portezuela de un coche, y un motor se pone en marcha. Unos faros relucen entre los troncos de los árboles barriendo el espacio con una gran curva; el coche gira en redondo y luego empieza a avanzar dando tumbos por el camino con rodadas.

La carretera de los coches sigue un trazado de largas curvas, para que no resulte demasiado empinada al subir la colina. En cambio, el camino a través del bosque es directo. Si corro rápido, lo conseguiré. Llegaré a la carretera mucho antes que Clare. Y entonces... ¿qué?

Pero no puedo pensar en eso ahora. Con el aliento entrecortado entre los dientes apretados, hago un esfuerzo para que mis músculos dejen de temblar, para que trabajen con más dureza y más rapidez.

Solo quiero seguir viviendo.

Voy cogiendo velocidad. El camino corre colina abajo, más empinado en este trecho, y ahora ya no tengo que forzar tanto los músculos, sino más bien intentar controlar mi carrera hacia delante. Salto por encima de una rama caída y una madriguera de tejón, un agujero negro en la nieve pálida, y luego, de repente, me doy un golpe contra un árbol y me quedo sin aliento.

Caigo a gatas en la nieve y la cabeza me retumba, dolorida. Me sale un chorro de sangre por la nariz: lo veo gotear en la nieve mientras jadeo y no paro de jadear, y cuando toco la chaqueta de Nina noto que la parte delantera está oscura y empapada de sangre. Sacudo la cabeza tratando de aclarar las chispas que nublan mi campo visual, y la sangre salpica en todo el claro.

No puedo parar ahora. Mi única oportunidad es llegar a la carretera antes de que Clare me corte el paso. Me tranquilizo, apoyo una mano en el tronco del árbol para intentar vencer el espantoso mareo, y empiezo a correr de nuevo.

Al correr, las imágenes van apareciendo en mi mente, chispazos repentinos, como un paisaje iluminado por un relámpago.

Clare, con botas de agua, saliendo sigilosamente de la casa a primera hora de la mañana para enviar aquellos mensajes desde mi teléfono. Dirigiéndose al punto del bosque en que había cobertura y dejando sus huellas en la nieve para que yo las encontrara.

Clare, esperando hasta que se hubiera ido Nina,

poniendo en marcha el coche y alejándose en la oscuridad... ¿hacia dónde? ¿Pretendía aparcar tranquilamente en un arcén, a esperar a que James se desangrara y muriera?

Clare... con la cara blanca a la luz de la luna, tensa por la sorpresa al verme salir del bosque justo por delante del coche, gritándole que parase y que me dejara entrar.

Pisó el freno en un acto reflejo y yo salté al asiento del pasajero. Al cerrar la puerta, Clare me miró primero a mí y después a James, ambos sin cinturón de seguridad, y luego, sin explicación alguna, pisó el acelerador a fondo.

Durante un segundo yo no entendí lo que pasaba. Clare dirigía el coche justo hacia el árbol que se cernía ante nosotros en la oscuridad.

Y entonces lo comprendí.

Agarré el volante, le clavé las uñas en la piel, luchando por controlar el coche... y a partir de ahí, nada.

Dios mío, tengo que llegar a la carretera antes que ella. Si aparca justo ante el sendero y me intercepta el camino, estoy perdida.

Me duele todo. Joder, me duele todo, y mucho. Pero al menos las pastillas que me ha dado Clare tienen un efecto positivo: me han embotado lo suficiente para permitirme seguir corriendo, todo ello combinado con mi propio miedo y la adrenalina.

Quiero vivir. No me había dado cuenta de lo mucho que lo deseo hasta ahora.

Ay, Dios mío, quiero vivir.

Y de repente, antes de que pueda darme cuenta, estoy en la carretera. El sendero forestal me escupe directamente al asfalto, tan rápido que doy un traspié, intentando bajar la velocidad lo suficiente para evitar cruzarme en el camino de algún coche. Me quedo ahí, con las manos apoyadas en las rodillas, jadeando y respirando entrecortadamente, tratando de decidir hacia dónde dirigirme.

¿Dónde está Clare?

Oigo un ruido, el gruñido de un motor al que sortea los charcos y dobla las curvas. No está lejos. Casi se encuentra al pie del camino. Y yo no puedo más... no puedo seguir corriendo. He forzado demasiado mi cuerpo.

Y tengo que correr, o si no moriré.

Y no puedo. No puedo. Me resulta imposible. Apenas puedo permanecer de pie... mucho menos poner un pie delante de otro.

«Corre —me chillo interiormente—. Corre, desgraciada, inútil. ¿Es que quieres morir?».

El coche de Clare ya está en la carretera. Veo el resplandor de sus faros justo al doblar la curva, iluminando la noche.

Y entonces se oye un horroroso y chirriante patinazo de neumáticos, y un impacto que no se parece a nada que yo haya oído en mi vida. Chirrido de goma y estrépito de metal, coche contra coche; un estruendo que parece retumbar eternamente en el túnel del bosque, que me silba en los oídos. Me quedo de pie con una expresión de horror, mirando hacia el lugar de donde viene el ruido de la colisión.

Y entonces, silencio... solo el silbido de un radiador exhalando en el aire nocturno.

No puedo correr más. Pero consigo andar, con las piernas temblorosas. He perdido las chanclas y el asfalto debe de estar frío como el hielo, pero yo no noto nada.

En la quietud, oigo unos sollozos y el crepitar de una radio. Entonces, de una forma tan repentina que doy un respingo y casi me caigo, ilumina los árboles una fantasmagórica luz azul, que parpadea como si fuera una llama.

Un paso más. Otro más. Me esfuerzo por seguir, por doblar la curva... hacia lo que ha ocurrido.

Pero antes de llegar allí, oigo una temblorosa voz femenina. Está hablando por... ¿un teléfono? Pero a medida que me acerco veo que es una radio policial.

Es Lamarr. Está de pie junto a la puerta abierta de su coche policial. La sangre le corre por la cara, negra a la luz azul de la sirena de emergencia. Está hablando por la radio.

—Control, mensaje urgente. —Le tiembla la voz, parece a punto de echarse a llorar—. Pido asistencia inmediata y una ambulancia a la carretera B4146, justo a las afueras de Stanebridge, cambio. —Se queda de pie, escuchando la crepitante respuesta—. Recibido —dice al fin, y luego—: No, no estoy herida. Pero la otra conductora... manda una ambulancia. Y una unidad de bomberos con... con herramientas para cortar, cambio.

Deja la radio con mucho cuidado y luego vuelve al otro coche.

—Lamarr —digo yo con voz ronca, pero ella no me oye. Noto los miembros tan pesados que no creo que sea capaz de dar un solo paso más. Me apoyo en un árbol junto a la carretera—. Lamarr... —consigo decir una vez más, con una voz temblorosa que intenta superponerse al silbido del motor y el crepitar de la radio—. ¡Lamarr!

Ella se vuelve y me mira. Dejo, por fin, que cedan

mis rodillas y me arrodillo en el asfalto frío, húmedo por la nieve, porque ya no tengo que correr más.

—¡Nora! —la oigo decir entre la niebla—. ¡Nora! Por el amor de Dios, ¿está herida? ¿Está herida, Nora?

Pero no soy capaz de encontrar las palabras para contestarle. Lamarr corre hacia mí, y noto que me sujeta con sus fuertes manos por las axilas mientras yo me derrumbo en la carretera. Me sostiene y me va dejando caer poco a poco en el suelo.

Ha terminado. Todo ha terminado.

35

—Nora... —dice una voz. Suena amable, pero insistente, y se introduce en mi sueño confuso e inquieto como un gancho que me arrastra de nuevo a la realidad. Conozco bien esa voz. ¿Quién es? No es Nina. Es demasiado grave para ser Nina—. Nora —dice la voz de nuevo.

Abro los ojos.

Es Lamarr. Está sentada en la silla que se encuentra junto a mi cama, con los ojos oscuros muy abiertos y brillantes, y el pelo echado hacia atrás y apartado de su pulida frente.

—¿Cómo se encuentra?

Yo lucho por apartar las sábanas y noto que ella lleva un brazo en cabestrillo, en un contraste incongruente con su blusa de seda.

—Vine ayer —me dice—, pero me echaron.

—¿Está en el hospital también? —digo con un gruñido.

Ella me pasa agua y yo bebo, agradecida. Niega con la cabeza y sus grandes pendientes de oro oscilan suavemente.

—No. Estoy herida pero puedo andar... Los de Urgencias me enviaron a casa ayer por la mañana. Menos mal, la verdad, porque a mis hijos no les gusta que pase la noche fuera de casa. El pequeño solo tiene cuatro años.

¿Tiene hijos? Esa información parece una oferta de paz. Algo en nuestra relación ha cambiado.

—¿Estoy...? —consigo decir, luego trago saliva y empiezo de nuevo—. ¿Ha acabado todo?

—Sí, está bien —dice Lamarr—, si eso es lo que quiere decir. Y en cuanto al caso, solo estamos investigando a Clare en relación con la muerte de James.

—¿Cómo está Flo?

No estoy segura de si me lo estoy imaginando, pero me parece ver una sombra cruzar el rostro de Lamarr. No sabría decir exactamente lo que ha cambiado, su expresión es igual de neutra y tranquila que antes, pero de repente hay una presencia en la pequeña habitación, un temor.

—Pues... va aguantando —dice Lamarr al fin.

—¿Puedo verla?

Lamarr niega con la cabeza.

—Está... está con su familia. Los médicos no permiten ninguna visita.

—¿La ha visto?

—Sí, ayer.

—¿Así que hoy está peor?

—Yo no diría eso... —responde Lamarr, pero veo preocupación en su mirada.

Intuyo lo que ella no menciona. Sé que lo está eludiendo. Recuerdo las palabras de Nina sobre las sobredosis de paracetamol, y sé que las ondas destructivas de los actos de Clare todavía no se han detenido, aún no.

De todo lo que ha hecho Clare, creo que eso ha sido lo más cruel. Lo que le hizo a James, lo que intentó hacerme a mí, al menos tenía un motivo. Pero Flo... su único crimen fue amar a Clare.

No sé cuándo empezó Flo a darse cuenta de la realidad. Cuándo empezó a sumar dos más dos, sobre el mensaje de texto que Clare le había pedido que enviara desde mi teléfono cuando yo llegué a la casa. Era bastante inocente: «James, soy yo, Leo. Leo Shaw». No sé qué le diría Clare, alguna tontería, supongo. Una broma de despedida de soltera.

Los primeros indicios probablemente fueron cuando Nina destapó mi pasado con James; quizá entonces ella empezara a preguntarse por qué precisamente Clare quería remover todo aquello. Luego, cuando Lamarr empezó a hacer preguntas sobre teléfonos y mensajes... ella tuvo que darse cuenta de que algo no iba bien.

No creo que sospechara la verdad, o al menos no al principio. Intentó visitar a Clare en el hospital, pero no la dejaron verla. Clare estaba demasiado mal y, de todos modos, la policía no quería que los testigos que se alojaban en el *bed and breakfast* visitaran el hospital. Nina decía que había tenido que luchar como una tigresa para verme y solo lo había conseguido después de que hubieran repasado su declaración cien veces. Y Clare, en aquel momento, todavía se fingía confusa y semiinconsciente, esperando ver lo que ocurría conmigo y con Lamarr, supongo, antes de «despertar».

No. Flo se quedó en el *bed and breakfast*, inquieta, sin saber qué pensar y sin poder preguntarle a Clare qué decir. Mintió. Se enredó en sus propias mentiras. Se preguntó qué había hecho, qué había puesto en marcha. Empezó a dudar de los motivos de Clare.

—¿Sabe usted...? —pregunto tragando saliva, intentando alejar la imagen de Flo luchando por su vida en algún lugar de este mismo pasillo—. ¿Sabe lo que ocurrió? ¿Se lo ha contado Clare?

—Clare está demasiado mal para responder preguntas —dice Lamarr muy seria—. Al menos, eso es lo que dice su abogado. Pero tenemos lo suficiente para formular cargos. Entre lo que usted nos ha contado, el informe de toxicología sobre las drogas que le administró Clare y, lo más importante de todo, la declaración de Flo, ya tenemos suficiente. Ella nunca llamó a una ambulancia, ¿sabe?

—¿Qué quiere decir?

—Desde la casa. Cuando murió James. No ha quedado registrado ningún intento por su parte de llamar al 999. Eso nos tenía que haber puesto sobre aviso, pero estábamos demasiado entretenidos buscando por otros sitios —suspira—. Bueno, tendremos que tomarle declaración formalmente, claro, cuando esté bien. Pero ya nos ocuparemos de eso otro día.

—Pensaba que había sido Flo —digo al fin—. Cuando encontré la chaqueta de Clare, con el cartucho en el bolsillo. Pensaba que era la chaqueta de Flo. Pensaba que era ella quien había cambiado los cartuchos. Sencillamente, no podía imaginar por qué Clare iba a hacer una cosa semejante... por fin tenía lo que quería, la vida perfecta, el novio perfecto. ¿Por qué arrojarlo todo por la borda? Solo entonces pensé en el mensaje, pensé en él de verdad, y me di cuenta: James nunca me había llamado Lee. Ella no cometió ese error dos veces. Pero yo tendría que haberme dado cuenta.

—Ya había hecho lo mismo otra vez, ¿sabe? —dice Lamarr. Su voz aterciopelada es como una manta suave y cálida en torno a la frialdad de sus palabras—.

O una variante. Nos costó un poco desenterrarlo todo, pero fue con un profesor suyo de la universidad. Lo echaron por enviar mensajes de texto inadecuados a estudiantes universitarias, insinuándoles que obtendrían mejores notas si se acostaban con él, y que si se lo contaban a alguien, serían castigadas. Él lo negó rotundamente, pero no había duda alguna de que las alumnas habían recibido los mensajes. Cuando se investigó su teléfono, los encontraron en la carpeta de mensajes borrados, todos, aunque él hizo un torpe intento de destruirlos.

»Ahora parece bastante claro que Clare estuvo implicada, aunque en aquel momento nadie sospechó de ella. No estaba entre las alumnas que enviaron los mensajes. Pero unas pocas semanas antes el profesor insinuó que uno de los trabajos de Clare era plagiado, y amenazó con llevar las cosas más lejos. Por supuesto, en el frenesí de la acusación posterior, todo quedó olvidado... pero una de sus colegas recordaba haberlo hablado con él. Ella decía que siempre había tenido dudas...

Cierro los ojos, dejando que una solitaria lágrima me resbale por la nariz. No sé por qué lloro. No es de alivio. Tampoco es de pena por James, ya no. Quizá sea simplemente de furia y de frustración por el enorme desperdicio que supone todo esto, de rabia hacia mí misma por no haberme dado cuenta antes, por haber sido tan idiota.

Pero ¿qué habría pasado de haberme dado cuenta? ¿Habría sido yo quien acabara allí tendida, habría sido mi sangre la que salpicase la madera clara y el cristal esmerilado?

—La dejaré tranquila —dice Lamarr con suavidad.

Se levanta y el asiento de plástico de la silla cruje—. Volveré mañana con un colega. Le tomaremos declaración formalmente, si está preparada.

No digo nada, me limito a asentir con los ojos todavía cerrados y muy apretados.

Cuando ella se va se hace el silencio, roto solamente por una cancioncilla que anuncia un detergente y que se filtra desde el otro lado de la pared. Me quedo escuchando la música y la respiración que entra y sale de mi nariz.

Y entonces, en medio de la calma, se oye un golpecito en mi puerta.

Abro los ojos al momento, suponiendo que es Lamarr que ha vuelto, pero no es ella. Fuera hay un hombre. Por un segundo el corazón me da un vuelco, y entonces me doy cuenta de que es Tom.

—¿Se puede? —dice asomando la cabeza por la puerta.

—Entra —respondo con voz ronca.

Tom entra. Su expresión es tímida, como si no estuviera seguro de ser bienvenido. Está pálido y no se parece en nada al urbanita bien arreglado que conocí hace solo unos días. La camisa de cuadros que lleva está arrugada y manchada. Pero por su expresión veo que yo debo de tener un aspecto mucho peor. Los ojos morados están evolucionando hacia el amarillo y marrón, pero todavía imponen si no los has visto antes.

—Hola, Tom —saludo. Me subo el camisón del hospital porque se me ha bajado por el hombro y él sonríe, con esa sonrisa tensa y helada de quien ha perdido temporalmente sus habilidades sociales.

—Mira, tengo que desahogarme y contarte esto... —farfulla al final—. Yo pensaba que habías sido tú.

Quiero decir que estaban todas esas pruebas, lo de tu pasado con James, y cuando la policía empezó a hacer preguntas sobre tu teléfono y los mensajes de texto, yo supuse que... —Calla—. Yo... lo siento mucho.

—No importa —digo. Hago un gesto hacia la silla que está junto a la cama—. Vamos, siéntate. No te preocupes. La policía también pensaba que era yo, y ellos ni siquiera estuvieron allí.

—Lo siento mucho —repite él con la voz algo rota, y se sienta torpemente, abrazándose las rodillas—. Yo es que... nunca pensé que... —Se detiene y luego suspira—. ¿Sabes? A Bruce ella nunca le gustó. Él quería mucho a James. Lo quería mucho, de verdad, aunque habían tenido sus más y sus menos. Pero a Clare no la tragaba. Cuando lo llamé anoche y le conté todo lo que había pasado, me dijo: «Estoy conmocionado, pero no me sorprende nada. Esa chica no ha dejado de hacer teatro ni un solo momento».

Nos quedamos en silencio mientras pienso en las palabras de Bruce, en la opinión de un hombre al que ni siquiera conozco sobre una de mis amigas más antiguas. Y me doy cuenta de que tiene razón. Clare nunca dejó de fingir. Ya desde pequeña representó un papel, el papel de buena amiga, de perfecta estudiante, de hija ideal, de novia encantadora. Y también me doy cuenta de repente de que quizá por eso me ha resultado tan difícil reconciliar a la Clare que yo conocía con esas otras personas. Porque ella era una persona distinta para cada uno de nosotros. Me pregunto qué le ocurrirá ahora. ¿Declarará culpable un jurado a una persona tan encantadora y amable y tan, tan guapa?

—Me pregunto... —empiezo a decir, pero me callo.

—¿Qué? —pregunta Tom.

—Sigo pensando: ¿y si yo no hubiera aceptado? Si no hubiese venido a la despedida de soltera, quiero decir. Estuve a punto de no venir.

—No lo sé —dice Tom despacio—. Nina y yo estuvimos hablando de eso mismo, anoche. A mí me parece que en realidad tú no eras lo más importante de todo este asunto. Lo más importante era James. Tú simplemente eras la guinda del pastel.

—O sea que quieres decir que... —Me callo reflexionando sobre el asunto, y él asiente.

—Creo que si tú no hubieras acudido, habría usado a otro de nosotros.

—Habría sido Flo, seguramente —concluyo yo con tristeza—. Ella envió el mensaje, después de todo.

Tom asiente.

—Para Clare no habría resultado difícil retorcer la verdad un poco, empezar a decir que tenía miedo de Flo, que Flo estaba celosa de James y que actuaba irracionalmente. Lo peor es que probablemente nosotros la habríamos respaldado...

—¿Has visto a Flo? —le pregunto.

—Lo he intentado —responde—. No dejan entrar a nadie. Creo... No estoy seguro...

Lo deja ahí. Ambos sabemos lo que no dice.

—Voy a volver a Londres esta noche —me informa al fin—. Pero me gustaría que siguiéramos en contacto.

Saca su cartera y de ella una gruesa tarjeta brillante, con las palabras Tom Deauxma y su número de móvil y e-mail grabado en relieve.

—Lo siento —dije—. Yo no tengo tarjeta, pero si tienes un bolígrafo...

Él me tiende su teléfono y yo tecleo mi dirección de

e-mail en él. Lo observo mientras me envía un correo en blanco.

—Ya está —concluye incorporándose—. Bueno, será mejor que me ponga en marcha. Cuídate mucho, Shaw.

—Eso haré.

—¿Cómo vas a volver a Londres?

—Pues no lo sé.

—Yo sí —dice una voz desde la puerta. Me vuelvo y ahí está Nina, apoyada en el marco, con un cigarrillo sin encender entre los labios. Habla con el cigarrillo y todo, como un detective barato—. Se viene conmigo.

36

En casa. Dos palabras tan pequeñas y sin embargo, cuando cierro la puerta de mi diminuto pisito y echo la llave, noto una oleada de alivio que se expande y parece demasiado enorme para que la puedan abarcar esas pocas letras.

Estoy en casa. ¡Estoy en casa!

Jess nos ha traído en el coche. Ha venido desde Londres a recogernos a mí y a Nina, y nos ha traído a las dos a casa. Cuando hemos llegado a mi calle se han ofrecido a entrar y a ayudarme a subir la maleta los tres tramos de escalones, pero les he dicho que no.

—La verdad es que quiero estar sola —he dicho, y era cierto.

Y sabía que ellas también anhelaban estar solas... las dos juntas y solas. Ya había visto los gestos de afecto que se intercambiaban en el largo trayecto, la mano de Nina descansando en el regazo de Jess, Jess que le acariciaba la rodilla a Nina al cambiar de marcha. Pero no es que me sintiera excluida... no era eso.

Sencillamente, es que nunca me había dado cuenta de lo mucho que me gusta mi propio espacio hasta ahora.

Flo murió unas horas después de que Tom viniera a verme, tres días después de haber tomado los medicamentos. Nina tenía razón. Y también tenía razón en que Flo había cambiado de opinión al final. No la vi, pero Nina sí que la visitó, y la oyó llorar, y hablar, y hacer planes para el futuro, para cuando abandonase el hospital. Sus padres estaban con ella cuando murió. No sé si fue una muerte tranquila, Nina no me dijo nada, cosa que me hace pensar que no fue así.

Suspiro y dejo la maleta en el suelo. Estoy cansada y reseca y entumecida por el largo viaje.

Enciendo la cafetera, pongo agua y doblo el filtro de papel. Entonces abro el bote de cristal donde tengo el café y huelo el café molido. Es de hace una semana, pero todavía está lo bastante fresco como para provocarme un placentero cosquilleo en la nariz.

El ruido de la máquina al filtrar el café es el sonido de mi hogar, y el aroma del café molido humeante es el olor de mi hogar. Y entonces, al fin, dejo caer mi cuerpo maltratado en la cama, dejo mi maleta sin abrir en la alfombra, y bebo un largo y lento sorbo de café. El sol de invierno se filtra a través de los estores de ratán, y el tráfico que pasa por debajo emite un ronroneo suave, demasiado lejano para molestar, más bien como el sonido del mar en la costa.

Pienso en la Casa de Cristal, tan lejos, en la tranquilidad del bosque, con los pájaros que pasaban volando y los animales que lo poblaban, caminando silenciosamente por el jardín. Pienso en sus paredes de cristal, reflejando las oscuras formas de los árboles, y en la luz de la luna que se filtraba a través de ellas.

Parece ser que la tía de Flo vende la casa. Los padres de Flo se lo dijeron a Nina. Demasiada sangre derramada, demasiados recuerdos. Y decía que pensaba quemar la ouija, cuando se la devolviera la policía.

Eso es lo único que no entiendo. La sesión de espiritismo.

Todo lo demás era necesario. Todo lo demás formaba parte de un plan. Pero ¿lo de la ouija y ese mensaje tan espeluznante?

Todavía lo veo, formando volutas en toda la página.

«Asessssinaaaaa... oooooo...».

Lamarr pensaba que era deliberado, que también formaba parte del plan: el objetivo era ponernos nerviosos a todos, alterarnos tanto que, cuando se abriera la puerta de atrás, nos dejáramos llevar por el pánico y reaccionásemos al momento a la sugerencia de coger el arma.

Pero yo no estoy tan segura. Pienso en lo que me dijo Tom, lo de los mensajes que suben a flote desde el subconsciente... ¿fue la de Clare la mano inconsciente que puso por escrito lo que deseaba ocultar tan desesperadamente?

Cierro los ojos, intentando eludir el recuerdo de aquella noche. Pero no hay forma de evitarlo del todo. Flo ha desaparecido, pero todos los demás, Tom, Nina y yo, tendremos que aprender a vivir durante el resto de nuestras vidas con lo que pasó, con lo que hizo Clare y con lo que hicimos «todos».

La maleta está en el suelo, así que la abro y saco mi ordenador portátil. La policía todavía tiene mi teléfono, pero al menos puedo comprobar los mensajes de correo. Ha pasado más de una semana desde que me fui de Londres y, nada más ponerlo en marcha, parpadea un mensaje: «Descargando 1 de 187 e-mails».

Me siento y veo cómo van apareciendo, uno a uno, en mi buzón de entrada.

Hay un e-mail de mi editor. Y otro. Dos de mi agente. Uno de mi madre, con el asunto: «¿Estás bien?». Luego, al final de todo, llegan los mensajes de mi página web: «Chicas thai calientes...», «¡Un truco estupendo para eliminar la grasa del vientre...!», «Tiene tres comentarios esperando respuesta».

Y entre todo el spam: «De: Matt Ridout. Asunto: Café».

Busco en el bolsillo el trocito enroscado de cartón que corté de la taza de papel. Su número está casi ilegible. La tinta se ha emborronado hasta desaparecer y hay una arruga en medio de dos dígitos, pero creo que puedo descifrar que son dos sietes, o quizá dos unos.

Iba a dejar que el destino decidiera. Si conseguía que la policía me devolviera el teléfono antes de que desapareciera el número...

Y ahora esto.

Recuerdo cómo enterraba la cara entre las manos al llorar por James.

Recuerdo su sonrisa.

Recuerdo la expresión en sus ojos cuando me dijo adiós.

No estoy segura de poder hacer esto. No estoy segura de poder olvidar todo lo que ha ocurrido, empezar de nuevo. Durante un minuto dejo el dedo irracionalmente suspendido en el aire, sobre la tecla de borrar.

Luego, hago clic.

AGRADECIMIENTOS

Primero tengo que dar las gracias a mis queridos amigos de Vintage por animarme en todas las etapas del camino (y por tener el suficiente tacto como para no preguntarme demasiado a menudo cómo iba la cosa). Necesitaría una guía telefónica entera para hacer justicia a todos los que la merecen, pero en particular debo dar las gracias a todo el mundo en Harvill, incluida Alison Hennessey, mi brillante editora (y auténtica Reina del Crimen) que fue la primera en pronunciar las palabras «despedida de soltera» y lo puso todo en movimiento; a Liz, Michal y Rowena en edición; a Bethan y Fiona en publicidad; Jane, Monique, Sam y Penny en derechos; a todos los de ventas (demasiado numerosos para nombrarlos, ¡os quiero a todos!); a Simon en producción; el fantástico equipo de diseño, sobre todo Rachael, y a Vicki y el resto del brillante equipo de marketing.

A todos los demás —Clara, Poppy, Susannah, Parisa, Becky, Christian, Dan, Lisa, Ceri, Alex, Fran, Rachel, Clara (una vez más) y todos los demás, que no tengo espacio para nombrar aquí—, desearía poder nombraros a todos, pero por favor, que quede constancia de que os quiero y os echo de menos. Sobre todo a la gente del departamento de publicidad, llenos de talento, pacientes, modestos y generalmente encantadores en todo.

Gracias siempre a mis primeras lectoras, Meg, Eleanor, Kate y Alice, por ser brutalmente sinceras y apoyarme incondicionalmente en las proporciones necesarias, y por hacer las preguntas adecuadas.

Y muchas gracias a todos los escritores y amigos que han dedicado su tiempo a analizar mis problemas, en lugar de pensar en los suyos, en línea y fuera de ella. Hacéis que la vida sea mejor y más divertida todos los días.

Por su ayuda técnica, tengo una gran deuda con Sam, Jon, Richard y Lorna, que me han ayudado con los detalles policiales, protocolos médicos y armas de fuego. Ni que decir tiene que cualquier error que pueda haber es mío (y me disculpo por las licencias dramáticas que me he tomado con algunos de sus consejos).

Muchísimas gracias a Eve y Jack y la agencia literaria Eve White, por su cuidado y su apoyo.

Y finalmente, a mi querida familia, sobre todo a Ian y a los niños, gracias por dejarme teclear en la habitación de invitados cuando muchas veces habríais preferido a lo mejor hacer otras cosas. Os quiero.